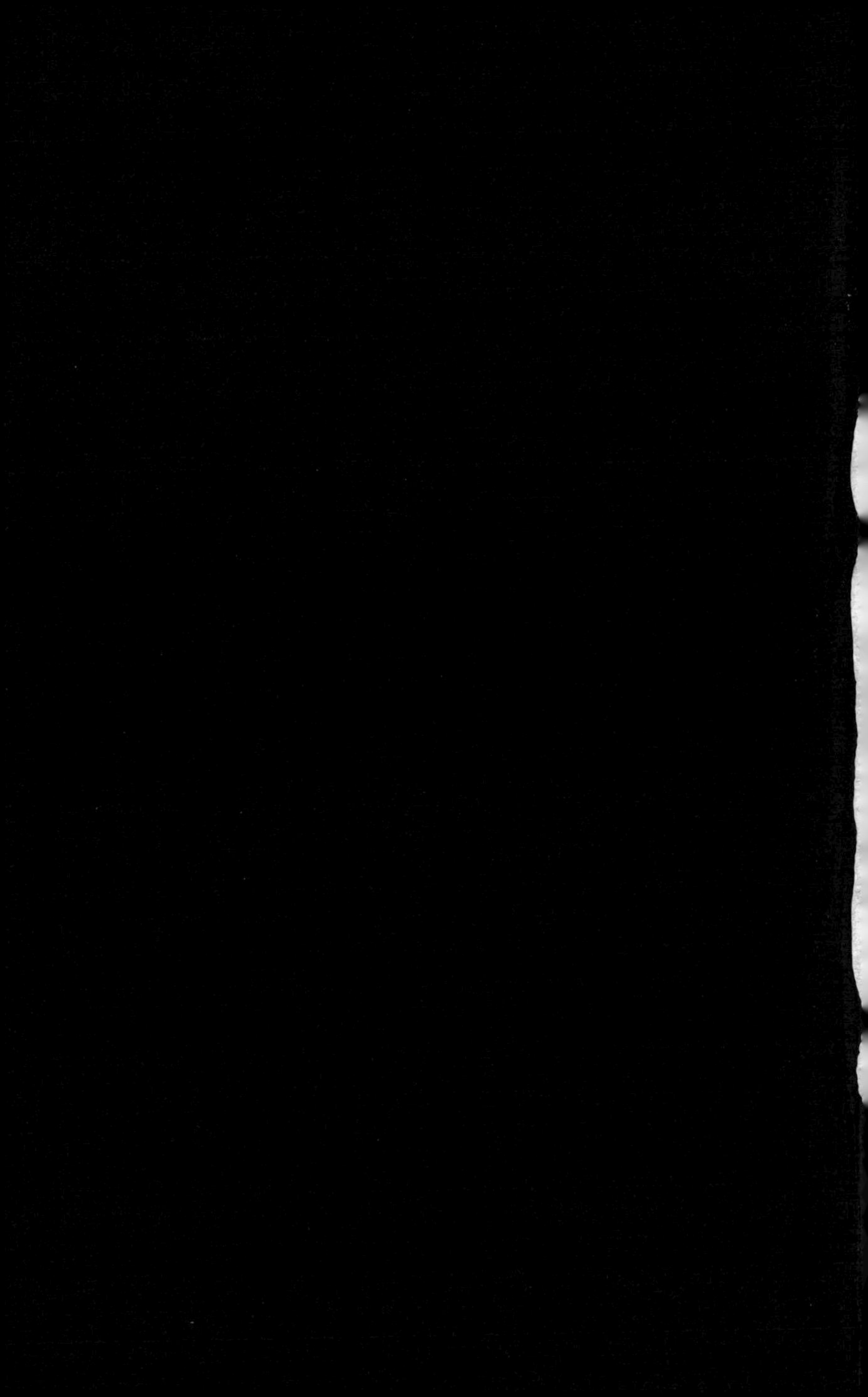

무직전생
이세계에 갔으면
최선을 다한다
13
글 리후진 나 마고노테
일러스트 시로타카
옮긴이 한신남

리랴
제니스
노른
아이샤
인물소개

실피에트
루데우스
록시
루시

"사실은 말이지,
이 일이 정리되거든
너희 집에 갈 생각이었어."

글 리후진 나 마고노테 일러스트 시로타카 옮긴이 한신남

無職転生　～異世界行ったら本気だす～ 13

CONTENTS

"필요 없다고 버린 것의 가치는,

다시 주웠을 때에야 안다."

The person who abandoned
his family has got the family who isn't deserted.

글 : 루데우스 그레이랫

옮김 : 진 RF 매곳

제13장

청년기

일상편

제1화 록시, 교사가 되다

기상. 그것은 감미로운 향기와 함께 찾아왔다.

아침의 졸음기운 사이로 향긋하게 퍼지는, 사랑스러운 향기다.

"?!"

놀라서 눈을 뜨자 눈앞에 신이 있었다.

신은 그 앳되다고 할 수 있는 얼굴을 이쪽으로 향하고 조용한 숨소리를 내고 있었다.

"오오…."

나는 천천히 이불 밖으로 나가서 정좌했다. 손을 모으고 고개를 숙였다.

이분은 존귀한 분이다. 예의를 소홀히 할 수 없다.

"잠깐, 그렇다면 설마…."

나는 어떤 사실을 깨닫고 신의 몸에 덮인 이불을 걷어보았다. 그러자 역시나였다. 예상한 대로였다! 거기에는, 이불 밑에는… 신의 알몸이 있었다!

"오오오…."

너무 어린 게 아닐까 싶은 정도의 몸. 결코 여자답다고 할 수 없는 굴곡이 부족한 허리.

어두워서 잘 모르겠지만, 가슴에 보이는 것은 백호白毫가 아닐까.

석가님의 이마에 있어서 빛을 낸다는 바로 그 백호가 아닐까.

…아니, 백호는 아니겠지. 하지만 그 정도로 존귀하다는 사실은 틀림없다.

"꿀꺽…."

만져도 괜찮을까. 안 될 리는 없다. 애초에 나는 신에게 선택받았다.

다시 말해서 나는 구세주. 구세주가 신을 만지는 게 안 될 리가 없다.

그렇긴 해도 열반에 드신 분을 만져도 되는 걸까. 여기서 만지면 업을 쌓게 되어 니르바나할 수 없는 게 아닐까.

만진 순간 후광에 가로막히고 '사라져라, 마라여!'라는 소리를 들으며 정화되는 게 아닐까. 나의 사도는 아침부터 이렇게 파울로하고 있는데.

"으으… 추워…."

신은 손으로 더듬어 이불을 끌어당기더니 꾸물꾸물 몸을 숨기며 등을 돌렸다.

"오오오…."

이렇게 신성할 수가! 연파랑색 머리카락 사이로 보이는 하얀 목덜미! 매력적이라고 하기 어려운 목덜미! 목덜미에는 어제 내가 낸 키스마크!

훌륭하다. 이런 걸 볼 수 있다니, 나는 세계에서 제일 행복한 인간임이 틀림없다.

…아니, 아니지. 아침에는 시간이 없다. 얼른 깨워야지.

"록시, 일어나세요. 아침입니다."

"으음…."

신이 눈을 뜨고 천천히 몸을 일으키자, 이불이 풀썩 떨어지고 멋진 뒷모습이 드러났다. 인류의 여명이다.

"…좋은 아침입니다."

신은 천천히 돌아보았다. 졸린 눈. 가슴의 백호, 그 아래에 귀여운 배꼽. 작은 팬티에 싸인, 작은 피안화.

그것을 본 나의 솔도파는 깨달음에 도달할 정도의 업을 지고 있었다.

"아…."

그녀는 이불을 끌어올려서 몸을 숨겼다.

그 순간 신이 숨으셨다는 것을 깨달았다. 빛은 사라지고 어둠의 시대가 왔다.

"뭔가요. 그렇게 아쉬워하는 얼굴을 하고."

"아뇨. 더 밝은 장소에서 록시 선생님의 모습을 찬찬히 보고 싶어서."

"…봐도 재미있을 것 같지 않습니다만."

"무슨 말씀을 하십니까. 자, 이불을 걷고 제가 그 훌륭한 태양을 뵈옵게 해 주세요."

"왜 아침부터 그렇게 기운이 넘치는 건가요…. 뭐, 그렇게까지 말한다면 이제 와서 사양할 것 없습니다만."

그렇게 말하면서 록시는 천천히 이불을 내렸다.

그러자 세계는 빛으로 가득해졌다. 나는 빛을 보고 긍정했다. 동시에 어둠을 발견했다. 빛을 아폴론이라고 부르고 어둠을 에로스라고 부르기로 하자. 어둠 옆에는 배꼽이 있고, 허벅지가 있었다. 최초의 태양이다.

"이제 됐지요?"

눈앞에 이불이 덮였다.

또 암흑의 시대가… 아니, 그건 이제 됐나.

"저기, 루디."

"예, 말씀하세요."

"어젯밤에는 고마웠습니다."

움츠리듯이 고개를 숙이는 록시.

나는 어젯밤에 록시와의 거기에 이르기까지의 나날을 떠올렸다.

예정으로는 다음 아이가 태어나면 록시도 정식으로 아내가 되는 것이었다. 그런데 오늘에 이르기까지 나는 록시와 하지 않았다. 아이를 돌보느라 바쁘기도 했지만, 록시 스스로 사양한 것도 있었다. 이해는 하지만 록시도 불안했겠지.

그래서 나는 그 불안을 씻어내기 위해 애썼다.

록시를 최대한 공주님처럼 대하며 최대한 봉사를 하였다.

나의 사랑을 받아들이라는 듯이 루데우스식의 진수를 보여 주었다.

덤으로 아직 턱이 좀 아프다. 혀를 너무 썼다.

아무튼 사랑은 충분히 전했다. 록시도 만족해 주었고.

"그렇긴 해도 설마 그런 방식? 기술? 이 있는 줄은, 몰랐습니다."

록시는 얼굴을 붉히고 시선을 이리저리 움직이면서 그렇게 말했다.

"후후, 세계는 넓습니다."

나는 여태까지 길러온 기술을 모두 사용했다.

실피가 손도 못 쓰고 유린당하고 숨을 헐떡이게 되는 코스다.

록시가 숨을 헐떡이게 만들고 싶다. 그런 나의 욕망을 이루기 위한 최단 코스였다.

그럴 터였는데, 록시는 예상과 조금 달랐다. 그녀는 틈만 나면 질문을 해 왔다.

"저는 뭘 하면 되겠습니까?"라고.

남녀가 교합하는 도중이라도 그녀는 진지하고 근면했다.

나는 그때마다 자세히 설명하고 록시에게 기술을 가르쳤다.

"다음부터는 더 많이 가르쳐 주세요."

"아뇨, 록시 선생님은 누워서 모든 것을 맡겨 주면 내가 완벽하게 해낼 텐데요?"

"아뇨, 저도 이런 기술을 더 배우고 싶습니다."

솔직히 생각했던 것과는 다소 달랐다.

물론 나쁠 것 없다.

실피에게는 실피의, 록시에게는 록시의 방식이 있다.

양쪽 모두 나를 만족시켜 주고, 아무런 불만도 없다.

"…학교에 늦겠군요."

록시는 아직도 빨간 얼굴인 채로 고개를 돌리더니 느릿느릿 침대에서 나왔다.

반대로 나는 정좌를 무너뜨리지 않았다.

하얗고 작고 귀여운 엉덩이는 방을 밝게 하고 떨어져서 봅시다.

"응? 왜 그러나요?"

"아뇨, 아무것도 아닙니다."

록시가 돌아보기에 나도 옷을 입는 척하였다.

"……."

문득 뒤에서 록시의 시선을 느꼈다. 팔을 휘둘러서 근육미 넘치는 포즈라도 취해 볼까. 그렇게 생각하는데 록시가 뚜벅뚜벅 다가와서 내 등을 만졌다.

"죄송합니다. 할퀴었던 모양이네요. 아프지 않나요?"

"응?"

목을 돌려서 바라보니, 옆구리 뒤쪽에 긁힌 상처가 네 줄기나 있었다.
만져 보니 조금 찌릿했다. 어젯밤에 록시가 낸 것이다. 즉, 남자의 훈장이다.
아, 이 상처를 낼 때의 록시의 얼굴을 떠올리니 또 불끈불끈… 아니, 안 되지, 안 돼.
아침부터 그럴 시간은 없다.
“괜찮아요.”
“흉터가 남지 않으면 좋겠는데요….”
그렇게 말하는 록시의 얼굴은 새빨갰다.
치유 마술로 없앤다는 말을 하지 않는 걸 보면 그녀도 어젯밤의 일을 떠올린 거겠지.
얼굴을 보니 시선이 마주쳤다. 아름다운 연파랑색 눈동자에는 내 얼굴이 비쳤다.
그리고 그 눈동자는 곧 닫혔다. 키스를 기다리는 얼굴. 아마도 여기서 키스를 하면 제2회전을 시작하게 되겠지.
그러니 뺨을 만져주는 선으로 끝냈다.
“…선생님, 옷 입죠.”
“아, 예. 그러죠!”
록시는 황급히 내 옆에서 물러났다. 그리고 브래지어부터 순서대로 몸에 걸쳤다.
그걸 지켜보고 나도 옷을 입기 시작했다.
“루디, 이상한 데 없습니까?”

옷을 다 입은 뒤에 록시는 내 앞에서 빙글빙글 돌며 로브 차림의 모습을 보였다.

갈라땋은 머리가 가볍게 춤추었다.

“괜찮습니다.”

“그런가요?”

“물론이지요.”

나는 따뜻한 답변을 보냈다. 록시를 보고 이상하다고 지껄이는 녀석이 있으면 내가 가만있지 않겠다. 그런 마음을 담아서.

“오늘은 첫 수업이 있는 날이니까요. 실수할 수 없습니다.”

록시는 그렇게 말하며 주먹을 불끈 쥐었다.

그녀는 오늘부터 학교에 간다. 학생이 아니라 교사로 말이다.

그리고 나도 오늘부터 3학년이다.

—— 자, 3학년이 된 첫날의 이야기를 하기 전에 얼마 전의 일을 이야기하자.

록시가 교사가 된 날의 일이다.

★ 몇 달 전 ★

여행에서 돌아온 지 1주일 정도 경과한 날.

여러 일로 정신없이 뛰어다니던 것도 좀 진정되기 시작하여, 거실의 소파에서 푹 쉬고 있을 때의 일이었다.

록시가 갑자기 말을 꺼냈다.

"루디, 마법대학에서 일할까 합니다만, 괜찮을까요?"

"예?"

잘 이해가 되지 않아서 되묻자, 록시는 평소처럼 평탄한 얼굴로 내려다보았다.

"아무래도 시간이 남아돌아서 뭔가 할 일이 없을까 생각했습니다."

"어어… 그럼 마법대학에서 교사가 되겠다는 말인가요?"

"예, 그럴 생각입니다."

록시는 차분한 얼굴로 끄덕였다.

분명히 최근 록시는 한가한 눈치였다.

록시의 가사능력은 그리 대단하지 않다. 그녀는 솔로 모험가였던 적도 있어서 대충 다 할 수 있긴 한데, 실피나 아이샤, 리랴와 비교하면 아무래도 뒤떨어진다.

집에 메이드가 두 명이나 있는 이상, 록시가 나설 차례는 없다.

일이라고 해 봤자 내 왼손을 대신해 주는 정도다. 한손이 없는 생활은 불편하고 여러모로 문제가 많다. 옷을 갈아입을 때나 식사 때 도와주는 것은 정말 고마운 일이다.

하지만 그것도 꼭 필요한 것은 아니다.

"흠…."

교사라.

나는 그녀에게 마술을 배우는 행복을 안다.

더 말하자면 록시는 내 왼손으로 끝날 그릇이 아니다. 나만의 록시라는 우월감보다도 록시라는 훌륭한 인물이 세상에 나가는 편이 세상을 위한 일, 인간을 위한 일이겠지.

"루디가 보면 저 같은 게 뭘 가르치겠냐고 어이없어 할지도 모르지만, 남에게 뭔가를 가르치는 것을 좋아하는 것 같습니다."

"어이없다니 천만의 말이지요!"

뜻밖이다. 록시를 그렇게 생각하는 나는 어떤 평행세계에도 존재하지 않겠지.

아무리 세계선을 뛰어넘더라도 내가 록시를 존경하는 것은 운명이다.

그것이 슈○인즈 게이트의 선택이다.

"록시는 꼭 대학에서 교사가 되어야 해!"

"그렇게 말해 주다니 고맙기도 하고, 왠지 멋쩍어지네요."

좋아. 그렇게 결정했으면 쇠뿔도 단김에 빼자.

"지금부터 지너스 수석교사에게 이야기를 하러 갈까요."

그렇게 말하자 록시는 놀란 얼굴을 하였다.

"어? 지너스 씨가 지금은 수석교사가 되었나요?"

"아는 사이인가요?"

록시는 꽤나 씁쓸한 얼굴을 하였다.

"…스승입니다."

어라, 지너스가 수성급이었나? 화성급이라고만 생각했는데, 착각이었나?

아니, 두 종류를 쓴다고 딱히 더블이라든가 트윈이라는 식으로 말하진 않지.

내가 몰랐을 뿐이지, 지너스는 수성급 마술사이기도 했던 거겠지.

"예전에 심한 말을 하고 헤어졌습니다. 치기 어린 짓이었다고 반성합니다만…."

"옛날 일이면 신경 쓸 것 없지요."

이야기로 들은 록시의 스승은 오만하고 잘난 척하는 인물이었다. 하지만 내가 아는 지너스는 근면한 회사원이란 인상이다. 예전에 록시에게 들은 스승의 인물상과 일치하지 않는다. 분명 지너스도 많은 일이 있었겠지.

"하지만 저쪽이 마음에 담아두고 있다면?"

"내가 그 마음을 잘라 버려서 뒤끝 없이 잊어버리게 만들겠습니다."

지너스에게는 신세 진 바가 있지만, 록시를 위한 일이다. 빚을 늘리더라도 문제없다.

"뭐, 그때는 잘 부탁하겠습니다."

그렇게 해서 마법대학에 가게 되었다.

지너스는 평소처럼 서류의 산에 파묻혀 있었다.

"이거…."

록시를 본 지너스 수석교사는 쓴웃음을 지었다.

평소에도 쓴웃음을 짓는 사람이지만, 오늘은 특히나 더 씁쓸해 보였다.

"죄송합니다, 지너스 수석교사. 잠시 시간을 내 주실 수 있을까요?"

"예. 물론이지요, 루데우스 씨. 자리를 바꿀까요."

바빠보이는데도 흔쾌히 시간을 내 주었다. 지너스는 항상 바빠보이지만, 부탁을 하면 언제든지 시간을 쪼개 준다. 못된 사람은 아니다.

"앉으시죠."

면접실로 이동하여 나와 록시는 지너스 앞에 나란히 앉았다.

이 방도 오랜만이다. 바디가디와 결투했을 때 이후 처음인가.

"일단… 오랜만이로군요, 록시."

"예, 오랜만입니다… 스승님."

"나를 스승이라고 부르는 건 그만두지 않았나요?"

그 말에 록시는 시선을 내리며 대답했다.

"그건, 죄송했습니다. 저도 당시에는 흥분해서."

왠지 서로 거리를 재는 듯한 대화였다.

말실수라도 했다간 상대가 갑자기 소리치며 공격해 올 거라고 말하는 듯한 모습이다.

"피차 마찬가지입니다. 나도 자존심이 지나쳤지요."

두 사람이 서로 고개를 숙인 직후, 왠지 한시름 놓은 듯한 분위기가 흘렀다.

오랫동안 귀찮다고 여겼던 것에 어느 틈에 애착이 생기고, 간신히 그걸 깨달은 듯한… 그런 분위기다.

과거에 두 사람 사이에 어떤 일이 있었는지는 모르지만, 시간의 파도가 쓸어가 주었겠지.

10년이나 지나면 대부분의 인간은 변한다.

몇 초 뒤에 마음을 다잡은 것처럼 지너스가 고개를 들었다.

"그래서 오늘은 어떠한 용건으로?"

"예, 스승님. 그 뒤로 여러 일을 겪으면서 남에게 뭔가를 가르치는 기쁨이란 것을 깨달았기에, 여기서 교편을 잡을 순 없을까 하고."

"오호. 교사 같은 건 필요 없다고 말했던 록시가 많이 변했군요."

지너스는 야유하듯이 말하며 쓴웃음을 지었다.

내키지 않는 걸까. 그런 마음으로 록시를 보니 그녀도 쓴웃음을 짓고 있었다.

아무래도 뭔가 통하는 바가 있는 쓴웃음이었다. 뭐지? 갑자기 소외감이 솟구치는데.

혹시 지너스가 반대한다면 억지로라도 록시를 받아들이게 할 작정이었는데, 그런 짓을 하지 않아도 괜찮을 것 같다. 뿐만 아니라 내 존재는 필요 없나.

"록시 선생님. 나는 잠깐 자리를 비우는 편이 좋을까요?"

"…예? 있어도 괜찮은데요?"

"잠깐 지인에게 얼굴을 비추고 싶어서."

록시와 지너스. 오래된 지인이라면 할 이야기도 많이 쌓였겠지.

그리고 록시의 입장에서는 풋풋할 시절의 이야기를 내게 들려주고 싶지 않겠지.

나는 다소 적적하게 생각하면서도 행선지를 알리고 그 자리를 뒤로 했다.

나는 자노바의 연구실을 방문했다.

2년 만에 돌아오겠다고 말하고 반년. 자노바도 꽤 놀라겠지. 파울로나 제니스 문제로 기분이 우울해지기도 했지만, 녀석에게 불똥을 튀길 생각은 없다. 밝게 가자.

"좋았어!"

나는 문을 노크. 대답을 기다리지 않고 안에 들어갔다.

"빅뉴스가 있어, 자노바! 그가 돌아왔다!"

"후오옷?!"

등신대의 마네킹을 황홀한 표정으로 껴안고 있는 자노바가 있었다.
"……."
"……."
몇 초 동안 나와 자노바는 서로를 바라보았다.
자노바는 지금 어떤 기분일까. 좋아한다든가 싫어한다는 게 아니라는 건 알겠다.
알다마다.
"……."
나는 눈을 돌리고 말없이 문을 닫았다.
안에서 부시럭부시럭, 찰칵찰칵 소리가 났다. 그 소리가 들리지 않게 될 때까지 10분 정도 기다렸다.
그리고 안에서 '들어오시죠.'라는 소리가 들렸기에 문을 파악 열어젖혔다.
"빅뉴스가 있어, 자노바! 그가 돌아왔다!"
"오오오! 스승님 아니십니까!"
나와 자노바는 아무 일도 없었던 것처럼 얼싸안고 재회를 기뻐했다.
응어리 따윈 하나도 없다. 나와 자노바는 친구다. 아무것도 못 봤다. 아무 일도 없었다.
"꽤나 일찍 귀환하셨군요. 2년은 걸린다고 들었습니다만?"
"뭐, 여러 일이 있어서 일찍 돌아올 수 있었어."
"2년 노정을 반년 만에 돌아오다니, 역시 스승님이시군요!"

나는 주위를 보았다. 민족색이 강한 인형이나 동상이 주르륵 있었다.

자노바의 연구실을 하루 이틀 본 게 아니지만, 그래도 간만에 보는 탓인지 꽤나 그립게 느껴졌다.

그렇긴 해도 잠깐 못 본 동안에 물건이 늘었군. 특히 줄리의 책상 위는 흙으로 만든 피겨로 가득했다. 내가 없는 동안에도 놀지 않고 애썼던 모양이다.

"줄리와 진저는 어디 갔어?"

"두 사람은 지금 물건을 사러 나갔습니다. 저녁에만 들어오는 물건을 부탁하였기에, 저녁까지는 안 돌아오겠죠."

그래, 그래서 사랑하는 그 사람(인형)과 밀회를 나누었단 거로군.

좀처럼 없는 기회인데 미안한 짓을 했구나.

"어라, 스승님. 그 손은 어떻게 된 겁니까…?"

자노바가 내 왼손을 알아차린 모양이다. 손목부터 사라진 내 팔을 어두운 얼굴빛으로 바라보았다.

"조금 실수를 저질렀어."

"…스승님이 한 팔을 잃을 정도의 상대였습니까?"

"마술이 안 듣는 히드라야."

"히드라. 흠, 거물이로군요."

그 싸움. 돌이켜 보면 단순히 물리공격력이 부족했다. 자노바가 있었으면 어쩌면 그 히드라를 더 쉽게 쓰러뜨렸을지도 모른다. 역시 그 시점에서 일단 후퇴해서 자노바 정도의 인물을 데리고 오는 게 정답이었겠지.

이제 와서 그런 말을 해도 부질없는 짓이지만.

“마술이 안 통한다면 아무리 스승님이라도 고전했겠죠.”

“그래. 게다가 목을 베어도 재생하니까 고생깨나 했어.”

“호오. 재생까지… 어떻게 쓰러뜨렸습니까?”

“아버지… 검사가 목을 베고 내가 그 상처를 지졌지.”

“그렇군요, 이해가 됩니다. 상처를 지진다는 건 스승님이 생각하신 작전이로군요.”

“그런 일화를 알고 있었을 뿐이야.”

그 싸움을 떠올리면 한숨이 새어나오려고 한다. 공략법을 알고 있었음에도 불구하고 파울로는 죽었다. 칭찬을 들을수록 참담한 기분이 되었다.

“얼굴빛이 밝지 않군요.”

“이기기는 했지만, 잃은 게 많아서.”

“음, 그렇군요.”

자노바는 내 손을 보고 이해했다는 듯이 끄덕였다.

“그렇다면 마침 잘되었군요.”

자노바는 기쁜 듯이 웃으면서 자신의 작업책상으로 달려가 제일 아래쪽 서랍을 열고 뭔가를 찾았다.

“이걸 봐 주시죠.”

서랍에서 꺼낸 것은 손 모형.

아니, 아닌가. 손이라고 하기에는 조금 이상하다. 언뜻 보기에는 손토시와 비슷한 감도 있다. 장갑 모형일까?

"그건 뭐야?"

"후후, 반년 동안의 성과입니다."

"호오."

"저도 놀고만 있었던 건 아닙니다."

자노바는 의미심장하게 웃으면서 자랑스럽게 말했다.

인형을 껴안고 있던 건 장난이… 아니, 그런 건 못 봤다. 나는 아무것도 못 봤다.

"그래서 그건 뭐야?"

"자, 이걸 보십시오!"

자노바는 자신만만한 표정으로 장갑 모형을 들더니 자기 손을 주먹 쥐어서 모형 안에 집어넣었다.

그리고 소리치듯이 주문을 외웠다.

"[흙이여, 나의 팔이 되어라]."

자노바가 그렇게 말한 순간 팔 모형이 꿈틀, 하고 움직였다.

주먹 모양이었던 손이 천천히 펼쳐졌다. 쥐었다 폈다를 반복하고, 손가락을 하나씩 구부렸다.

그 모든 동작이 놀랄 만큼 매끄러웠다.

"자기 뜻대로 움직이는 손 모양의 마도구입니다."

"……."

"스승님이 일러주신 대로 인형 개발을 진행하면서, 크리프의 협력을 얻어서 여기까지 진전했습니다."

"……."

"스승님, 스승님?"

"어, 어어? 미안."

놀라서 아무 말도 안 나왔다.

분명히 손을 우선해서 해석하라고는 말했지만. 아니, 설마 이런 걸 만들다니.

"대단하네. 솔직히 놀랐어."

"후후후, 놀라기에는 아직 이릅니다. 이 마도구를 쓰면 제 괴력도 억누를 수 있으니까요."

"그래?"

"예."

자노바는 눈을 가늘게 뜨면서 감격스럽게 끄덕였다. 그 표정에는 기쁨이 스며 나왔다.

괴력의 저주를 억누를 수 있다면 인형 제작도 가능하단 뜻이다. 이걸로 좋아하는 것을 자기 손으로 마음껏 만들 수 있다. 그 기쁨은 나로서는 상상도 할 수 없겠지.

"[팔이여, 흙으로 돌아가라]."

자노바의 말에 장갑에서 움직임이 사라졌다. ON과 OFF가 있는 모양이다.

"자."

자노바는 마도구에서 손을 빼더니 그걸 내게 내밀었다.

"자, 써 보시죠. 팔에 차고서 [흙이여, 나의 팔이 되어라]라고 명령하면 팔이 됩니다. 벗을 때는 [팔이여, 흙으로 돌아가라]라고 주문을 외우면 됩니다."

"응."

시키는 대로 나는 마도구에 왼손을 집어넣었다.

손이 없는 팔이다. 주먹을 쥔다는 전제로 만들었기 때문일까 너무 헐렁해서 금방이라도 빠질 것 같았다.

"빠질 것 같은데."

"문제없습니다. 주문을 외워보시죠."

"그래… [흙이여, 나의 팔이 되어라]."

그렇게 말한 순간 내 팔에서 마력이 빨려나갔다.

대단한 양은 아니다. 자노바도 쓸 수 있을 정도니까 당연하다.

"오오."

다음 순간 손의 절단면이 마도구 안에 찰싹 달라붙었다.

달라붙는 듯한 감각이 차츰 사라졌다. 동시에 '손가락 끝'의 감각이 생겨났다.

"…어떻습니까?"

나는 왼손을 움직여보았다.

손을 펼쳤다가 다시 쥐었다. 엄지손가락부터 순서대로 펼치고, 새끼손가락부터 순서대로 쥐었다. 흙으로 만든 거친 손은 마치 내 손처럼 움직였다.

"움직여, 움직여!"

"아직 멀었습니다. 뭔가를 쥐어보시죠."

"그래."

근처에 있는 나무 조각상을 들어보았다. 주먹 크기 정도의 말 조각상이었다.

그것을 들어보니, 손가락 끝에 뭔가를 만진다는 감각이 있었다. 다소 둔하고 딱딱한, 비유하자면 목장갑을 낀 듯한 느낌이었다. 하지만 분명히 감촉이 있었다.

"대단해. 손가락 끝의 감각까지 있잖아."

"예, 감각이 없으면 인형을 만들 수 없으니까요."

그렇겠지. 미묘한 힘 조절 같은 것도 필요하겠고.

자노바가 그런 목적으로 만든 거라면 그 점은 양보할 수 없겠지.

시험 삼아서 작은 마술을 손가락 끝에 써 보았다. 새끼손가락 끄트머리만 한 물구슬이 생겼다. 아무래도 마술도 지장 없이 사용할 수 있는가 보다.

이걸 반년 만에 만들었나. 쉽지 않았겠지.

즐기는 일이기에 그만큼 잘할 수 있는 걸까.

"손이 없는 상태로 쓸 수 있을지 알 수 없었는데, 문제없는 모양이군요."

"그래, 움직여. 감각도 있어. 마술도 쓸 수 있어."

"힘을 내고 싶거든 마력을 넣으면 넣을수록 힘이 나옵니다."

"호오."
"물론 스승님의 마력을 전부 넣는다면 손이 먼저 망가질 테니까요. 인간의 손보다는 튼튼하게 만들긴 했지만 주의해 주세요."
"어디 보자."
이야기를 다 듣기도 전에 마력을 넣어보았다. 순식간에 말 조각상의 무게가 사라졌다.
"이거 대단하네."
그렇게 말한 순간. 손 안에서 빠직 하는 소리가 났다.
"아."
"아앗!"
말 조각상의 다리가 뚝 부러져 있었다.
"아, 아아… 스승님… 스승님…."
자노바가 원망스러운 눈으로 노려보았다.
"미안, 변상할게…."
"으으… 이 말 조각상은 지금은 사라진 기아라 공국의 전통 공예로… 아마도, 두 번 다시…."
"그, 그러면 내가 새 걸 만들게. 흙 마술로 만드는 거겠지만."
그렇게 말하자 자노바는 얼굴을 화악 폈다.
"오오! 왠지 재촉한 것 같아서 죄송합니다!"
자노바는 그렇게 말하면서 조각상을 책상 안으로 치웠다.
나중에 본드 같은 걸로 고치려는 걸까. 잘 수선할 수 있기를 빌자.

자노바는 다시 내 쪽을 보며 말했다.

“그 손은 드리지요. 아직 시험작품입니다만, 없는 것보다는 나을 테니까요.”

“괜찮겠어?”

“스승님과 크리프의 도움을 받으면 비슷한 것을 금방 만들 수 있으니까요.”

뭐, 앞으로도 연구는 계속하겠고.

이 목장갑 같은 감각을 더 민감하게 만들고 싶다. 그러면 가슴도 즐겁게 주무를 수 있다.

그것만이 아니다. 이 손은 꿈이 넓어지는 아이템이다.

그래, 예를 들자면 어태치먼트식으로 개조하는 것도 재미있겠다.

손가락 끝을 드릴로 만들면 인형 제작에도 편리하겠지.

총구 같은 형태로 해서 마술 포탄을 발사할 수 있도록 하는 것도 재미있을지 모르겠다.

“…자노바, 이건 엄청난 발명이야.”

“그렇지요. 스스로 말하기도 그렇지만, 대단한 것을 만들었다고 자부합니다.”

인형 제작이나 무기로 사용하는 걸로 끝나지 않는다. 치료에도 쓸 수 있다.

이 세계에는 팔다리를 잃었더라도 상위 치유 마술을 쓰면 도로 붙이거나 자라나게 할 수 있다. 그 외에도 전생에서는 제대로 된 시설에서 치료받아야만 하는 부상도 초급 치유 마술을 쓰기만 하면 쉽게 고칠 수 있다.

하지만 잃어버린 신체 부위를 치료하려면 큰 돈이 든다.

완전히 잃어버렸다면 어지간한 부자가 아닌 한 치료가 어렵다. 게다가 팔을 도로 자라나게 하는 레벨의 상위 치유 마술을 쓸 수 있는 인간은 거의 없다. 미리스 신성국에 가면 그런 사람도 있지만, 그래도 숫자가 적다. 모험가 레벨로는 도저히 손을 내밀 수 없다.

평민이나 모험가가 팔다리를 잃으면 에이허브 선장처럼 막대기 하나뿐인 의수나 의족을 다는 게 고작이다.

그런 사람들이 살 수 있는 금액으로 이 마도구를 팔면 돈벌이도 되겠지.

미리스의 치유 술사는 손해를 보겠지만 세계의 끝과 끝이고, 마법대학이나 마술 길드를 중간에 넣으면 어떻게 될 것 같기도 하다. 아니, 충분히 통한다.

"이 마도구. 이름은 뭐라고 해?"

"아직 이름을 붙이지 않았습니다. 저도 크리프도 이름을 짓는 재주는 별로 없었기에."

"그런가."

그렇다고 이름 없이 놔두는 건 재미없지.

"예. 스승님이 붙여주시겠습니까?"

"어, 응, 괜찮긴 한데."

나도 딱히 이름을 잘 짓는 건 아니지만, 하지만 부탁받았으니 거절할 순 없다.

나는 내 것이 된 손을 바라보면서 생각했다.

탈착 가능한 손이라면 제일 먼저 떠오르는 것이 있다. 로○ 펀치라든가. 하지만 이 손은 딱히 날아가거나 하지 않는다. 날릴 수는 있겠지만.

그 외에도 '영광의 손'이라는 단어가 떠오르기도 했다.

사형당한 죄수의 손이 밀랍처럼 변한 거라든가. 청바지에 머리띠를 동여맨 밝힘증 고등학생과는 관계없다.

뭐, 그런 쪽에서 이름을 가져오는 것은 그만두자.

이 세계에서는 분명히 최초겠지. 그러니까 제작자의 이름을 넣으면 된다.

"자노바, 크리프의 이름에서 따와서 '자리프의 의수'라고 하는 건 어떨까?"

"스승님의 이름이 들어가지 않았습니다."

"됐어. 나는 관여하지 않았으니까."

"…그건 아니라고 생각합니다만… 알겠습니다. 그럼 그 손은 '자리프의 의수'의 시험작 제1호가 되는 거로군요."

자노바는 기쁜 눈치로 그렇게 말했다.

이렇게 내 손에 마도구 '자리프의 의수'가 장착되었다. 전처럼 잘 움직이는 것도, 민감한 것도 아니지만, 생각한 대로 움직이고 감각도 있다. 마력을 넣으면 파워도 훨씬 강해진다. 힘 조절 문제는 다소 훈련이 필요하겠지만, 이것도 익숙해지면 되겠지.

목표는 실피와 록시의 가슴을 부드럽게 주무를 정도로.

"아직 고쳐야 할 점이 있으리라고 생각하기에, 자동인형 쪽 연구도 진행해야만 합니다. 어쩌시겠습니까?"

"그렇군…."

몇 가지 문제는 있는 모양이다.

예를 들자면 소비마력이다. 자노바 정도의 마력으로는 2~3 시간 정도밖에 버티지 못한다고 한다.

그 외에도 손가락이 너무 굵어서 아름답지 않다든가, 감각이 다소 둔하다든가.

그런 점을 해결해가면 정말이지 대단한 것이 나오겠지.

하지만 이건 어디까지 부산물이다.

"하지만 자노바."

그러나 우리의 목표는 움직이는 인형을 우리 손으로 만드는 것이다.

이 의수는 충분히 팔리겠고 편리한 물건이니까 언젠가 장사거리로 삼는 것도 괜찮겠지만, 그쪽에 너무 시간을 빼앗기는 건 좋지 않다.

"우리의 목적은 어디까지나 움직이는 인형을 만드는 거야. 그걸 잊으면 안 돼."

"그렇지요."

"그러니까 의수는 뒤로 미루고 인형 해석을 진행해 줘."

"스승님이라면 그렇게 말씀하실 거라고 생각했습니다."

나와 자노바는 다시 활동방침을 정했다.

의수 쪽은 짬짬이 하면 되겠지.

그 뒤에 한동안 자노바와 대화를 나누었다. 내용은 주로 베가리트 대륙에서 보고 온 인형에 관한 것이었다. 유리 인형 이야기를 하자 자노바는 눈을 빛냈다.

"그러고 보니 줄리 쪽은 어떻게 됐어?"

"줄리는 얼마 전에 그 어르신의 인형을 완성시켰습니다. 스승님에게 보여드리고 싶다고 생각하겠죠."

음. 완성되었나. 루이젤드 인형. 그건 보고 싶다, 보고 싶지만….

"그래. 하지만 저녁이 되어야 돌아온다면 만날 수 있을지 모르겠네."

"흠. 무슨 일이라도?"

"선생님의 면접이 끝나면 다른 이들에게도 얼굴을 비출 생각이야."

"선생님?"

그때 문을 두드리는 소리가 들렸다.

"루디, 있습니까? 이쪽이었죠?"

록시 목소리다. 내가 자노바와 이야기하는 동안에 면접이 끝난 모양이다.

"들어오세요. 마침 선생님 이야기를 할까 했던 중입니다."

"실례하겠습니다."

록시가 방에 들어왔다.

주위를 두리번거리면서, 다소 안절부절못하는 기색으로 천천히 내 곁으로 걸어왔다.

"꽤나 멋진 연구실이군요. 제가 들어와도 되는 거였나요. 이런 장소에는 봐선 안 되는 것도 있을 텐데."

"이 학교에 록시 선생님이 들어가선 안 될 장소 같은 건 없습니다."

"그건 루디가 정할 일이 아니지요."

"그렇지요. 하지만 여기는 괜찮습니다."

그렇게 이야기하는데 자노바가 굳어 있었다. 부들부들 떨고 있었다.

"자노바, 소개할게. 이쪽은 록시 M 그레이랫. 내 선생님이야."

"오랜만입니다, 자노바 전하. 건강하신 모양이라 다행입니다."

록시는 자노바를 향해 깊게 고개를 숙였다.

"오, 오, 오…."

자노바는 록시를 보며 부들부들 떨고 있었다.

팔을 떨면서 머리 위로 쳐들었다.

"우오오오오오오!"

"우왓!"

자노바가 갑자기 포효했다.

개구리처럼 펄쩍 뛰어오르더니 그 자리에서 오체투지했다.

록시는 움찔 몸을 떨고 내 뒤로 몸을 반쯤 숨겼다.

"오랜만에 뵙습니다, 록시 님! 이전에는 스승님의 스승님인 줄도 모르고 엄청난 무례를 저질렀습니다!"

"고개를 들어주세요. 일국의 왕자가 저 같은 것에게 이러시면 안 됩니다. 남들이 보면 어쩌려고요!"

록시가 놀라서 당황했다.

어쩔 수 없으니 좀 거들어줄까.

"괜찮아요, 선생님. 뭐라고 하는 녀석이 있으면 내가 처리하겠습니다."

"루디까지 무슨 소린가요!"

안절부절못하는 록시가 귀엽다.

허둥댈 것 없는데.

"선생님이야말로 진정하세요. 자노바가 록시 선생님에게 엎드리는 것은 당연한 일이잖아요?"

"그, 그런가요? 이유를 물어봐도?"

"어이, 자노바. 그렇지? 당연하지?"

자노바에게 동의를 구하자, 그는 오체투지한 채로 공손히 말했다.

“예. 스승님의 스승님 되시는 분이기에.”

봐, 자노바도 이렇게 말하잖아.

“당연이라는 말 말고, 이유를 가르쳐 주세요!”

“당연한 일에 이유 따윈 없습니다. 선생님은 그대로 태연하게 계시면 됩니다.”

“하지만….”

“어쩔 수 없네요. 자노바, 일어서.”

이대로 있다간 이야기를 못 할 것 같으니 자노바를 일으켜 세웠다.

자노비는 키가 크니까 지금 록시의 정수리를 보고 있겠지.

태도가 건방지군… 뭐, 됐어. 본인이 그러고 싶어서 키가 큰 것도 아니고.

“그래서 어떻게 되었나요? 교사가 될 수 있을 것 같습니까?”

“예, 지너스 스승… 수석교사도 제 능력에 대해서는 인정해 주셨으니까요.”

“나를 키웠으니까 당연하지요.”

“루디는 멋대로 자란 거지, 저의 교사로서의 실력과는 관계없다고 생각합니다만.”

아무튼 록시는 다음 학기부터 이 학교에서 교사를 맡기로 결정된 모양이다.

이거 축하를 해야겠군.

축하, 축하라. 록시의 결혼 축하. 동생들의 열 살 생일 축하.

이제 곧 태어날 아이의 탄생 축하. 해야 할 일이 많이 있군.
언젠가 가족들끼리 크게 축하를 할까.
파울로의 편지에도 돌아오거든 한꺼번에 축하하고 싶다고 적혀 있었고.
뭐, 나중 이야기다. 지금은 바쁘니까 좀 진정된 뒤에 하자.
"아, 그렇지. 다른 사람들에게도 인사를 해야겠네."
"그렇습니다. 다들 스승님이 돌아오셨다면 기뻐하겠죠."
자노바는 쾌활하게 웃었다. 나도 따라 웃었다.
다른 이들에게 록시를 소개하는 것이 즐겁기 짝이 없다.
"그럼 자노바, 의수 고마워. 또 올게."
"예, 또 한가할 때에 얼굴을 보여주십시오. 줄리도 기뻐할 테니까요."
"물론이야."
"아, 그렇지. 의수 상태가 안 좋아지거든 저보다 크리프에게 보여주는 편이 나을지도 모르겠습니다."
"알았어."
이렇게 자노바와 헤어졌다.

추운 복도에 끼릭끼릭, 하는 소리가 울렸다.
내 의수에서 울리는 소리다. 나는 걸으면서 의수에 어느 정도의 마력을 넣으면 좋을지 조절하고 있었다. 손을 쥐었다 폈다 반복할 때마다 의수가 끼릭끼릭 소리를 냈다.

아무래도 시험작품부터 방음 성능 같은 걸 넣을 순 없었던 모양이다.

"그 의수, 마도구입니까?"

왼편을 걷는 록시가 갑자기 물었다.

"예. 자노바의 연구 성과라고 합니다."

"대단하군요. 그렇게 정밀하게 움직이다니."

"그렇죠. 이만큼 움직이면 록시의 도움을 받지 않아도 어떻게든 될 것 같습니다."

"아… 그런, 가요."

고개를 돌려보니 록시는 실수했을 때의 얼굴을 하고 있었다.

"죄송합니다. 루디에 대해 깊게 생각하지 않았습니다. 제가 없어지면 고생일 텐데 교사라니…."

"왼손 문제라면 록시가 근심할 것 없어요."

도움을 받았지만 내가 부탁한 것도 아니고, 록시가 하고 싶은 일을 우선하는 편이 단연 낫다.

너를 대신할 거라면 얼마든지 있다는 식이 될 것 같아서 말하지 않았지만, 힘들 때 도와주는 이는 내 주위에 얼마든지 있으니까.

"아무튼 잘 되었네요. 왼손이 생겨서."

"예, 이걸로 마음껏 록시를 만질 수 있습니다."

그렇게 말하면서 의수로 록시의 어깨를 이리저리 만졌다.

로브 너머로 록시의 부드러움이나 온기가 전해졌다. 온도도 알 수 있는 모양이다. 이 의수, 고성능이군.

꽤나 이리저리 만졌는데, 록시는 저항 없이 그것을 받아들여 주었다.

"아무튼 모두에게 소개하고 싶으니까 같이 좀 가 주세요."

"소개… 예!"

록시는 긴장한 얼굴로 끄덕였다.

그 뒤로 곳곳을 돌면서 귀환 보고와 함께 록시를 소개했다.

리니아, 프루세나. 아리엘, 루크. 그리고 나나호시. 크리프에게도 갈까 했는데, 연구실 안에서 번뇌 어린 소리가 들리기에 사양하였다.

사람들의 반응은 제각각이었다.

특히나 리니아와 프루세나의 반응은 재미있었다.

두 사람은 록시의 냄새를 맡기만 해도 몸을 부르르 떨었다.

꼬리를 만 두 사람에게 내가 존경하는 스승님이라고 소개하자, 나란히 록시에게 고개를 숙였다.

수족은 민감하니까 정말로 거슬러선 안 되는 존재의 무서움을 아는 거겠지.

반대로 아리엘과 루크는 둔감했다.

귀환 보고를 위해 찾아가자, 아리엘은 '돌아올 때에는 얼굴을 보이는군요.'라고 야유를 날렸다.

나무라는 어조는 아니었지만, 내가 여행을 떠날 줄 알았으면 여러모로 도움도 주었을 거란 이야기였다. 준비 부족으로 실패한 몸으로서는 부끄러울 따름이었다.

그렇기에 나도 사죄를 하였다.

뭐, 하지만 그건 됐다. 록시를 소개하자, 두 사람은 놀란 얼굴을 한 뒤에 서로의 얼굴을 바라보았다. 겉모습은 아직 어린 록시가 교단에 선다는 것을 믿을 수 없었겠지.

그렇긴 해도 역시나 일국의 왕녀라고 해야 할까. 아리엘은 록시에게 정중하게 인사했다. 역시나 대단한 사람이다.

나나호시는 건강하지 않은 얼굴이었다. 감기라도 걸린 건지 콜록콜록 기침을 하면서, 내 얼굴을 보더니 '이걸로 연구를 계속할 수 있겠네.'라며 안도한 기색이었다.

록시를 소개하고 그녀가 다음 학기부터 교사로 일한다고 말하자 '어, 그래?'라는 쌀쌀맞은 대답이 돌아왔다.

너무나도 쌀쌀맞기에 록시의 장점을 줄줄이 늘어놓았더니 '로리콘, 기분 나빠.'라면서 얼굴을 찌푸렸다.

뭐, 일반적인 여고생은 록시가 얼마나 대단한지 알 수 없나.

관계자들에게 인사를 마쳤다.

슬슬 돌아갈까 하는 참에 록시가 입을 삐죽거렸다.

"루디."

"말씀하세요."

"소개해 주는 건 기쁘지만, 저를 너무 과대평가하는 것 같습니다."

"그럴 생각은 없는데요."

"그런가요?"

"선생님의 대단함은 지 같은 것의 말로는 차마 표현할 수 없으니까요. 그걸로는 부족할 정도지요."

내가 그렇게 말하자, 록시가 나를 향해 삿대질을 했다.

"그래, 그겁니다! 혹시 루디, 저를 놀리는 건가요?"

"천만의 말씀. 나는 언제나 진심으로 선생님을 존경합니다."

"하아, 왠지 루디가 저를 '선생님'이라고 부를 때는 놀림을 받는 것 같은 기분이 듭니다."

록시는 성대하게 한숨을 내쉬었다.

내가 보기엔 정당한 평가라도 록시에게는 과도하게 비치는 모양이다.

"그건 그렇다고 하고, 많은 분들에게 소개할 때 '선생님'이었다고는 말해도 '아내'라고는 말해 주지 않는군요."

"아."

그 말에 나는 내 잘못을 깨달았다.

이미 돌이킬 수 없는 추태다.

그래, 록시는 이미 록시 미굴디아가 아니다.

록시 M 그레이랫이다.

나도 그렇게 소개했고, 록시도 이름을 댈 때는 그렇게 말했다.

그러니까 분명히 필요 없다고 생각했다.

아리엘 정도 되면 그게 무슨 의미인지 알았을 것이다.

하지만 그런가, 그렇군. 이럴 수가. 록시는 위대한 사람이라서 내 아내로 너무 아깝다고 생각했는데. 그래, 그녀는 아내로 소개해 주기를 원했나.

이런 실수를 하다니. 제2부인이라도 아내는 아내. 내 아이를 낳아줄지도 모르는 존재인데.

"미안, 록시, 마이 스위트 하트. 하지만 정말로 사랑해. 뭣하면 록시의 양친에게 달려가서 보고하고 와도 좋아."

"읏, 아뇨, 그건 필요 없습니다. 멀기도 하니까 나중에 언젠가."

언젠가라. 로인 씨와 로칼리 씨는 건강하게 살고 있을까.

록시와 결혼한 이상, 그 두 사람은 내 부모님이나 마찬가지다. 언젠가 신세 진 바도 있으니 만나러 가고 싶군. 전이마법진을 몇 개 경유하면 두 달 정도면 갈 수 있을 것 같은데….

"알겠습니다. 그럼 나중에 언젠가."

지금은 됐나. 언젠가, 정말로 시간에 여유가 생겼을 때에라도 가족 전원이 여행을 겸해서 찾아가면 되겠지.

그렇게 생각하면서 나는 록시와 함께 집으로 돌아갔다.

—— 학교의 소문 1 '대장의 팔은 하늘을 난다' ——

제2화 3학년

3학년 첫날.

아침에 일어나서 거실로 내려가니 실피가 있었다. 그녀는 루시에게 모유를 먹이고 있었다.

"아, 안녕, 루디."

"안녕, 실피."

자식이 태어나고 몇 달이 지났지만 산후 경과는 순조로웠다. 모녀 모두 건강하다.

최근 실피가 부쩍 여성스러워졌다고 생각되었다. 머리를 기른 탓일까, 자식을 낳은 탓일까.

아니면 나이를 먹은 결과일까. 할리우드 여배우 같은 미녀가 되어가고 있다.

아무것도 하지 않고 조용히 앉아 있는 모습은 그야말로 절벽 위의 꽃과 같아서, 말을 걸기 망설여질 정도다.

하지만 실제로 말을 걸면 여전히 어리광 많은 나의 실피라서 안도하게 되지만.

"루시는 오늘도 씩씩해."

그런 말에 루시를 보니, 그녀는 일심불란하게 실피의 가슴을 빨고 있었다. 밤에 내가 침대 위에서 그러는 것 같다. 이런 점은 닮았군, 응.

루시는 건강하면서도 얌전한 아이였다.

잘 울지 않아서 아픈 게 아닐까 불안한 마음에 시달린 적도 있었다.

그때마다 실피나 리랴는 '너무 걱정이 많다'면서 다독여 주었다.

역시 동생의 경우와는 달라서 내 자식은 특별하게 생각되는 모양이다.

내 걱정과 달리 루시는 무럭무럭 자랐다.

얌전하고 별로 울지 않지만, 몸은 튼튼한 모양이다.

그런 루시를 보면서 리랴가 순간 놀랄 만한 소리를 했다.

"루데우스 님의 어렸을 적 모습이 떠오릅니다."

전생자. 그런 단어가 내 뇌리를 스쳤다.

나는 전생에서 다소 좋지 않은 인간이었다.

그러니까 불안했다. 이 아이는 못된 남자의 전생자가 아닐까? 라고.

그런 불안 때문에 나는 딸에게 일본어나 영어로 말을 걸어보는 짓을 저질렀다.

태어난 지 얼마 안 된 딸을 상대로 '이미 깨달았겠지? 여기가 이세계란 사실을…' 이라든가, 'You are My SunShine! I am a pen!!' 같은 소리를 속삭였다.

정말 웃기는 모습이었겠지.

그 모습을 그늘에서 지켜보던 아이샤가 킥킥 웃었다.

그런 검증의 결과는 아니지만, 루시는 전생자가 아니라고 생각되었다.

내 말을 들어도 웃으면서 '아바~'라든가 '아부~' 같은 말을 할 뿐이었다.

어쩌면 숨기는 걸지도 모르지만, 갓난아기 흉내를 낼 수 있는 어른은 그리 많지 않다.

혹시 그렇더라도 필사적으로 갓난아기 흉내를 내는 거라면 귀엽지 않은가.

그래, 루시는 귀엽다.

하루 종일 아기 침대 옆에 있어도 지루하지 않을 정도다.

전생이든 뭐든 괜찮잖아. 가령 루시의 안에 있는 게 전생자라고 해도 소중히 키우면 될 뿐이다.

파울로가 내게 그랬듯이.

"오늘도 우리 애는 귀여워."

"그래, 왜 이렇게 귀여울까."

"엄마가 귀여우니까 그렇겠지."

뒤에서 실피의 목에 손을 두르고 껴안았다. 뒷머리에 입맞춤을… 하는 척하면서 머리카락에 얼굴을 묻었다. 화악 피어오르는 것은 우유 향기다. 천연 향수로군.

"에헤헤. 고마워, 루디."

실피는 내 손을 쓸면서 부끄러운 듯이 웃었다.

그리고 내 뒤에 선 록시를 보았다.

"어어… 록시. 어제 루디, 어땠어?"

록시는 움찔 떨었다.

"…어, 어어. 저기, 잘해 주었습니다."

"루디는 그러기 시작하면 거칠어지는데 무섭지 않았어?"

"무섭지는 않았습니다. 두 번째고요. 루디도 부드럽게 해주… 아, 아니, 죄송합니다."

"사과할 것 없어."

"…그런가요."

"그래."

두 사람은 아직 조금 어색한 모습이지만, 모난 기색은 아니다.

균형을 잘 지키고 있다. 서로 친해지려는 마음이 보였다.

이런 세 사람의 관계는 노력이 있어야 비로소 성립되겠지.

특히나 실피에게는 엄청난 노력을 하게 만들어 버렸다.

애초에 지금 상황은 그녀의 관대함에 의한 바가 크다.

나는 약속을 어기고 록시를 두 번째 아내로 맞았다.

경우에 따라서는 내게 이혼장을 던졌어도 이상하지 않다.

"바압~ 바압~ 아침밥~이야~♪"

그때 아이샤가 노래를 부르면서 거실로 들어왔다.

참 웃기는 노래다. 즉흥적으로 지은 걸지도 모르겠다. 천재인 아이샤도 노래에는 재능이 없는 모양이다.

"안녕하세요, 오빠, 그리고 마님들! 오늘 아침식사는 평소와 완전히 똑같습니다!"

그쪽을 보니 녹색 수프와 하얀 빵, 그리고 데운 말젖이 준비되어 있었다.

이 지방에서는 모유가 잘 나올 수 있도록 아이를 낳은 어머니에게 말젖을 먹인다.

"아이샤. 아침식사 내용은 귀찮아하지 말고 제대로 설명하세요."

아이샤의 뒤를 따라 들어온 것은 리랴였다. 그녀도 주방에 있었던 모양이다.

"병아리콩과 감자 수프와 보리빵. 그리고 영양이 풍부한 말젖입니다!"

그 말을 듣고 아이샤는 자신만만하게 아침식사를 설명했다.

물론 매일 먹는 것이니까 듣지 않아도 알지만, 이런 것도 형식으로서 중요하겠지.

"좋아요. 그럼 잠시만 기다려 주세요."

리랴는 만족스럽게 끄덕이더니 2층으로 올라갔다.

"오래 기다리셨습니다."

그녀는 곧 제니스를 데리고 내려왔다.

제니스는 거실에 들어오더니 멈춰 서서 나를 똑바로 바라보았지만, 말없이 자기 자리에 앉았다.

"…좋은 아침이에요, 어머니."

몇 달이 지난 지금도 제니스의 기억은 아직 돌아오지 않았다.

하지만 그녀는 조금씩 변했다.

특히나 노른과 있을 때 현저하게 평소와 다른 행동을 보였다.

노른의 머리를 쓰다듬거나 직접 밥을 먹여 주려고 하는 등의 모습이다.

마치 두세 살짜리 아이를 상대하는 듯한 느낌이다.

반대로 노른은 당혹스러운 기색이지만, 거절하지 않고 받아들였다.

노른이 어떻게 생각하는지는 모르겠지만, 복잡한 심경일 것은 틀림없겠지.

애초에 아직 어리광부리고 싶은 나이, 혹은 반항기가 시작될 나이… 부모에 대한 감정의 비중이 클 시기다.

어쨌든 제니스의 상황을 이해하고서 그녀 나름대로 고려해준 건 틀림없다. 처음 만났을 때의 노른을 생각하면 상상할 수도 없는 일이지만…. 사람은 누구든 변하는 법이다.

"……."

제니스도 역시 자기 딸이라면 뭔가 생각하는 것이 있을까. 아니면 조금씩 기억이 돌아오는 걸까…. 어찌 되었든 조금 지켜보는 편이 좋겠지.

"그럼 잘 먹겠습니다."

아침식사는 다 함께 먹는다.

내 오른편에 실피, 왼편에 록시. 테이블을 사이에 두고 맞은편에 아이샤, 리랴, 제니스가 앉았다. 오늘은 없지만 노른이 있으면 제니스의 옆에 앉게 된다.

딱히 자리를 정한 기억은 없지만 이런 형태가 되었다.

"오늘부터는 나도 학교에 가니까, 루시를 잘 부탁합니다."

"예, 실피에트 님. 맡겨주세요."

실피도 나도 오늘부터 복학한다.

학교에 다니는 동안, 아이는 리랴와 아이샤가 돌보게 되었다.

하지만 아직 루시는 젖먹이다. 엄마 젖이 없으면 살아갈 수 없다.

그런 의미로는 나도 젖먹이 같지만, 그건 넘어가자.

아무튼 유모를 고용하게 되었다. 스잔느라는 근처의 아줌마(두 아이의 어머니, 전직 모험가)다.

내 지인인데, 이 사람에 대해서는 일단 넘어가자.

"잘 먹었습니다."

자, 오늘부터 3학년이다.

"안녕하심까!"

"안녕하십니까!"

"항상 수고가 많으십니다!"

학교 부지 안에 들어가자, 모르는 녀석들이 어째서인지 인사를 했다.

불량스러워 보이는 놈들뿐이다. 나도 조금은 관록이란 게 보이기 시작했나.

뭐, 일단은 한 아이의 아버지니까. 아직 자각이 없긴 하지만.

"안녕!"

그렇게 생각하는데 제일 불량해 보이는 녀석이 인사를 했다.

"보스. 좋은 아침이다냐."

"피츠랑 록시 님도 좋은 아침."

리니아와 프루세나다. 이 녀석들은 최상급생이 되었어도 별로 변한 게 없다.

리니아는 잘난 척하고, 프루세나는 햄 같은 것을 질겅거렸다.

"보스는 아침부터 여자 둘을 데리고 등교라니, 엄청 잘난 몸이다냐."

"우리를 버리고 둘째 마누라를 데려오다니, 너무하잖아."

"우리도 올해로 졸업이니까, 누구 좀 찾을 거다냐."

"그래. 올해는 결투할 거야. 남자를 찾아서 고향으로 돌아갈 거야."

콧김이 가쁘다. 아무래도 양손에 꽃 상태인 내가 부러운 모양이다. 실피나 록시가 아니라 남자인 내가. 무리의 보스가. 뉴리더병의 증상이다.

"두 사람 다 힘내."

실피도 웃고 있었다. 그녀도 제법 말재주가 늘었다. 남자가 생겨서 여유 넘치는 웃음일까.

실피도 두 사람과 오래 알고 지냈다. 어느 정도는 허물 없이 대할 수 있게 되었다.

"죄송합니다, 옆에서 가로챈 것 같아서."

하지만 록시는 말을 액면 그대로 받아들였는지, 두 사람에게 꾸벅 고개를 숙였다.

"냐아?!"

"에엣?!"

그러자 리니아와 프루세나는 갑작스럽게 허둥댔다.

"아, 아니다냐. 나는 딱히 그런 의미로 말한 게 아니다냐."

"그래, 우리 매력이 문제라는 의미지, 록시 님을 험담할 생각은 없어."

안절부절못하며 사죄하는 두 사람.

록시는 존경해야 할 존재니까 당연하다고 해도, 좀 기분이 그렇군.

이 녀석들이라면 록시를 보고 '이런 도토리보다 우리 쪽이 낫다냐!'라든가 '마족 따윈 엿이나 먹어!'라는 말을 할 것 같은데. 그런 소리를 하면 내가 가만있지 않겠지만.

"피츠도 고생이겠지만 힘내라냐."

"상대가 좀 그렇지만, 피츠라면 괜찮을 거야."

한바탕 사과한 뒤에 두 사람은 실피의 어깨를 툭툭 두들겼다.

"어?"

"얼른 둘째를 가지는 거다냐."

"제일 높은 지위를 확립해."

"뭐를?"

실피는 잠시 생각했지만, 잠시 후에 뭔가 깨닫고 난처한 얼굴을 했다.

"어어, 루디는 분명히 나도 사랑해 주는데?"

리니아와 프루세나는 코를 훌쩍거리는 시늉을 했다.

"우우, 기특하다냐."

"눈물이 다 나네. 피츠는 존재감이 흐릿하니까 세 명, 네 명으로 늘어나면 점점 창가 쪽으로 밀려나는 불운한 타입이야."

진짜 마음대로 떠들어대는군. 나는 세 명, 네 명으로 늘릴 생각도 없고, 가령 늘어났다고 해도 실피를 창가로 쫓아낼 생각은 없다.

자기 몸을 던져서 날 도와준 실피를 없는 취급할 생각은 전혀 없다. 뭐, 록시 문제로 안 좋은 경험을 하게 했을지도 모르지만.

"어, 그런 게 아니…지? 루디?"

선글라스 뒤에 감춰진 그 표정은 알기 어렵다.

하지만 불안이 느껴지는 목소리였다. 마음속으로는 실피도 불안할지 모른다. 내가 안심시켜 줘야만 한다.

"당연하지."

나는 실피를 껴안았다.

등을 쓸어주면서 사랑을 외친다. 이런 것은 남들이 있는 곳에서 확실히 말하는 편이 좋겠지.

"나는 실피를 사랑한다!"

당당히 선언하자, 주위에서 박수가 일었다.

실피는 내 품 안에서 귀까지 새빨개졌다.

"아니, 잠깐, 루디. 학교에서 그런 건 하지 마."

"실피가 물어본 거잖아."

"그, 그러거든 록시한테도 똑같이 해 줘, 응?"

돌아보니 록시가 나를 올려다보고 있었다.

"…아뇨, 저는 딱히."

기대가 담긴 시선이었다.

나는 주저 없이 왼손으로 록시를 끌어안았다. 왼손으로 록시를, 오른손으로 실피를.

오오, 대단해. 이것이 양손에 꽃인가.

"두 사람 다 사랑한다!"

그러자 일부 학생들에게서 야유가 일었다.

아마 미리스 교도겠지.

됐어. 나는 너희와 종교가 다르니까. 너희의 말에 뭐라고 하지 않을 테니까.

하지만 주목을 받는 바람에 실피의 얼굴이 새빨개졌다.

"돼, 됐어. 나, 나는 먼저 아리엘 님에게 가 볼게."
"응. 점심시간에 또 봐, 실피."
"그리고 학교에서는 피츠!"
그러고 보니 그런 설정이었나.
이미 1년 가까이 학교에 안 갔으니까 잊어버렸다. 딱히 남장을 하지 않아도 될 것 같은데. 누가 봐도 남장 미녀라고밖에 생각하지 않겠고.
아니, 아름다워서 좋긴 한데.
"그럼 저는 교무실 쪽으로 가겠습니다."
실피가 뛰어가는 것을 지켜보고 록시도 내게서 떨어졌다.
"예. 다녀오세요, 록시."
"어, 저도 학교에서는 선생님이라고 불러 주세요."
공사혼동은 하지 않으려는 걸까.
그건 이해했지만. 하지만 그런가, 록시도 오늘부터 여교사인가. 여교사. 좋은 말이다. 어젯밤의 일이 떠오르는… 체육창고 임대가 몇 시까지 가능하더라.
그때 문득 어떤 사실을 떠올렸다.
"…저기, 록시 선생님."
"뭔가요, 루데우스 군."
빠릿한 얼굴로 나를 올려다보는 록시.
"오늘은 첫날이니까 교사는 일찍부터 조회가 있는 거 아닙니까?"

"앗!"

실수했을 때의 신음소리를 냈다. 그 안색은 창백했다.

"죄, 죄송합니다. 서둘러야 하니까 이만!"

록시는 황급히 교무실로 달려갔다.

아무래도 예정을 다소 착각했던 모양이다. 생각해 보면 당연하다. 학생과 교사가 같은 스케줄로 움직일 리가 없으니까.

"그럼 우리도 갈까."

"알았다냐."

"동행할게."

나는 개와 고양이를 데리고 교실로 향했다. 오늘은 조례가 있는 날이다.

아내가 없어졌는데도 아직 양손에 꽃이라니. 인기몰이철인가.

하지만 리니아와 프루세나에게는 손을 대지 않는다. 후후, 남자는 괴롭군.

"그러고 보니 소문을 들었다냐."

갑자기 리니아가 귀를 세우면서 나를 돌아보았다. 그 눈은 호기심으로 가득했다.

"소문?"

"그렇다냐. 보스가 왼손을 잃을 정도의 강적과 싸우고 왔다는 소문이다냐."

"아하…."

그러고 보니 두 사람에게는 귀환 보고와 록시가 교사가 된다는 것밖에 말하지 않았군.

자세한 경위는 자노바 정도에게만 말했다.

그 녀석이 누군가에게 떠벌렸을까… 아니, 어쩌면 엘리나리제 경유로 이야기를 들은 크리프일지도 모른다.

"역시나 보스다냐. 마대륙까지 가서 칠대열강과 싸우고, 왼손을 희생해서 승리를 얻다니!"

"뭐?!"

그게 뭔 소리야. 칠대열강?!

그런 무시무시한 단어가 어디서 튀어나왔어?

"게다가 상대는 거의 기듯이 도망쳤다고 들었어. 대단하네."

"아아아아, 아니, 잠깐만."

그게 뭐야? 소문이 어떻게 나서 꼬리가 어떻게 붙은 거야? 제발 그러지 말아 줬으면 하는데.

소문이 더 부풀어 올라서, 칠대열강 중 하나를 흠씬 패놨다는 게 되면 어쩌지.

그 소문을 진짜 칠대열강이 듣기라도 하면 어쩌지.

예를 들어서 올스테드가 듣기라도 하면….

"사실 지금 내가 생각한 보스의 일화다냐. 이걸 대대적으로 퍼뜨려갸아아아아!"

리니아의 꼬리를 붙잡고 힘껏 잡아당겼다.

손톱을 세우고 할퀴려는 것을 마안으로 회피하자, 리니아는 울상을 하고 꼬리를 누르며 노려보았다.

"소녀의 꼬리에 뭔 짓이냐!"

맞받아 노려보았다.

"소문에 꼬리를 붙여서 부풀리지 마. 네 꼬리를 확 뽑아버린다."

"어?! 아, 미, 미안하다냐."

이 녀석들에게는 전과가 있었지. 내가 ED라는 소문을 퍼뜨린 전과가.

뭐, 그건 됐어. 틀림없는 진실이었고.

하지만 이건 다르다. 여기에는 피해가 따른다. 최악의 경우 죽는다. 좋지 않은 소문이다.

"우리는 자노바한테 들었어."

그때 프루세나가 끼어들었다.

"보스는 마술이 안 통하는 히드라랑 싸웠다고. 내가 붙어 있었으면 스승님의 위대한 어쩌구저쩌구하는 왼손을 잃지 않을 수도 있었다고."

"그렇다냐. 하지만 우리는 그냥 얌전히 대단하다고 감탄했다냐. 그러니까 보스의 위대함을 더 퍼뜨리려고…."

"괜한 짓이야."

분명히 나도 조금은 강해졌을지도 모른다. 하지만 결국 여차할 때에는 생각이 부족하여 실패하는, 한심한 남자다. 너무 높은 평가를 받고 싶진 않다.

"하지만 우리가 아무 짓도 안 해도, 보스의 왼손이 의수가 된 걸 보고 여러 소문이 나돌아."

"그렇다냐, 우리가 조금 다른 소리를 해도, 안 변한다냐."

"……."

나도 이 학교에서 유명인 중 하나인 모양이고, 그런 소문이 도는 것도 어쩔 수 없다.

하지만 칠대열강은 진짜 사양이다. 올스테드에게 당했을 때의 기억은 아직도 선명하다.

"또 무슨 소문이 있어?"

"그렇군, 여러 가지가 있다냐."

자세히 물어보자, '스펠드족과 싸웠다'라든가 '백만 마리의 마물들을 혼자서 제압했다'라든가 '태고의 마술에 성공했지만, 반동으로 손을 잃었다' 같은 밑도 끝도 없는 소문이 많이 나도는 모양이다.

황당무계한 소문이라면 금방 사라지겠지만.

"으음…."

생각해 보면 칠대열강도 그런 소문에는 익숙하겠지.

유명인이란 이기든 지든 일일이 소문이 되겠고, 학교에서 조금 소문이 도는 정도에 신경 쓰지 않을지도 모른다.

"뭐, 꼬리는 미안했어."

"인간은 이 아픔을 모른다냐. 소녀의 꼬리를 잡아당기는 건 용서 못한다냐."

"다음에 물고기라도 좀 줄게."

"우훗, 럭키. 가끔은 흥정도 하고 볼 일이다냐."

"난 고기가 좋아."

리니아와 프루세나와 이야기하면서 교실로 이동했다.

조례는 평소와 같았다.

나를 중심으로 간격을 두고 앉은 다섯 명. 인형을 만지작거리는 자노바. 그걸 흉내내는 줄리. 손톱에 줄질을 하는 리니아. 고기를 먹는 프루세나. 그리고 책을 펼치고 공부하는 크리프. 뒤쪽에 진저가 서 있지만, 그녀는 넘어가자.

오랜만이긴 하지만 익숙한 광경이다. 앞으로 1년 있으면 여기서 두 명이 사라진다고 생각할 수 없을 정도다. 리니아와 프루세나, 올해로 졸업이지.

"그러고 보니, 루데우스."

갑자기 크리프가 책을 보다 고개를 들었다.

"너, 나한테 인사하러 와도 좋지 않았나?"

불만인 눈치였다. 그러고 보면 돌아온 뒤로 지금까지 크리프랑은 안 만났군.

"죄송합니다, 크리프 선배. 처음에 찾아갔더니 엘리나리제 씨와 바쁘신 모양이길래 자리를 피했습니다."

"윽, 그런가. 분명히 한동안 리제와 함께 있었으니까. 응, 그런 거라면 어쩔 수 없지. 나한테도 잘못이 있어."

크리프는 그렇게 말하고 한 발 물러나 주었다.

아리엘도 그렇지만, 이쪽 사람들은 인사 한 번 하지 않은 걸 무척이나 신경 쓰는군.

모험가는 더 차가운 느낌인데.

"하지만 자식이 태어났거든 말 한마디 해 주면 좋았잖나. 나는 아직 수행 중인 몸이지만, 그래도 축사 정도는 할 수 있어."

"…그렇군요."

"음, 미안. 너는 미리스 교도가 아니었으니까 축사는 필요 없으려나. 하지만 최근에는 마치 나를 피하는 것 같잖나. 육아로 바쁜 것도 있겠지만, 한 번 정도는 연구실에 와도 좋지 않았나? 그 정도 시간은 있었겠지?"

그러고 보니 정말로 피하고 있었던 걸지도 모른다.

크리프를 만나고 싶지 않은 이유는 있다. 말할 것도 없이 록시 문제다. 난 아내가 둘이고, 크리프는 미리스 교도. 별로 좋은 얼굴을 하지 않겠지.

"아니면 나를 만나고 싶지 않은 이유가 있었나? 혹시 그런 이유가 있다면, 꼭 네 입으로 들어보고 싶군."

오늘 크리프는 꽤나 끈질기군. 아마도 엘리나리제에게 자세한 이야기를 들었겠지.

하지만 다름 아닌 엘리나리제니까.

'미리스 교도로서 가만히 있을 수 없겠지만, 관대하게 용서하면 크리프라는 인물의 그릇이 크게 보이겠지요.'

라는 소리를 했을지도 모른다.

물론 록시와의 결혼에 대해서 크리프의 용서를 얻을 필요는 없다.

하지만 용서를 받지 못해 크리프와 소원해지는 것도 별로다.

여기서는 엘리나리제의 손바닥 위에서 춤을 추자. 내가 말하고 크리프가 용서한다.

그리고 크리프의 관대함을 추어올리고, 크리프는 기분이 좋아진다. 아무도 손해 보지 않는다.

좋아, 나는 댄서다. 춤추고 노래하고 소리치자.

"실은…."

"실례하겠습니다."

그때 내 목소리를 가로막듯이 교실 문이 열렸다.

들어온 것은 두 명이었다.

한 명은 항상 우리 특별생 조례를 담당하는 교사.

그의 뒤를 따라 들어온 것은 귀여운 소녀였다. 로브 차림이고, 졸린 듯한 눈, 무뚝뚝한 표정은 다소 긴장한 것처럼 보였다. 어떤 때라도 열심히 노력할 듯한 아이고, 무심코 껴안아 주고 싶어지는 아이나. 다시 말해 록시다.

"여러분, 오늘은 이 특별생 학급의 부담임이 될 분을 소개하겠습니다."

"록시 M 그레이랫입니다."

록시는 한 발짝 앞으로 나서서 꾸벅 고개를 숙였다.

사람들은 놀란 눈으로 그들을 보았지만, 담임은 그걸 개의치 않고 말을 이었다.

"그녀는 종족상 어려 보이겠지만, 이렇게 보여도 나이는 50살을 넘었습니다. 이 학급 분들과도 연고가 있는 모양이라서 이 학급을 담당하게 되었습니다. 한동안 부담임으로 있겠지만, 내년부터는 그녀가 정식으로 이 학급을 담당할 테니까 다들 그렇게 아세요."

"냐아! 삼손 선생님은 어떻게 되는 거냐!"

리니아가 그렇게 묻자 담임은 고개를 끄덕였다. 아무래도 이 교사의 이름은 삼손이었던 모양이다. 물론 마초도 게이도 아니다. 특징이 없는 게 특징이라는 느낌의 인물이다.

"나는 내년에 고향으로 돌아갑니다. 이 특별생 학급에 이제 내 친척은 없으니까요."

"그러고 보니 렌 선배는 어디로 갔어?"

"동생은 네리스 공국의 마술기사단에 들어갔습니다. 잘 지내는 모양입니다. 하지만 내버려뒀다간 그녀가 무슨 짓을 저지를지 모르니까요."

"그렇구나냐."

이건 나중에 들은 이야기인데, 애초에 이 특별생 학급의 조례 담당은 특별생과 관계있는 인물이 담당하는 경우가 많다는 모양이다. 특별생들은 특색 강한 인물이 많기 때문이겠지.

고삐, 혹은 족쇄가 될 만한 인물이 담임이 되는 편이 바람직

하다.

현재 담임인 삼손 선생님은 크리프가 입학할 때 졸업한 선배의 가족인 모양이다.

그 선배는 마법삼대국 중 하나, 네리스 공국의 왕족으로, 탁월한 마술 센스를 가졌다나.

아무튼 록시는 나와 자노바와 관계가 있다. 그야말로 안성맞춤인 인재라고 할 수 있겠지.

록시는 앞으로 나서서 교실 전체를 둘러보고 말했다.

"이미 소개를 받은 분도 많으리라 생각합니다만, 제 이름은 록시 M 그레이랫. 그쪽에 있는 루데우스 그레이랫의 둘째 아내입니다. 교사와 학생이면 대하는 법도 다르겠지만, 잘 부탁드립니다."

"……."

크리프의 얼굴이 굳었다.

둘째 아내란 말은 분명 내 입을 통해 듣고 싶었겠지.

그리고 아무 일도 없이 록시를 받아들이고 싶었겠지.

하지만 그 예정이 뒤틀렸다.

"…저기, 크리프 선배."

"흥, 둘째 아내라. 네게는 절조란 것이 없나?"

말을 붙이자 설교가 시작되었다.

"예. 절조는 좀 부족했나 싶습니다."

"그날, 나는 네가 실피 한 명을 사랑하겠다고 했기에 축복했는데?"

"예, 그것에 대해서는 아주 감사히 생각합니다."

"물론, 네가 미리스 교도가 아니란 것은 알고 있으니까 더는 말하지 않겠지만. 아니, 오히려 축복하지. 축하한다."

"감사합니다."

크리프는 흥 하고 콧방귀를 뀌었다.

"네 여동생과는 시내의 교회에서 종종 만난다. 그녀는 이렇게 말했다. 나중에 오빠와 실피 언니처럼 화목한 부부가 되고 싶다고. 그녀는 둘째 아내를 데려온 네게 뭐라고 말했지?"

"화냈습니다."

"그렇겠지. 그녀는 너와 부군의 생환을 매일처럼 기도했으니까. 네가 살아서 돌아왔다는 사실 자체는 아주 기쁜 일이었겠지."

"하지만 마지막에는 용서해 주었습니다."

"그야 결국에는 용서하겠지. 끝까지 반대하다가 집에서 쫓겨나는 것도 무섭고."

"…그런 짓은 안 합니다."

"물론 너는 그렇겠지. 하지만 약자의 입장에 서보면 알겠지? 아버지를 잃은 그녀가 몸을 의탁할 곳은 너밖에 없으니까. 너희도 조금은 노른의 심정을 헤아려야 하지 않을까?"

"예."

"너무 반려를 늘리는 것은 좋은 일이 아냐. 여성은 수집품이 아니니까."

아프게 꽂히는 말이다. 그렇긴 해도 완전히 사제의 말이군. 오늘 크리프에게는 위압감이 있다.

"예…. 저기, 크리프 선배."

"뭐지, 루데우스?"

대화 도중에 처음 듣는 이야기가 있기에 감사의 말을 하였다.

"노른을 돌봐 주셨던 모양이군요. 감사합니다."

"…교회에서 우연히 만나서 이야기 상대가 되어주었을 뿐이다. 아, 그리고 말이지, 그렇게 어린 아이를 혼자서 돌아다니게 하는 건 잘못되었다. 이 근처는 치안이 좋지만, 뒷골목으로 들어가면 유괴범이 있으니까."

"예. 명심하겠습니다."

"좋아. 반성한다면 나는 네 죄를 용서하지. 미리스 님은 관대하신 분이시니까."

"예, 감사합니다."

용서를 받았다.

역시 이건 참회의 일종일까. 하지만 분명히 노른에 대한 배려는 부족했을지도 모른다. 앞으로는 이제까지의 갑절로 잘해 주자.

"자, 이야기도 끝난 모양이니 연락사항을…."

크리프의 설명이 끝난 타이밍에 삼손 선생님이 조례를 재개했다.

그 옆에서 록시가 불안한 표정을 하며 서 있었다.
일단 키스를 보내보았더니, 살짝 웃으면서 야단을 쳤다.

그 뒤의 흐름은 이제까지와 별 차이 없었다.
자노바와 크리프의 상황을 보고, 나나호시를 거들고, 남는 시간에 흡수 마석의 연구나 책을 만들었다. 여전히 할 일은 많다.
하루에 하나나 둘 정도밖에 하지 않았던 예전이 그립다.
조금 변화가 있었던 것은 수업이 끝나고 방과 후.
이전이라면 노른에게 공부를 가르쳤을 시간이 검술 지도로 변한 것일까.
검술을 배우느라 성적이 떨어지는 것은 걱정이지만, 그쪽은 그쪽대로 노력하겠다고 선언했으니 일단 지켜보자. 의욕이 있는 동안에 팍팍 시켜봐야 한다.
그 점에 대해서는 일단 그렇게 시간을 배분하자.
수업이 끝난 뒤에 실피와 록시를 데리러 가서 셋이서 하교한다.
실피의 야근이 있는 날은 록시뿐. 록시도 직원회의 등등으로 늦어질 때는 혼자서.
어떨 때는 노른도 함께 돌아갈 때도 있다.
오늘은 실피와 둘이서. 실피와 손을 잡고 걸으며 이런저런 이야기를 나누며 돌아간다.

화제는 학교 이야기였다. 신학기인 것도 있어서 학생회도 새로운 멤버를 맞아들인 모양이다.

"루디도 들어오면 좋을 텐데."

"그럴 시간이 없어."

그렇게 말하면서도 적당히 애정을 과시하며 돌아간다.

"우리 왔어."

집에 돌아가자 아이샤가 안겨들었다.

"돌아오셨나요, 오빠. 식사하실래요, 목욕하실래요, 아니면, 저를?"

이런 말을 어디서 배운 걸까. 아니, 내가 가르쳤을까. 하지만 아이샤에게는 가르치지 않았다. 나는 실피에게 가르쳤다.

아무튼 '저를' 쪽을 선택해서 겨드랑이를 간지럽히자, 아이샤는 깔깔 웃으면서 도망치고 리랴에게 머리를 쥐어박혔다.

그 다음은 목욕이다.

아이샤는 선택지에 목욕을 넣었지만, 목욕물은 준비되어 있지 않았다. 저녁식사도 만드는 도중이었다. 결국 '저를' 밖에 선택지가 없었다는 소리다. 뭐, 됐어. 다행히 목욕탕 청소는 낮에 아이샤가 해두었고, 물만 받으면 금방 끝난다.

목욕은 누군가와 함께 하는 일이 많다.

우리 집 목욕탕은 최대한 2인 1조로 들어간다는 암묵적인 약속이 어느틈에 만들어졌다.

대체 어느 나라의 룰일까. 뭐, 상관없지만.

오늘은 아이샤와 함께 목욕했다. 아이샤는 이제 곧 열한 살인데 부끄러움도 없이 옷을 벗어던졌다. 혹시 사춘기의 남자와 대화하면 순식간에 오해를 사겠지.

“아이샤, 목욕할 때는 천으로 앞을 가려.”

“왜?”

“숙녀의 몸가짐입니다.”

“예~”

다소곳함이나 부끄러움이라는 부분에서 아이샤는 노른을 보고 배우는 편이 좋겠다.

물론 역시 여동생은 좋다. 몸을 씻는 내게 달라붙어서 ‘등 밀어줘’라든가 ‘머리 감겨줘’라고 말하는 모습은 실로 귀엽다. 혹시 내가 그녀에게 흥분했으면 세 번째 아내를 맞겠다는 말을 꺼내서 새로운 수라장이 되었겠지.

혹시 실피나 록시가 아이샤와 같은 짓을 했으면 순식간에 인내의 한계를 돌파하겠지. 어쩌면 두 사람의 경우는 처음부터 인내할 필요가 없다고도 할 수 있지만.

아무튼 여동생과의 마음 훈훈해지는 시간이다.

서로 씻겨 주면서 그녀에게서 오늘 하루 동안 집에서 있었던 일을 들었다.

루시가 귀여웠다든가. 정원 손질을 하는데 제니스가 도와주었다든가. 리랴가 창가에서 졸았다든가. 정원에 새 식물을 심어보았다든가.

그런 하찮은 이야기들이었다.

그래, 아이샤에게 그 볍씨를 주고 재배할 수 있겠냐고 부탁해 보았다.

그녀는 '조금 더 따뜻해지거든 심어보겠다'라는 든든한 대답을 해 주었다.

천재인 아이샤라면 분명히 내게 쌀을 먹여 주겠지. 앞날이 기대된다.

목욕을 마치고 나온 뒤에 록시가 돌아왔기에 함께 저녁식사를 했다.

오늘은 산천어찜에 파이와 콩과 감자. 말하자면 평소와 같다.

식사 후에는 실피가 루시에게 젖을 먹이는 것을 지켜보았다.

루시는 얌전한 것치고 잘 먹는 아이다. 장래에 뚱뚱해질까. 실피의 딸이 그렇게 살찔 거라곤 생각되지 않지만. 어느 정도 자라거든 운동을 시키자. 응.

저녁식사가 끝나면 한동안 느긋하게 보낸다.

나는 아이샤에게 마술을 가르치고, 록시는 자기 방에서 다음 날 수업 준비를 한다.

실피는 루시를 달래고 있지만, 마술 훈련을 할 때도 있다.

아르마딜로인 지로가 옆으로 다가오기에 놀아줄 때도 있다.

참고로 지로를 돌보는 일은 아이샤가 맡은 모양이다.

아이샤는 지로를 잘 길들여서, 최근에는 파수견처럼 충실한 부하가 되어가고 있다.

"그럼 먼저 실례하겠습니다. 안녕히 주무세요."

제니스와 리랴는 일찍 자러 간다.

"안녕히 주무세요~"

아이샤도 일찍 자기 때문에, 공부를 마친 뒤에 자러 간다.

"자… 실피."

모두가 잠든 뒤에 나는 아내를 침실로 데려간다.

"응…."

실피는 얼굴을 붉히면서 내 옷소매를 얌전히 붙잡았다. 그런 동작을 하면 이미 한계다. 나는 그녀를 공주님처럼 안아들고 침실로 데려간다.

그리고 밤의 시간이다.

마음도 몸도 만족한 뒤에 조그마한 아내의 몸을 껴안고서 푹 잠든다….

잠들기 전에.

아내가 푹 잠든 것을 보고 나는 침대를 빠져나갔다.

지하실로 향했다. 발소리를 죽여가며 조심조심 계단을 내려가서, 지하실 입구에서 몇 번이나 뒤를 확인하고 비밀문을 열었다.

거기에 있는 것은 바로 제단이다. 거기에 안치된 것은 신의 물건이다.

록시의 것과 실피의 것. 각각 신을 모시기 위한 물건이다.

나는 오늘도 조용히 기도를 드렸다.

── 학교의 소문 2 '대장의 눈은 빛난다' ──

제3화 트레이닝 위드 노른

한 달이 지났다. 아직 춥지만, 눈이 녹기 시작하고 지면이 드러나게 되었다.

아침. 옆에서 잠든 실피를 깨우지 않도록 조심스럽게 침대에서 나왔다.

실피는 내 팔베개를 좋아하기 때문에 팔을 뺄 때는 주의가 필요하다.

옆방에서 운동복으로 갈아입었다. 저지처럼 줄무늬가 들어간 옷은 실피가 고른 것이다. 겨울이면 약간 쌀쌀하지만, 운동을 하면 딱 좋아진다.

옷을 갈아입고 구석에 놓인 돌검을 손에 들었다.

이 못생긴 돌검은 내 마술로 만든 것이다.

칼날은 없지만 무게가 제법이라서, 힘이 있는 의수와 상성이 좋은 연습용 검이다.

최근에는 애착도 생겨서 이름이라도 붙일까 싶었다. 참치라든가 청새치.

그러고 보니 이 세계에 온 뒤로 회를 못 먹었네. 생선을 날로 먹는 문화는 없나.

"……."

준비를 마치고 잠든 실피에게 다녀오겠다는 인사를 하고 머리를 쓸어 주었다.

"으후후…."

그러자 실피는 만족스럽게 웃으면서 내 손에 머리를 비볐다.

잠이 덜 깬 걸까. 귀엽다.

슬쩍 보니 이불이 흐트러져 있었다. 팬티에 싸인 엉덩이도 보이기에 거기도 쓸어 주고. 출산을 경험한 것치고 작은 엉덩이다. 엘리나리제도 몸매가 좋고, 엘프족은 대단한 종족이로군.

그런 생각을 하면서 이불을 고쳐 덮어 주었다.

최근 밤 생활을 재개했지만, 너무 빨리 둘째가 생기면 실피도 고생이니까 조심스러웠다. 그래도 생길 때는 생기는 법이겠지만, 그것도 자연의 법칙이란 것이다.

"으음… 다녀와…."

방을 나갈 때 그런 소리가 들렸다. 다녀오겠습니다.

행선지는 노른의 방이다.

최근 아침에는 그녀와 함께 트레이닝을 한다.

노른이 집에 있을 때는 집 정원에서, 기숙사에 있을 때는 내가 학교로 가서 학교 정원에서.

오늘은 노른이 집에 있는 날이다.

"노른, 준비됐어?"

노크를 하고 문을 열었다.

"아, 오…."

"이런, 실례."

옷을 갈아입는 중이었기에 닫았다.

노른은 아직 어린 티가 많았다. 나는 어린 몸도 그렇지 않은 몸도 좋아하지만, 여동생을 상대로 흥분하지 않는다.

그건 다소 아쉽지만, 안도하였다. 성욕 없이 사랑할 수 있다는 것은 역시 특별한 느낌이다.

하지만 이 여동생이 언젠가 남의 것이 된다고 생각하니, 왠지 모르게 어두운 감정이 싹텄다.

이것이 아버지의 마음이란 것일까.

나쁘지 않다. 나는 파울로를 대신하는 존재다. '네 놈 같은, 어디의 말뼈다귀인지도 모를 놈에게 노른을 줄 수 없다'라고 말하는 역할이다.

"노크를 하고 대답을 기다려 주세요."

그런 생각을 하는데, 체육복 차림의 노른이 한 손에 목검을 들고 나왔다. 매력이고 뭐고 없는 긴 소매 긴 바지. 마법대학 지정 체육복이다. 대학 매점에서 파는 것을 사 준 것이다.

그녀의 방을 힐끗 엿보니, 벽 위쪽에 파울로의 검이 장식되어 있었다.

생전이라면 불단 근처에 얼굴 사진이 걸려 있겠지만, 이 세계에 사진은 없다.

어느 장면을 비추는 마도구도 찾으면 있을지도 모르지만, 보급되진 않았다. 그러니까 이렇게 죽은 이의 유품을 장식하여 불단처럼 쓰는 걸지도 모른다.

"노른, 방에 잠깐 들어가도 될까?"

"예? 괜찮긴 한데요."

허락 받은 뒤에 들어갔다.

그러자 코 안에 노른의 향기가 퍼졌다.

아침 특유의 침실의 냄새다. 근처에는 시트에 주름이 잡힌 침대가 있다. 뛰어들어서 냄새를 맡으면 가슴 가득 노른의 냄새가 들이차겠지. 안 하겠지만.

나는 파울로의 검 앞에 서서 두 손을 모았다.

"아버지. 오늘도 노른과 검술 연습을 하겠습니다. 큰 상처 없도록 지켜봐 주세요."

그리고 고개를 숙였다.

파울로는 뭐라고 대답할까. 얼마든지 다쳐도 된다고 할까. 아니면 노른에게 상처 내지 말라고 할까.

슬쩍 보니 노른도 무릎을 꿇고 미리스 교도식으로 손을 모으고 기도하고 있었다.

작은 머리에 귀여운 정수리가 보였다.

"……."

파울로가 뭐라고 말하든지 지금은 없다. 나는 그녀의 아버지 대역이다.

나 나름대로 그녀를 돌봐 주어야만 한다. 나밖에 없으니까.

"그럼 갈까."

"예, 오늘도 잘 부탁드리겠습니다."

오늘도 노른과의 연습이 시작된다.

유연체조. 달리기. 검 휘두르기.

검술 연습이라고 해도 지금으로선 기초단련뿐이다.

요 몇 달 동안 노른에게는 확실하게 기초단련을 시켰다.

확실하게라고 해도 나와 같은 메뉴를 하다간 노른이 망가진다.

고로 나의 5분의 1 정도 레벨로 시작했다.

노른은 아직 열한 살이고 몸도 다 자라지 않았으니, 갑작스럽게 무리하면 몸이 망가질 뿐이니까.

그녀가 정원에서 휘두르기 연습을 하는 사이에 나도 내 근력 트레이닝 메뉴를 소화하였다.

"스물다섯… 스물여섯…!"

단조로운 훈련이고, 단순하기에 더 쉽게 지치겠지만, 노른은 지금으로선 약한 소리를 하지 않았다.

나는 그 사실을 기쁘게 생각한다.

"…쉰!"

"좋아, 수고했어."

"허억… 허억… 수고하셨습니다!"

"그럼 평소처럼 땀을 씻고 돌아가자."

연습이 끝나면 목욕탕에서 노른과 샤워를 한다.

노른은 달리는 도중에 자주 넘어지기에, 무릎 등에 상처나 멍이 남는 경우도 있다.

그 경우는 치유 마술을 걸어 준다. 여동생의 무릎에 '아픈 것은 다 날아가라~'라고 마법을 거는 것이다.

참고로 노른은 아무래도 내게 알몸을 보여주기 싫은지, 팬티와 얇은 셔츠를 착용한다.

사춘기겠지. 순식간에 알몸이 되는 아이샤가 이런 걸 좀 본받았으면 싶다.

물론 나도 그걸 고려하여 속옷을 입고 씻는다.

하지만 노른에게 '셔츠가 물에 젖어서 비치는 것에 흥분하는 남자도 있다'라는 사실을 가르쳐 주면 어떤 얼굴을 할까.

조금 보고 싶긴 하지만, 말로는 하지 않았다.

오빠를 변태라고 생각하기라도 하면 큰일이다.

"오늘도 달리기랑 휘두르기 연습뿐이네요."

그런 생각을 하는데 노른이 입을 삐죽거리고 있었다.

"언제가 되어야 검술을 가르쳐 주는 건가요?"

"가르치고 있잖아."
"휘두르기만 하지 말고 자세라든가 기술 같은 거 말이에요."
나는 노른에게 달리기와 휘두르기를 가르쳤다.
달리기와 휘두르기. 체력과 근력을 기르는 방법이다. 그 두 가지가 없으면 자세나 기술 같은 걸 배워도 의미가 없다. 그렇게 생각했기 때문이다.
"…그렇군."
요 몇 달 동안 조금은 몸도 만들어졌을까.
그렇게 생각하고 노른의 몸을 보았다. 성장 과정에 있는 작고 마른 몸이지만, 단련을 시작했을 때보다는 팔과 다리에 근육이 붙었을까. 아직 몸이 완성되었다고 하기 어렵지만, 다치지 않는 정도로는 되었을 것 같다. 슬슬 첫 자세를 가르쳐도 좋을지 모르겠다.
"그래. 그럼 오늘 방과 후부터 진짜야."
"……! 예!"
그런 대화를 하면서 목욕탕을 나왔다.

그리고 시각은 저녁, 장소는 마법대학 부지 구석.
나는 제3외부수련장—운동장 구석에 서 있었다.
움직이기 쉽도록 항상 이용하는 운동복을 입고서.

눈앞에 있는 것은 노른이다.

그녀도 나와 마찬가지로 체육복을 입고 목검을 손에 들었지만, 얼굴에는 진지함만 있었다.

주위에는 드문드문 사람이 있었다.

자주훈련을 하는 로브 차림의 학생이나 단순히 산책하는 학생.

또 이런 시간에 체육복을 입고 뭘 하는 건지 흥미 깊게 바라보는 구경꾼도 있었다.

남들이 보더라도 문제는 없다.

"노른. 오늘부터 본격적인 검술 대련을 시작한다."

"예."

노른은 씩씩하게 대답했다.

그 얼굴은 기대로 가득했다. 얼른 기술을 배우고 싶다, 그런 마음이 넘쳐났다.

고작 몇 달이지만, 기초훈련만 하는 생활은 노른에게 힘든 것이었겠지.

하지만 검을 들고 싸우는 것은 장난이 아니다.

기초는 무엇보다도 중요하다.

"미리 말해두는데, 엄하게 할 거야."

"예."

노른은 진지한 얼굴로 끄덕였다.

"계속하다 보면 너는 나를 싫어하게 될지도 몰라. 오빠는 나를 싫어하니까 이렇게 엄하게 하는 거라고 생각할지도 몰라. 그 정도로 엄하게 할 거야."

"예."

"솔직히 나는 네가 날 싫어하는 게 괴로워. 하지만 '미숙함은 부상의 근원'이라는 말도 있지. 어중간하게 가르쳤다가 네가 죽으면 나는 천국에 계신 아버지를 뵐 낯이 없어."

노른에게 검술 재능은 없다. 나는 열 살 때의 에리스를 아는데, 적어도 그 정도의 재능은 없다.

일반적인 레벨보다 크게 뒤처지는 건 아니지만, 강함이란 상대적인 것이다.

싸우면 강한 쪽이 이기고 약한 쪽이 진다. 지면 죽으니까 져도 괜찮다는 소리는 할 수 없다.

노른이 태반의 상대에게 이길 수 있게 되려면 그만한 노력과 힘든 훈련, 그리고 연구가 필요하다.

"언젠가 괴롭고 잘 안 풀리고, 자기보다 재능 넘치는 누군가에게 추월당해서 그만두고 싶어지는 날도 올 거야."

"……."

"그런 녀석의 마음은 나도 알아. 누가 뭘 내던진다고 해도 나는 탓하지 않아."

"……."

노른은 퉁명스럽게 입을 굳게 다물고 있었다.

그녀가 보기에 나는 재능 넘치는 슈퍼맨일지도 모른다. 그런 녀석이 무슨 소리를 하냐고 생각하겠지. 분명히 나의 이 몸은 재능이 넘친다.

하지만 나는 많은 상대에게 졌다. 죽을 뻔한 적도 있다. 파울로가 죽은 것도 내가 나약했기 때문이라고도 말할 수 있다.

가급적 노른은 그런 위기를 만나지 않았으면 싶다.

"하지만 검술은 절대로 포기하지 마. 혹시 포기한다면 나는 네게 두 번 다시 검을 가르치지 않을 거고, 아버지의 유품인 검도 절대로 못 쓰게 하겠어."

"……."

"네가 포기하지 않는 동안 나는 결코 너를 버리지 않아."

조금 풋내 나는 소리였을까.

애초에 지금 한 말을 나는 지키고 있을까. 아니, 나는 검술로 강해지는 것을 포기했지만, 그래도 매일 단련을 하고 있다. 나 자신의 경우를 무시하고 잘난 소리를 하는 건 아니다.

"알았어?"

"예! 잘 부탁드립니다!"

노른은 씩씩한 목소리로 대답했다.

상기된 얼굴에 의욕으로 가득찬 표정으로 나를 올려다보았다.

내가 어렸을 무렵, 파울로가 본 나도 이런 느낌이었을까.

그렇다면 언젠가 노른도 내 손을 떠나서 누군가 다른 스승을 찾을지도 모른다.

당당히 초급이라고 댈 수 있을 정도가 되면 길레느라도 부르

는 게 좋을지도 모르겠다.

지금 어디에 있는지는 모르지만.

아니면 서쪽에 검의 성지라고 불리는 곳이 있으니, 돈을 쌓아 두고 사람을 찾으면 검성 정도 되는 사람이 와 줄지도 모른다.

"좋아. 그럼 일단 달리기부터 시작한다."

"예? 검을 쓰는 훈련을 하는 거 아니었나요?"

"그래, 물론이야. 검을 들고 달린다. 전장에서는 항상 검을 손에 들고 있으니까."

"……."

"대답은?"

"예!"

오늘 메뉴는 달리기, 기초가 되는 세 가지 자세, 그리고 나와의 대련이다.

나는 일단 검술이 무서운 것이라고 가르칠 생각이었다. 무섭고 아픈 것이라고.

아프지 않으면 배울 수 없는 것이라고 말하려는 건 아니지만, 두려움이나 아픔은 처음에 가르쳐야만 한다, 그렇게 생각했다.

어쩌면 노른은 울지도 모른다.

첫날부터 날 싫어하게 될지도 모른다.

하지만 마음을 독하게 먹어야만 한다. 이런 것을 즐겁게 계속하기만 해선 안 된다. 즐겁기만 해선 여차할 때에 아무것도 못 하고 죽어 버리니까.

"좋아, 따라와!"

"예!"

나는 약간의 불안함을 느끼면서도 달렸다.

"좋아, 오늘은 여기까지!"

"수, 수고하셨습니다…."

눈부신 저녁 해 속에서 노른은 가쁜 숨을 쉬며 지면에 쓰러졌다.

"오늘 가르친 자세는 아침이든 점심시간이든 좋으니까 내가 없을 때에도 시간이 날 때면 반복연습하도록!"

"예!"

첫날 훈련은 그럭저럭의 성과였다.

달리기를 마친 뒤에 자세를 가르친다.

그리고 실제로 목검을 써서 싸우는 연습이다. 그때 다리의 움직임이나 위치 등도 교정하였다.

전생에서 배운 검도라면 더 많은 것을 하겠지만, 이 세계에는 룰이 없다.

더 말하자면 싸움이란 경험으로 판가름난다.

실제로 파울로도 이른 단계부터 나를 두들겨댔고, 길레느도 에리스와의 대련을 중점적으로 시켰던 것 같다.

그러니까 틀리진 않을 것이다.

노른은 아무래도 목검으로 상대를 때리는 것에 거부감이 있는 모양이기에, 일단 그 거부감을 없애기 위해 노른이 나를 자유롭게 때리게 했다. 나는 방어도 하지 않고 그저 급소만 피하며 그것들을 받아냈다.

손에 전해지는 감촉에 얼굴을 찌푸리는 노른에게 '나는 맞아도 괜찮다'라는 포즈를 취해 주었다. 얼굴로는 드러내지 않았을 것이다. 아마도.

몇 달 동안 휘두르기만 계속 시켰기 때문에 노른의 공격에는 어느 정도의 무게가 있었다. 고로 내 몸에는 검붉은 멍이 몇 군데 남았겠지.

그 다음은 대련이다.

나는 예정대로 노른을 공격했고, 이 날의 대련은 끝났다.

물론 적당히 힘을 뺐지만, 그래도 그녀의 손발에는 몇 군데 멍이 생겼을 것이다.

귀여운 여동생에게 상처를 낸다. 정말로 이게 옳은 것일까 하는 생각이 들었다.

하지만 노른은 끝까지 나를 향해 검을 휘둘렀다. 울지도 않고, 약한 소리도 하지 않았다.

의욕이 있는 동안은 어떤 일이든 플러스가 된다.

"어때, 노른. 아파?"

"…예."
"힘들어서 그만두고 싶어?"
"…아뇨. 내일도, 부탁, 드리겠습니다."
"좋아."
솔직히 나는 이 가르침에 자신이 없다.
하지만 마술을 학문으로 본다면 검술은 스포츠다. 분명 정답 따윈 없다. 계속하지 않으면 늘 수 없다.
"이리 와, 치유 마술을 걸어 줄게."
나는 노른을 앉히고 치유 마술을 걸어 주었다.
혹시 보이지 않는 곳에 멍이 생겼거든 실피에게도 고쳐달라고 할까.
오늘은 집에 돌아가는 날이었을 테니까, 같이 목욕이라도 하면서 내가 고쳐 줘도 좋고.
그렇게 생각하며 노른에게 다가가서 겉옷을 벗겼을 때 뒤쪽에서 기척을 느꼈다.
"음?"
돌아보니 노을 속에 남학생 몇 명이 이쪽을 보고 있었다.
언제부터 있었을까.
생각해 보면 처음부터 있었을지도 모르겠다. 구경꾼인가 했는데, 이렇게 오랜 시간 동안 붙어 있는 걸 보면 뭔가 다른 이유가 있는 걸까. 나한테 볼일이라든가.
"노른. 먼저 옷 갈아입고 기다려. 오늘은 같이 돌아가자."

"예? 아, 예. 알겠습니다."
나는 재빨리 노른을 치료하고 그녀를 탈의실로 보냈다.
그리고 남자들에게 다가가자, 실제로는 열 명이 넘는 이들이 서 있는 것이 보였다. 이놈이고 저놈이고 인기 없을 듯한 얼굴이라서 친밀감이 들었다.
그들은 내가 다가가자 적의로 가득한 시선을 보냈다.
맞받아서 째려보자, 몇 명이 시선을 돌렸다.
나는 이미 아내를 둘이나 둔 리얼충이지만, 그들을 무시할 생각은 없다.
이놈들은 전생의 나다. 그러니까 그렇게 겁먹지 않아도 되거든?
"할 말이라도?"
그렇게 묻자 그들은 서로의 얼굴만 바라보았다.
어쩔 거냐고 작은 소리로 주고받으며 서로의 등을 떠밀었다.
이윽고 한 남자가 앞으로 나섰다. 나이는 열여덟 살 정도겠지. 키는 나와 비슷한 정도, 말라빠져서 건강하지 않은 느낌이었다. 눈초리는 다소 안 좋고, 광대뼈가 튀어나왔다. 마술사라는 느낌이로군. 안경을 꼈으면 자노바와 비슷한 면도 있겠지. 물론 자노바는 정체 모를 자신감으로 가득하다. 이 남자에게서 흘러나오는 것은 콤플렉스다.
그는 나를 찌릿 노려보며 입을 열었다.
"왜 노른을 괴롭히지?"

"…응?"

괴롭힌다니. 기분 나쁜 단어를 듣고 내 눈썹이 찡그려지는 게 느껴졌다.

그는 내 얼굴을 보고 움찔 떨었지만 말을 이었다.

"분명히 노른은 둔하고 자주 실수해. 그 실수가 네 성미에 거슬렸을지도 몰라. 하지만 항상 노력하고 있어. 그렇게까지 괴롭힐 필요는 없지 않아?"

그래, 그래! 주위에서 그렇게 말했다.

"애초에 노른은 검을 든 적이 없어. 그런데 억지로 검을 쥐어주고 괴롭히다니. 아무리 그래도 너무한 거 아냐?"

그래, 그래! 주위에서 시끄럽게 굴었다.

"흐음."

그 말을 그대로 받아들인다면 내가 노른에게 억지로 검을 쥐어주고 대련이라는 이름으로 울분을 풀었다, 라고 생각했을까. 뜻밖이지만, 그렇게 보일 수도 있는 광경일지 모른다.

내 교육방식도 안 좋았겠고.

아무튼 이 오해는 풀어야만 한다.

"그건…."

"네가 이 학교에서 제일 강하다는 건 알아. 하지만 노른에게 못된 짓을 하면 우리는 노른을 지키기 위해 싸울 생각이다."

선두에 선 남자가 결의로 가득한 목소리로 말했지만, 이번에는 '그래, 그래!'라고 호응하는 목소리가 작았다.

오히려 '아니, 나는 싸움까지는….'이라는 작은 목소리도 들려왔다.

그래, 집단이 되어도 약하구나. 우리 같은 녀석들은….

…음, 그래. 오해를 풀기 전에 한 가지 확인해야만 할 게 있다.

"애초에 당신들은 뭡니까?"

"어?!"

남자는 놀란 목소리를 내더니 뒤를 돌아보고 동료들과 시선을 교환했다.

다시 나를 보더니 난처한 표정으로 되물었다.

"뭐라니, 뭐가?"

"내 여동생과 무슨 관계입니까?"

"아, 아니, 우리는, 노른이 1학년일 때부터, 최선을 다하는 모습이라, 계속 지켜보면서. 힘내라고 응원하는 느낌으로…."

허둥대며 대답하는 남자. 그에게 말을 보태는 느낌으로 주위 녀석들도 저마다 말했다.

"나는 반년 전부터 보면서…."

"나는 동급생. 실습을 함께 했는데, 불 마술에 몇 번이나 실패해서…."

"마술 교련 시간에 교관에게 야단을 맞고 눈물짓는 모습을 보고 무심코…."

그들의 말은 조잡해서 알아들을 수 없었다.

하지만 이해는 되었다. 그들은 실습이나 수업에서 노른을 보고, 뭔가에 도전했다가 실패하여 눈물 짓는 노른을 보고 마음이 따뜻해지거나 은근슬쩍 도와주는 집단.

즉, 그거다.

팬클럽이다.

그러고 보니 실피에게서 그런 게 있다는 말을 들은 것 같다.

뭐, 노른은 귀여우니까. 그 마음은 안다.

앞으로도 내 여동생을 응원해달라고 하고 싶을 정도다.

"그렇군. 사정은 알았습니다. 항상 여동생이 신세를 지고 있습니다. 오빠인 루데우스 그레이랫입니다."

내가 깊이 고개를 숙이자 그들은 술렁댔다.

그들은 노른을 돕는 이다. 그들 중 일부는 자칫하다간 폭도나 스토커로 변할지도 모른다. 하지만 태반은 순수한 마음으로 응원해 주는 사람들이다. 그럼 오빠로서 경의를 표할 필요가 있겠지.

하지만 경의는 경의고, 오해만큼은 풀어야만 한다.

"방금 전의 검술 연습 말입니다만, 분명히 엄했을지도 모릅니다. 하지만 다른 것은 몰라도 검술은 목숨과 관련된 것입니다⋯."

설명을 시작했다.

검술은 노른이 먼저 말을 꺼내서 시작했다는 사실. 어중간한 각오로는 위험하다는 것. 노른은 남들보다 훨씬 노력해야만 한다는 것.

처음에는 당혹스러워하던 그들도 내 이야기를 듣고 이해해 주었다.

그렇긴 해도 '그렇게 노른을 세게 때릴 필요까지는….'이라고 말하는 녀석도 있었다.

물론 나도 내 방식이 반드시 옳다고 생각하는 건 아니다.

아무튼 개인적인 감정으로 하는 게 아니라고 이해시키면 된다.

설명을 계속하자, 팬클럽 멤버들의 얼굴이 차분해지고 납득도 해 주었다. 그들은 아직 어린 나이지만, 이 세계에서는 성인 대접을 받는 어른이다. 싸움이 얼마나 힘든 건지 이해해 준다.

"오빠, 무슨 일인가요?"

그때 노른이 돌아왔다. 평소처럼 교복 위에 판초 같은 방한구를 걸친 모습이었다.

"아, 노른이다."

"노른! 오늘도 예뻐!"

"수고했어, 노른!"

노른이 온 순간, 팬클럽 멤버들의 기색이 기분 나쁘게 변했다.

하지만 그 마음은 모를 것도 아니다. 블레이저 위에 판초를 걸친 노른은 귀여웠다.

그건 틀림없는 사실이다. 이파리 우산을 손에 쥐어주고 싶어질 만큼 귀엽다.

“아, 서, 선배들… 수, 수고하십니다.”

노른은 움찔 몸을 떨더니 고개를 숙였다.

하지만 별로 가까이 다가오진 않았다. 역시 이 기묘한 분위기를 느끼는 걸까.

“오, 오빠. 전 방에 놓고 온 게 있어서 가지러 갈게요. 교문에서 기다려 주세요.”

노른은 방금 떠오른 것처럼 그렇게 말하더니 기숙사로 뛰어갔다.

달려가는 도중에 꽈당 넘어졌다.

“끄으….”

노른은 비칠비칠 일어났다.

그리고 힐끔 이쪽을 돌아보았다. 그 눈에는 순간 빛나는 것이 보였다.

어쩔 수 없지. 몸을 혹사한 뒤에 달리니까 그렇지.

집에 돌아가거든 근육통이 심해지지 않도록 마사지라도 해주자.

뜨거운 물에 몸을 푹 담그게 해서 피로를 풀도록 해야지.

“…아아, 노른은 귀여워.”

“열심히 뛰어가느라 스커트 안이 보이겠어.”

"교복이 정해졌을 때에는 왜 이런 헛짓을 하나 싶었지만, 저 옷, 좋구나."

"하지만 달음박질이 느려."

"그래, 유괴범에게 찍혀도 못 도망치지 않을까?"

"혹시 노른이 노예가 되면 내가 사야지."

"노른과 단둘이서 생활… 하악… 하악…."

응, 그래. 혹시 노른이 노예가 되면 틀림없이 사겠지.

그리고 밥을 많이 먹게 하는 거다. 배가 부르지만 남기면 안 된다며 억지로 먹으려고 하는 노른의 난처하기 이를 데 없는 얼굴을….

헛. 안 되지, 안 돼. 그게 아냐.

노른은 내 여동생이다. 누가 노예로 만들 것 같냐.

노른이 유괴되면 나는 풀뿌리를 싹싹 뒤져서라도 찾을 거고, 유괴한 놈을 흠씬 패줄 거다.

노른이 노예가 되면 산 녀석을 찾아내서 지독한 꼴을 맛보게 해 주마.

아버지, 그게 옳은 거지요!

"어흠!"

"헛!"

헛기침을 하자 망상을 하던 팬클럽 멤버들이 정신을 차렸다.

"내 여동생을 너무 이상한 눈으로 보지 말아 주었으면 합니다."

"미, 미안."

"뭐, 노른은 예쁘니까 멀찍이서 보며 망상하는 정도는 괜찮습니다만."

"그, 그래?"

그 자리에 안도한 분위기가 흘렀다.

"하지만 실제로 손이라도 댔다간 가만히 안 넘어갑니다."

"히익."

일단 못을 박아뒀다. 못된 장난을 치려는 개구쟁이는 이 자리에 없고, 이런 모임은 기본적으로 개인적으로 앞지르는 행동을 금지하지만, 인간이란 절박해지면 무슨 짓을 할지 모르니까.

갑자기 발광해서 노른을 덮치지 않는다고 장담할 수 없다.

"그러고 보니 클럽의 규약은 어떻게 됩니까?"

"어? 클럽? 규약?"

"그렇습니다. 이 팬클럽의 규약으로는 노른과의 접촉이 어디까지 오케이입니까?"

중요한 부분이다. 아이돌과의 접촉은 기본적으로 금지라고 생각하지만, 일부에서는 악수 정도라면 오케이라고 보는 경우도 있다.

그 경우 손바닥에 이상한 것을 묻히고 오는 놈도 있겠지. 껌이나 성게 같은 것.

악수회 전에 손을 깨끗이 씻을 것, 이라는 약속을 덧붙이고 싶다.

그런 생각을 하는데….

“팬클럽?”

“그게 뭡니까?”

“응?”

서로의 대화가 엇갈리는 걸 느꼈다. 팬클럽이나 규약이라는 말에 대한 반응이 이상했다. 정규 팬클럽이라면 제대로 정해 놓을 텐데. 클럽 회원인데 모르는 걸까.

“잠깐만요. 이 모임을 관리하는 건 누구입니까?”

“관리…? 아니, 그런 거 없는데….”

“…무슨 소립니까? 설명해 주세요.”

자세히 물어보니, 이상한 사실이 드러났다.

아무래도 이 서클은 누군가가 말을 꺼내 시작된 게 아닌 모양이다. 노른의 귀여움을 보고 자연스럽게 모인 그룹이라고 했다. 그룹 내부에서 서로의 이름도 모른다는 말이었다.

“그렇군요.”

아주 위험한 일이다.

노른을 귀엽다고 생각하는 불특정다수가 무리를 이룬 것이다.

사람은 무리를 이루면 혼자서는 할 수 없었던 짓을 저지른다.

예를 들어서 귀여운 노른을 유괴하여 자기들 방에 데려간다든가.

노른이 귀여운 게 잘못이야, 라고 변명하면서 말이다. 이럴 수가!

"이대로 가다간 범죄가 일어납니다."

"범죄라니…. 우리는 그저…."

"틀림없습니다. 누군가가 폭주하여 노른에게 손을 댈 겁니다."

그렇게 말하자 그들은 저마다 웅성댔다.

"그럴 리가!"

"우리는 노른에게 손을 댈 생각 없어!"

"그야 노른을 좋아하지만, 그건 여동생 같다는 감각이라서…."

뭐라고, 이놈아. 노른은 내 동생이다. …아니, 지금 그건 됐다.

"룰을 만들 필요가 있겠군요."

집단으로의 범죄를 막기 위해서 규율이 필요하다.

룰을 정하고 서로 감시하게 하는 것이다. 사람은 룰이 있으면 그걸 지키려고 한다. 같은 옷과 같은 머플러를 착용하고 나온다든가.

룰은 역사가 만든다. 긴 역사 속에서 필요에 따라 만들어가는 것이다.

이 팬클럽은 역사가 짧아서 아직 룰이 만들어지기 전일지도 모른다.

하지만 룰이 없는 건 위험하다. 노른이 위험하다. 이 기회에 룰을 만들어두어야 한다.

무슨 일이 일어난 뒤면 늦는다.

최소한, 처음에 누군가 정해야만 한다. 물론 내용 자체는 그렇게 어려운 게 아니라도 좋다. 말하자면 노른을 위험에 빠뜨리지 않는다는 약속이니까.

문제는 누가 정하느냐다. 역시 발족인, 리더가 정하는 게 적임이겠지만 이들 중에는 리더가 없다.

제일 앞에 선 녀석은 분명 이 중에서 제일 세겠지. 그럼 그에게 리더를 맡기고 룰을 정하게 할까? 아니. 자각이 없는 녀석에게 리더를 맡겨봤자 좋은 일 없다.

이 중에서 제일 자각이 있는 건 누굴까?

이 중에서 제일 노른을 소중히 여긴다는 자각이 있는 것은?

당연하다. 나다.

"좋아."

그리고 노른은 내 여동생이기도 하다. 육친이다.

즉, 내가 룰북이다.

갑룡력 425년.

라노아 마법대학에서 어느 조직이 발족했다.

노른 그레이랫 공식 팬클럽.

총 30명에 이르는 이 집단은 훗날의 마법대학에 커다란 영향을 끼쳤다고 여겨지는 조직이다.
초대 회장의 이름은 밝혀지지 않았다.

—— 학교의 소문 3 '대장이 말 한마디만 하면 서른 명 정도가 금세 모인다' ——

제4화 내가 키웠다

아이샤의 이야기를 하자.

그녀는 씩씩하다. 파울로가 죽고 제니스가 저렇게 되었는데도, 뭐 하나 변한 것 없이 씩씩하게 지내고 있다.

리랴처럼 창밖을 보면서 우울한 표정을 짓는 일도 없다.

노른처럼 파울로의 검을 보며 괴로운 얼굴을 하는 일도 없다.

아무일도 없었던 것처럼 집안일을 하고, 낮에는 정원이나 자기 방에서 꽃을 기르고, 밤에는 나에게 마술을 배우고 어리광을 부린다.

그 모습은 오히려 이전보다도 씩씩할 정도다. 우리 집에서 제일 기운차다고 해도 좋다.

마치 파울로를 위령하는 마음이 없는 것 같아서, 아이샤에게 부친이란 그리 대단한 존재가 아니었나 싶어서 불안해진다.

하지만 노른은 부에나 마을에서의 일을 그리 기억하지 못하는 모양이었다.

그럼 아이샤도 파울로나 제니스를 별로 기억하지 못하는 걸지도 모른다.

노른이 파울로와 단둘뿐인 가족이었던 시간이 길었던 것처럼, 아이샤도 리랴와 단둘뿐인 가족이었던 시간이 길었다.

그렇다면 나도 파울로의 죽음을 슬퍼하라는 말을 하기 어렵다.

아버지가 죽었다는 슬픔보다도 어머니가 살아 있다는 기쁨이 강하다면 족하다고 생각한다.

인생이란 괜히 괴롭게 사는 것보다 즐겁게 사는 편이 낫겠고.

어느 날 아침의 일.

나는 그날 휴일이었지만, 애석하게도 실피와 록시에게는 일이 있었다.

나는 루시를 돌보면서 느긋하게 보낼까 했다. 아내가 일하는데 남편이 논다. 그렇게 말하면 조금 한심한 마음이 들지만, 쉴 때 쉬는 것도 어른이겠지.

'하지만 지금 나는 수입이 없지. 자식도 생겼는데 이래도 되나? 아니, 하지만 지금 이러는 것도 장기적으로 보면 금전수입으로 이어지니까 문제없나?'

그렇게 생각하면서 실피와 록시를 배웅하고, 루시가 잠든 것을 확인. 쭈욱 기지개를 켜면서 정원으로 나가보았다.

옛날에는 지면이 그대로 드러나서 황량한 느낌이었던 정원.

그곳이 잠깐 안 본 사이에 꽤나 변해 있었다.

일단 겨울에도 시들지 않는 나무가 세 그루나 심어져 있었다. 이 나무는 봄, 여름, 가을에 각각 꽃을 피운다는 모양이다. 대체 어디서 어떻게 가져온 걸까.

그렇게 생각하여 물어보았더니, 모험가 길드에 의뢰하여 숲에서 옮겨 심은 것이라고 했다.

운반하기 힘들 테니까 비싸지 않았냐고 물었더니, 자노바가 도와주어서 호위비만으로 끝났다나.

그리고 정원 구석에는 벽돌을 둘러쌓은 구역이 있었다.

이 벽돌담 안에는 내가 가져온 볍씨를 심었다. 논을 만드는 방법을 모르기 때문에 밭벼다. 지금은 잘 자라고 있다. 순조롭게 보이지만, 결실을 맺을지는 아직 모르겠다.

아이샤는 벽돌담 안에 만든 소규모의 밭 앞에 웅크려 앉아 있었다.

어쩐 일로 제니스도 그 옆에 앉아 있었다.

"뭐 하고 있어?"

"아, 오빠. 풀 뽑고 있어!"

풀 뽑기라니. 무슨 옛날 만화에나 나올 듯한 말이군.

그렇게 생각하면서 엿보았더니, 확실히 아이샤는 열심히 풀을 뽑고 있었다.

그 옆에서 제니스도 묵묵히 잡초를 뽑고 있었다. 그러고 보니 부에나 마을에 있을 무렵에도 제니스는 이렇게 풀 뽑기를 했던 것 같다. 역시 정원 일에는 제초 작업이 필수겠지.

"제니스 님도 도와주신다고 하셔서."

"……."

제니스 님이라는 말에 나는 다소 위화감을 느꼈다.

"어어. 아이샤, 제니스를 그냥 엄마라고 불러도 되는데?"

"아니. 그건 엄마가 안 된다고 해서. 제니스 님이나 마님이라고 부르라고."

리랴가 그렇게 가르쳤나. 철저하군. 그렇긴 해도 아이샤도 제니스를 별로 모친으로 보지 않으니까 엄마라고 부르긴 어려울까. 아이샤가 태어났을 무렵, 제니스는 어머니로서 아이샤를 대해 주었는데.

뭐, 됐어. 호칭은 사소한 일이다.

"어머니는 언제부터 이런 일을?"

"좀 됐어. 처음에는 엄마도 말렸는데, 내가 정원 일을 하고 있으면 거들어주셔. 나보다 더 잘 하셔."

제니스는 부에나 마을에서도 정원을 소중히 여기며 관리했었다.

이 행동은 그런 것의 영향일까.

아무튼 기억을 되찾을 계기가 될 수 있다면 말리진 않는다.

그렇긴 해도 이렇게 나란히 풀을 뽑는 모습을 보면 사이가 좋아 보이는군. 피는 이어지지 않았지만 분명히 모녀인 걸까.

"아, 그렇지. 오빠, 오늘 쉬는 날이지?"

그렇게 생각하는데, 아이샤가 돌아보며 물었다. 뺨이 진흙으로 더러워졌다.

"그래, 오늘은 하루 종일 집에 있어."

"그럼 보여주고 싶은 게 있으니까 나중에 내 방에 와 줘."

"알았어."

나는 아이샤의 뺨에 묻은 진흙을 닦으면서 끄덕였다.

아이샤는 내 행동에 히죽 웃었다.

그 모습을 제니스가 가만히 바라보는 것은 나도 당연히 알고 있었다.

보여주고 싶은 게 있으니까 나중에 내 방에 와 줘.

꽤나 관능적인 말이다.

아이샤는 조숙한 애다. 갑작스럽게 스커트를 들어올리며 '내 모든 걸 보여주고 싶어!'라는 말을 할 가능성도 있다.

아니, 아니겠지. 애초에 같이 목욕까지 하는 사이다. 이 이상 뭘 보여준다는 걸까.

하지만 저렇게 개방적이면 아이샤의 장래가 걱정된다. 보건 체육 방면으로도 가르치는 편이 좋을까. 아니, 그런 쪽은 리랴가 확실히 가르쳤다고 했나. 아니, 잘못된 지식일 가능성도 있으니, 여기서 일단 내가.

그렇게 생각하면서 나는 아이샤의 방으로 들어갔다.

나중에 오라는 말은 들었지만, '나중'이 언제인가 하는 말은 못 들었다.

방에서 기다려도 괜찮겠지. 결코 열한 살짜리 여자애의 방에 흥미가 있는 것은 아니다. 전혀 없다고도 할 수 없지만.

"흠. 청소는 잘 하고 있나 보네."

아이샤의 방은 잘 정돈되어 있었다. 구석구석까지 청소되어 있었고, 방 전체에 먼지 하나 떨어져 있지 않았다. 침대도 깨끗하게 정리되어 있었다.

곳곳에 여자애다운 소품도 보였다. 예를 들어서 침대 가장자리의 인형. 20센티미터 정도 되는 인간 인형이다. 밝은 갈색 머리카락, 로브를 입고 지팡이를 들었다. 마술사일까.

이 근처에서는 인형을 팔지 않을 텐데, 행상에게 산 것일까.

자노바도 이런 인형을 가지고 있진 않았던 것 같다.

그렇다면 꽤나 발품을 팔아서 찾았겠군. 설마 스스로 만들었다…는 건 아니겠지.

창가에는 화분이 몇 개 있었다. 튤립 같은 것부터 알로에나 선인장 같은 것까지. 크기가 제각각인 화분이 열 종류 정도 있었다.

노른의 방과 비교해서 실로 여자다운 방이다.

방구석에 있는 옷장을 열어 보니, 안에는 메이드복이 세 벌 있었다. 모두 자주 입었던 건지, 기운 자국이 눈에 띄었다. 나이에 어울리지 않게 오래된 메이드복이다.

아이샤의 키는 쑥쑥 자라고 있고, 이것들도 언젠가 못 입게 될까. 아니면 리랴나 누가 새로 고쳐 주는 걸까.

스윽 보니 옷장 구석에 여자애답게 귀여운 옷이 딱 한 벌 들어 있었다.

프릴 같은 게 달린 옷이다. 중요할 때 입는 옷일까. 보여주고 싶은 게 이거라면 미안하다. 못 본 걸로 하자.

나는 옷장을 닫고, 그 밑의 서랍을 열어 보았다.

거기는 팬티의 군생지였다. 잘 개킨 팬티가 비좁게 들어 있었다.

혹시 아이샤를 좋아한다는 아이가 있다면 아마 여기는 도원향이겠지.

옆에는 셔츠의 군생지도 있었다. 잘 보니 브래지어도 몇 개 확인되었다. 열한 살인데 발육이 좋은 내 여동생은 이미 흉부장갑 장착에 성공한 것이다.

하지만 아직 크기는 A컵 정도일까. 가슴 선인에 따르면 아이샤는 드물게 보이는 인재라고 하는데, 무슨 일이든 처음은 있는 법이다.

…덜걱.

"!"

뒤에서 소리가 들린 순간, 나는 예견안을 뜨고 두 손에 마력을 담아 돌아보았다.

동시에 서랍을 닫고 소리가 난 방향으로 손가락을 뻗었다.

"…누구야?"

아무도 없다. 아무것도 없다.

아이샤와 제니스는 아직 풀을 뽑고 있겠지. 리랴는 점심식사 준비를 하고 있을 터이다.

아르마딜로 지로일까. 아니, 지로는 록시가 학교에 갈 때 타고 갔다. 지금쯤 대학의 마구간에서 낮잠이라도 자고 있을 것이다.

베가리트에 가기 전에 구입한 말—마츠카제는 때때로 시내의 마구간까지 상태를 보러 가는데, 자력으로 여기까지 오는 일은 없겠지.

그럼 루시일까. 아니, 루시는 아직 기어다니지도 못한다.

그럼 또 다른 무엇… 도둑일까. 어린아이의 첫 브래지어를 노리는 변태일까.

자세를 낮추고 주위를 경계했다.

아무도 없다. 숨을 만한 장소도 없다.

하지만 뭔가 위화감이 있었다. 갈고 닦은 나의 직감이 뭔가 이상하다고 외쳤다.

설마 눈에 보이지 않는 적일까. 모습을 감추는 마도구일까. 그럼 언젠가 효과가 떨어지겠지.

"…인내심 싸움인가. 좋아."

혼자 중얼거렸다. 이래 놓고서 사실은 아무도 없고 그냥 집의 목재가 삐걱거렸을 뿐이라면 내가 바보가 되는 꼴이다.

아니, 분명히 뭔가가 있다. 틀림없이 위화감이 있다. 잘 봐. 방금 전과 뭔가 다르다.

…인형일까? 아니, 아냐.

문은 여닫지 않았다. 침대는 흐트러지지 않았다. 천장도 깨끗하다. 어쩌면 먼지도 떨어지지 않았을지 모른다.

그렇다면 남은 건 하나.

화분이다. 그래. 화분 숫자가 아까랑 다를…리도 없나. 늘거나 준 건 아닌 듯하다. 하지만 그쪽에서 위화감이 느껴진다.

"……."

그때였다.

태양이 구름에서 얼굴을 내밀었는지, 창가에 강한 빛이 비쳤다.

…덜걱, 덜걱!

"우아악!"

제일 작은 화분, 거기서 자란 식물이 굼실굼실 움직이기 시작했다.

마치 햇빛을 온몸에 고루고루 받으려는 듯이, 몸을 굼실거리면서 창 쪽으로 잎을 향했다.

그리고 식물이 움직일 때마다 화분이 움직여서 덜걱대는 소리를 냈다.

방금 전 소리의 정체는 이거겠지.

"하지만 이건 뭐지?"

조심조심 손가락으로 튕겨보니, 식물은 놀란 듯이 몸을 움츠렸다.

하지만 곧 손가락에 몸을 비비듯이 천천히 덩굴을 감았다.

놀라서 손가락을 떼자 식물은 아무 일도 없었던 것처럼 일광욕을 재개했다.

"움직이는 식물…?"

이런 기괴한 일이. 혹시 노래를 부르면 춤추는 걸까?

"……."

그런 농담은 치우고, 나는 이 식물을 본 적이 있다. 지금껏 몇 번이나 보았다.

이건. 이 녀석은… 트렌트다.

트렌트라는 마물은 어디에나 있다. 마물의 대표격으로 이 세계에 살고 있다.

말하자면 저 세계의 슬라임 같은 존재다.

나도 여러 곳을 여행했다. 마대륙, 미리스 대륙, 중앙대륙, 베가리트 대륙.

애석하게도 천대륙에는 안 가 봤는데, 이 세계의 다섯 대륙

중 대부분을 제패했다.

그 모든 대륙에 트렌트라는 마물은 존재했다.

숲에 들어가면 대부분 반드시 있고, 평지에도 자주 출몰했다.

트렌트는 나무 마물인데, 나무 모습을 한 녀석만 있는 게 아니다.

감자 같은 스톤 트렌트. 선인장 같은 캑터스 트렌트. 참으로 여러 종류가 있었다. 듣자 하니 물을 조종하는 엘더 트렌트라는 종류도 있는 모양이다.

하지만 이렇게 작은 트렌트는 본 적이 없다.

크기는 기껏해야 15센티미터. 뿌리까지 포함하면 20센티미터 정도일까.

네 개의 잎과 두 개의 덩굴을 가졌다. 꽃이나 열매는 맺지 않았다. 아직 어린 나무인 것이다.

그러니 나는 일단 이 녀석을 '베이비 트렌트'라고 부르기로 했다.

뭐, 이름은 아무래도 좋긴 하지만, 명칭이 없으면 불편하니까.

자, 문제는 왜 아이샤의 방에서 '베이비 트렌트'가 재배되고 있는 중인가 하는 것이다.

"그래서, 이 녀석은 뭐야?"

"어어, 어째서인지 갑자기 움직였습니다."

나의 외침을 듣고 달려온 아이샤는 주눅든 기색도 없이 그렇게 대답했다.

"언제부터?"

"오빠가 돌아온 직후에. 어때, 대단하지?"

오히려 자랑스러워하는 기색이었다.

"그래, 대단해. 하지만 왜 이제까지 아무 말 없었어?"

"말할까 했어! 하지만 오빠가 바빠 보여서 나중으로 미루려고 했더니, 오빠가 먼저 찾은 거야!"

아이샤는 그렇게 말하고 볼을 불룩거리며 토라졌다. 정말 귀엽다.

하지만 그런 건가. 오늘 용건은 그것이었나. 이걸 보여주고 싶었나.

"그렇긴 해도 손에 넣은 씨앗 중에 트렌트가 섞여 있었다니…."

"어? 아냐. 분명히 아슬라 왕국에서 가져온 바티루스 씨앗이야."

"어, 그래?"

"응. 잎에 덩굴이 있잖아? 조금만 더 있으면 보라색 꽃이 필 거야."

바티루스 꽃. 이름은 안다. 미약의 재료다. 미약 외에도 향수의 원재료가 된다고 해서 아슬라 왕국 일부에서 재배된다.

하지만 그런 꽃이 왜 트렌트가 되는 걸까.

"이 녀석, 어떻게 하니까 움직였어? 처음부터 움직였어?"

"아니, 처음에는 안 움직였어. 하지만 화분에 옮겨 심었더니 갑자기 움직이게 되었어."

이야기를 들어보니 아이샤는 화단에서 싹이 튼 것을 한동안 기른 뒤에 화분으로 옮겨 심었다고 했다. 그렇게 화분에서 한동안 키운 뒤에 다시 정원으로 되돌리는 등 여러 시험을 하는 모양이라서 화분 모양도, 거기서 기르는 식물도 가지가지다.

"흐음."

화분은 이전에 아이샤와 함께 잡화점에서 구입한 평범한 것이다.

딱히 마력부여품이라든가 마도구인 것도 아니겠지.

"이상한 짓 한 거 아니지?"

"응. 다른 거랑 똑같아. 흙은 오빠가 만들어 준 걸 썼어. 역시 여기 흙보단 오빠가 만들어 주는 게 영양이 많은가 봐."

그럼 흙 쪽은 문제없겠지. 나도 딱히 아무 생각 없이 흙 마술로 만들어낸 흙이고.

기껏해야 아이샤에 대한 애정이 담긴 정도다.

"아, 하지만 가끔씩 목욕하고 남은 물을 주었는데."

목욕하고 남은 물! 내가 없는 동안이라고 하면, 주로 실피와 아이샤의 땀이 녹은 물인가.

가끔은 나나호시의 것도 섞였겠지.

그렇군. 그렇다면 야한 촉수가 자라더라도 이상하지 않다.

아니, 이상해. 그럴 리 없잖아.

"으으음."

결국 원인은 뭘까. 평범한 씨앗을 평범하게 키웠더니 마물이 되었습니다.

그런 일이 있을까. 아이샤가 받은 씨앗 중에 우연히 트렌트의 씨앗이 섞여 있었다는 쪽이 차라리 납득이 된다.

트렌트는 주위에 의태한다. 그 과정에서 수상하지 않게 바티루스를 선택한 걸지도 모른다. 그렇게 생각하면 대충 앞뒤는 맞나.

"어찌 되었든 태우든가 해서 죽이는 편이 좋겠군."

"에에엣?!"

그렇게 중얼거리자 아이샤는 놀라 소리쳤다.

"왜?! 모처럼 길렀는데! 태울 건 없잖아?!"

믿기지 않는다는 마음이 배인 외침이었다.

분명히 자랑하려고 날 불렀는데, 태워서 버린다는 말을 들었으니 그런 반응이 되나.

"…아이샤. 너도 알고 있겠지. 이건 트렌트. 마물이야."

"하지만 이렇게 조그맣고 귀여운데?!"

"지금은 그래도, 크면 사람을 공격할지도 몰라. 위험해."

"사람을 공격하지 않게 잘 길들일 테니까!"

아이샤는 내 허리에 매달렸다. 눈에는 눈물이 맺혀 있었다. 무심코 '잘 돌봐야 한다. 난 안 도와줄 거니까'라고 말할 뻔했다.

하지만 개나 고양이와 다르다. 이건 마물이다.

"오빠. 길러도 되지?"

아이샤가 날 올려다보면서 부탁했다.

"귀여운 척해도 안 돼. 버리고 와."

"하지만 이 애는 잘못한 거 없잖아? 다른 애들이랑 잘 지내고 있고, 내 말도 잘 듣는데?"

"거짓말 하지 마. 귀도 없는 트렌트가 어떻게 말을 듣는데?"

"보여줄게."

그렇게 말하더니 아이샤는 '베이비 트렌트'를 향해 손을 뻗었다.

'베이비 트렌트'는 아이샤의 가는 손가락을 주룩주룩 덩굴로 감았다.

아이샤가 손가락을 덩굴에 감긴 채로 잎 뒤쪽을 간지럽히듯이 만지자, '베이비 트렌트'는 거기에 맞춰서 몸을 굼실거렸다.

왠지 기묘한 광경이다. 식물이 동물처럼 반응한다.

"자, 손가락 놔줘."

아이샤가 그렇게 말하자, 덩굴이 주르륵 풀리고 손바닥 위로 올라갔다.

"새끼손가락이 어디?"

덩굴이 잠시 망설이다가 새끼손가락에 감겼다.

"중지."

덩굴이 새끼손가락을 떠나서 중지에 감겼다.

"계속해서 엄지."

아이샤의 말에 따르듯이 덩굴은 중지에 감긴 채, 엄지 쪽으로 뻗었다.
하지만 길이가 모자라서 끝이 엄지 끝에 닿은 정도였다.
"됐어, 놔."
아이샤는 한동안 그렇게 '베이비 트렌트'와 장난을 치다가 나를 돌아보았다.
"어때? 말을 잘 듣지?"
"그래."
분명히 의사소통은 가능한 모양이다. 딱 보기론 잘 따르는 것처럼도 보인다.
생각을 조금 바꿀까.
…트렌트는 마물이다. 내가 생각하는 트렌드의 이미지는 나무에 의태하여 잠복하다가 여행자를 덮치는 흉포한 마물이다.
하지만 마물이라고 한마디로 말해도 사람과 친해진 녀석도 있다.
마대륙에서 탔던 도마뱀이나 아르마딜로 지로는 마수다. 하지만 마수도 마물도 근본을 따지자면 똑같다고 한다.
사람과 친해질 수 있다면 이 '베이비 트렌트'도 마수가 아닐까.
위험도라면 몸집이 큰 지로 쪽이 훨씬 위험할 것 같다.
하지만 지로는 프로 조교사에게 훈련받은 마수다.
"나는 네가 밤중에 목졸려 죽지 않을까 걱정이야."

"바티루스라면 아마 커지더라도 지금의 두 배 정도니까 괜찮을 거라 생각해."

"으음, 하지만."

"혹시 다치면 그때는 나도 얌전히 오빠 말을 따를 테니까!"

"크게 다쳐서 돌이킬 수 없어진 뒤면 늦어."

"우우…."

내 말에 아이샤는 볼을 불룩거리며 토라졌다.

그리고 눈을 크게 뜨고 두 손을 가슴 앞에 모으는 귀여운 포즈를 하며 올려다보았다.

"저기, 어떻게 해도 안 돼?"

이렇게 보란 듯이 만든 포즈, 어디서 배운 걸까….

그것도 묻고 싶지만, 지금은 트렌트가 우선이다.

그렇군…. 적어도 트렌트를 길들였다는 이야기는 못 들었다.

습성도 모르고 앞으로 어떻게 길을 들이면 될지도 모른다.

무엇보다 트렌트는 피라미라고 해도 위험한 마물이다.

자칫하다간 큰 사고로 이어질 것 같다. 물론 아이샤의 말처럼 30센티미터 정도까지밖에 안 자란다면 사고라고 해도 뻔하겠지.

아이샤가 씨앗에서 싹을 틔워서 여기까지 기른 트렌트다. 친해졌다면 인간에게 위험을 끼친다고 생각하기 어렵지만, 그건 어디까지나 동물을 대상으로 한 생각이다.

으음.

"……."

"알았어. 어떻게 해도 안 된다고 말한다면 나한테도 생각이 있으니까."

내가 고민하고 있는데 아이샤가 입술을 삐죽거렸다.

그리고 갑자기 태도를 바꾸어 팔짱을 끼고 나를 노려보았다.

"생각?"

"그거, 실피 언니랑 록시 언니한테 말할 거니까."

"그거?"

들키면 안 되는 게 있었던가?

그렇게 고개를 갸웃거리는 내게 아이샤는 오만하게 말했다.

"지하실의 비밀 방!"

"윽!"

사람에게는 건드려선 안 되는 부분이 있다. 나에게는 지하실의 제단이 그것이다.

그곳은 모두가 조용히 잠든 시간에 몰래 찾아가서 기도를 올리는 신성한 장소다. 나의 신은 이미 내 옆에 있지만, 그건 그거, 이건 이거다.

그게 무슨 짓이냐고 하더라도. 기도라는 행위는 인간을 안도하게 하고 충실한 매일을 보내는 데에 도움이 된다.

나는 그것을 몇 년이나 계속해 왔다. 생활의 일부다.

혹시 그런 장소가 알려지면 어떻게 될까. 실피는 어떻게 생각할까. 록시는 어떻게 생각할까. 리랴는 이해해 주리라고 생각하고 싶다.

아무튼 아이샤는 알면서도 모르는 척해 주었던 모양인데, 노른은 어떨까.

뭐, 노른은 틀림없이 날 경멸하겠지.

그리고 그 결과로 제단은 파괴된다. 내 생활의 일부가 파괴된다.

"아, 아이샤. 나는 너를 위해 하는 말이야. 트렌트는 위험한 마물이고, 그걸 키웠다간 네가 위험해질지도 몰라."

"나는 오빠가 얼마나 변태인지 신경 안 쓰지만, 실피 언니나 록시 언니는 어떻게 생각할까? 특히나 록시 언니는 예~엣날 팬티가 그렇게 치장된 걸 어떻게 생각할까~?"

끄으으. 이럴 수가. 인간이 안전을 생각하며 충고하는데… 협박이라니!

으으, 제길. 어쩌면 좋지. 어떻게 하는 게 베스트일까.

그렇게 고민하는 순간 갑자기 등 뒤의 문이 열렸다.

"저기, 제 이름이 들렸습니다만, 불렀습니까?"

"어!"

"어!"

나와 아이샤가 놀라서 문 쪽을 돌아보자, 그곳에는 방금 전에 갔을 터인 록시가 놀란 얼굴을 하며 서 있었다.

"왜, 왜 록시가 여기에… 학교는?"

"놓고 간 것이 있어서, 그걸 가지러 돌아왔습니다. 지금은 마침 수업도 없는 시간이라서."

물건을 놓고 가다니, 록시답다! 아니, 그게 아니라.

"저기, 록시 언니. 오빠가 록시 언니의우웁…."

다급히 아이샤의 입을 막았다. 어쩐다.

"……."

"…………."

침묵이 흘렀다. 창가에서 베이비 트렌트가 굼실굼실 움직였다.

록시의 눈은 거기에 못 박혔다.

…좋아. 여기선 일단 록시에게 반대 의견을 얻어내자.

그녀라면 트렌트의 무서움을 잘 알 테지.

"트렌트로군요."

"그, 그게 말이죠, 록시. 아이샤 녀석이 트렌트를 재배하겠다는 말을 꺼내서! 하지만 트렌트도 마물이고, 위험하잖아요? 록시도 안 된다고 좀 말해 줄 수 없을까요?"

아이샤가 읍읍 소리를 내면서 내 손을 치우려고 했다.

멍청하긴. 힘으로 날 당해낼 것 같냐. 설령 깨물더라도 안 놓겠습니다.

아니, 핥지 마. 날름거리지 마.

"괜찮지 않습니까?"

의외! 그것은 허가!

"트렌트도 잘만 키우면 사람을 따르는 법이고, 이 크기라면 위험할 일 없겠죠."

"어? 그런가요?"

"여기서는 못 봤습니다만, 미굴드족은 밭에서 새를 쫓는 용도로 트렌트를 기르고요."

그런가. 미굴드족의 마을에는 그런 것이. 있었던가, 없었던가.

본 적 있었나…. 아, 있다. 분명히 피라○ 플라워 같은 것을 기르고 있었다.

그런가. 위험하지 않나.

나는 아이샤의 입에서 손을 뗐다.

"아이샤. 오빠가 잘못 알고 있었어."

아이샤는 의심 어린 눈으로 나를 보았지만, 잠시 뒤에 히죽 웃었다.

"하지만 오빠도 나를 생각해 주었네."

"응. 물론이지. 마물을 기르다니, 위험하잖아. 응."

"그럼 그건 눈감아 줄게."

"고마워, 아이샤. 다음에 뭐 맛있는 거라도 먹으러 가자."

"응!"

아이샤는 내게서 떨어져서 록시에게 달려가더니 덥석 껴안았다.

"언니 좋아!"

"…대체 뭔가요?"

마지막에는 곤혹스러워하는 록시만이 남았다.

이렇게 우리 집 애완동물에 '베이비 트렌트'가 추가되었다.

물론 그것을 키우는 데에는 몇 가지 조건을 붙였다.

1. 사람에게 위해를 끼치면 바로 처분할 것.

2. 사람을 공격하지 않도록 잘 가르칠 것.

3. 가족에게는 어떤 식물인지 확실히 말해둘 것.

4. 만에 하나를 생각해서 아기 근처에는 두지 말 것. 등등.

신물이 나도록 잔소리를 했지만, 아이샤는 싫은 얼굴 한 번 하지 않고 수긍했다.

자기가 한 말은 지키는 애니까, 아마도 괜찮겠지.

참고로 '베이비 트렌트'에는 '비트'라는 이름을 붙여 주었다.

그의 성장을 기대해 보자. 분명 장래에 아이샤의 정원에 있는 나의 쌀을 훌륭히 지켜주겠고.

…그렇긴 해도 그 제단을 발견하다니. 정말로 메이드는 얕볼 수 없군.

—— 학교의 소문 4 '대장의 집에는 마물이 살고 있다' ——

제5화 위엄 있는 아버지

또 석 달의 세월이 지났다.

계절은 여름. 눈은 완전히 녹고, 화창하고 더운 날이 계속되었다.

1년 동안 나는 루시에게 홀딱 넘어갔다. 틈만 나면 루시를 보았다.

처음 얻은 내 자식이다. 사랑스럽지 않을 리가 없다.

지금도 1층의 한 방에 마련한 베이비룸에서 루시를 보고 있다.

천사 같이 앳된 얼굴을 보고 있으면 자연스럽게 얼굴이 풀어지고 입가는 칠칠치 못하게 벌어진다.

하지만 나는 일단 이 집의 가장이다. 위엄은 별로 없지만, 아내나 여동생 앞에서는 그럴 듯한 모습으로 있고 싶다.

딸바보 아버지라고 여겨지면 그런 모습은 희석되겠지.

그러니까 자식에게는 엄격하고 싶다. 그래, 엄격이다.

아마 갓 태어난 나를 보았을 때 파울로도 그렇게 생각했겠지.

아버지란 위대한 존재이며 목표여야 한다고.

과거에 나는 파울로를 보며 한심한 남자라고 생각했다.

하지만 지금은 다르다. 파울로는 위대한 아버지였다. 한심할 때도 있었지만 위대했다.

분명히 여자관계에서는 좀 그랬지만, 그건 내가 뭐라고 할 바가 아니니까 위대한 부분만 봐야 한다.

지금이라면 말할 수 있다. 나는 파울로처럼 되고 싶다고….

"아앙, 아."

어이쿠, 이런. 루시가 칭얼댄다. 오늘은 실피가 없다.

"그래, 루시. 아빠예요. 까꿍."

"아바, 꺄아."

아아, 귀엽다. 웃는 루시만큼 귀여운 게 이 세상에 존재할까.

이 세상에 천사가 있다면 분명 이 아이겠지.

어차, 이런. 아버지의 위엄을 말하고 있었지.

내가 생각하는 아버지란 친하면서도 먼 존재여야만 한다.

평소에는 부드럽게 포용해 주지만, 때로는 엄하게 질타를 할 때도 있다. 하지만 무슨 일이 있으면 몸을 던져서 자식을 감싸고 도와준다. 그런 존재다. 이상적인 아버지란 분명 그런 것이다.

응? 그렇다면 그건 바로 파울로로군. 나에게 파울로가 이상적인 아버지일까.

나는 자식에게 한심하게 여겨지고 싶지 않다. 하지만 한심한 부분이 있었기에 나는 파울로에게 친근함을 품었다. 배울 부분은 많다.

게다가 내가 보기엔 한심한 아저씨였지만, 노른이 보기에는 좋은 아버지였다.

안 그러면 노른이 저렇게 따를 리가 없다.

아무튼 자식을 소중히 생각하는 면이 바로….

"아, 아바, 바."

어이쿠, 이런, 이런, 루시가 또 칭얼댄다.
"그래, 루시, 아빠예요. 안아 줄까요. 착하지."
"우꺄, 아꺄갸!"
루시를 안아들고 흔들어 주자, 그녀는 만족한 기색이었다. 내 단련된 팔로 흔들어 주자 큐핏 같은 웃음을 보였다. 아아, 귀여워.
"저기, 루데우스."
"말씀하세요, 스잔느 씨."
루시를 달래고 있자, 유모인 스잔느가 말을 붙여 왔다.
그녀는 전직 모험가이자 내 지인이다.
"아이를 달래는 정도는 내가 할 텐데?"
"내 행복한 시간을 빼앗지 말아 주세요."
그녀는 내가 혼자 모험가 생활을 시작할 무렵에 알게 되었지만 그로부터 4년 가까이 안 만났다.
유모를 모집했을 때 찾아와서 깜짝 놀랐다.
"뭐, 하고 싶다면 말리지 않겠지만."
"하기 싫다는 남자가 있습니까?"
"내 남편은 별로 하기 싫어해."
"그 녀석은 아버지로서의 자각이 부족한 거 아닙니까?"
그녀와 처음 만났을 때의 일은 잘 기억한다.
당시 나는 12세. 에리스와 헤어져서 실의를 억누르듯이 북방 대지로 넘어갔다.

바쉐란트 공국의 구석에 있는 소도시에서 혼자 '데드엔드'의 파티를 해산했을 때의 쓸쓸함은 말로 설명하기 힘들다. 당시의 나는 그 쓸쓸함을 쫓아버리듯이 혼자서는 도저히 달성할 수 없을 만한 의뢰를 받으려고 했다.

자포자기한 점도 있었겠지.

그때 나타난 것이 스잔느의 파티였다.

전사 둘, 궁술사 하나, 치유 술사 하나, 마술사 하나로 구성된 5인 파티.

파티 랭크는 B급 중에서 아래쪽이었지만, 베테랑으로 구성되었다.

스잔느는 전사였다. 빈말로도 검술에 능하지 않고, B급 중에서도 밑에서 세어야 했다.

하지만 그 마음씀씀이 때문에 주위에서는 한수 위로 쳐주는 여자였다.

그녀는 혼자서 의뢰를 받으려는 내게 말을 붙였다.

'그 의뢰, 우리랑 같이 하지 않겠어?'

대충 이런 느낌이었던 걸로 기억한다.

나는 '지명도를 올리고 싶으니까 혼자서 하겠습니다'라고 대답했지만, 혼자서 할 수 있는 일이래야 빤하다는 설득에 응하여 함께 의뢰를 받았다.

스잔느는 당시의 나를 보고 놀란 모양이었다. 꽤나 마음이 망가진 것처럼 보였다는 모양이다.

게다가 망가진 눈을 하면서도 경어로 말을 했으니까, 놀라움을 뛰어넘어서 으스스하게 느껴졌다나.

그럼에도 불구하고 스잔느는 나를 도와주었다.

내가 그 도시를 떠날 때까지 몇 번이나 함께 의뢰를 받고, 고정으로 파티에 들어오지 않겠냐고 말해 주었다.

결국 고정 파티 이야기는 거절했지만, 제대로 챙겨먹고 사냐면서 내게 밥을 사준 적도 있었다.

지금 생각해 보면 여러모로 돌봐 준 거겠지. 고마운 이야기다.

스잔느는 그 이후로 파티의 리더였던 마술사 티모시와 결혼했다는 모양이다.

그리고 티모시의 고향인 샤리아에 정착하였다.

현재는 두 아이의 어머니. 다만 셋째가 미숙아라서 아쉽게도 태어나자마자 죽었다고 했다.

아이가 죽어도 모유는 나오는 법. 그리고 모유란 것은 팔린다.

유모를 모집하는 사람을 찾던 도중에 우연히 내 이름을 발견했다는 모양이다.

덧붙여서 저번에 티모시와도 만났지만, 그는 거의 변하지 않았다.

"…그렇긴 해도 너도 변했네."

"그렇게 변했습니까?"

"그야 예전의 너는 남의 마누라 앞에서 남편을 헐뜯는 짓을 안 했어.”

맞는 말이군. 생각해 보면 그 무렵의 나는 남의 기분을 해치는 짓을 극단적으로 두려워했던 것 같다.

지금도 그런 마음은 그리 변하지 않았다. 하지만 여러 일이 있었던 탓인지 흐려진 모양이다.

“기분 상하셨나요?”

“아니. 그 정도가 좋아. 얼굴을 맞대고 농담을 던질 수 있는 정도가. 나로서도 어울리기 편하거든.”

학교에 간 탓도 있겠지. 편하게 농담을 주고받는 정도의 거리감.

자노바도 크리프도 그 정도의 거리감을 바라고, 나도 그게 편하다.

“뭔가 으스스한 그 경어도 안 해도 괜찮은데? 너는 고용주니까.”

“아뇨, 친한 사이에도 예의는 필요하니까요.”

“그런가.”

스잔느는 그렇게 대답하고 쓴웃음을 지었다.

그녀에게는 감사하고 있다. 이러니저러니 하면서 북방대지에서의 모험가의 상식을 가르쳐 준 것은 그녀다. 예의를 잊어선 안 된다.

“뭐, 나로서는 돈만 따박따박 받으면 되지만.”

“물론 넉넉히 얹어드리겠습니다.”

돈만 받으면…이라고 말하지만, 스잔느는 할 일을 다해 주었다.

전생에서는 베이비시터가 유아를 학대하는 사건이 일어나기도 해서 다소 불안했지만, 스잔느는 마치 자기 자식처럼 루시를 돌봐 주었다.

뭐, 집에는 리랴나 아이샤가 항상 있고, 지인의 자식을 어쩌는 사람이 아니라는 것은 나도 알지만.

"그러고 보면 아드님 쪽은 어떤가요?"

"둘 다 건강해. 할아버지, 할머니에게 찰싹 달라붙어 있지만."

스잔느는 시부모와 함께 산다고 했다.

물론 안 그러면 자식을 두고서 유모 일을 할 수 없다.

시부모와 살면 여러모로 고생인지, 리랴에게 곧잘 투덜대는 모양이었다.

리랴도 따지자면 시어머니의 입장이지만, 스잔느와 같은 나이라서 말이 잘 맞는다나.

종종 같이 차를 마시는 모습을 목격했다.

"…너도 첫 아이는 남자가 좋았지?"

"아뇨, 별로 그런 건. 왜죠?"

"후계자 때문이지."

"아하."

자식이 태어난 뒤로 그런 이야기를 몇 차례 들었다.

자노바나 아리엘도 말했다. 역시 왕족, 귀족들은 자녀의 성

별에 얽매이는 모양이다.

아슬라 왕국의 지방귀족 보레아스에서도 남자아이가 태어나면 본가 쪽에 빼앗긴다고 그랬다.

"상관없어요. 나는 귀족도 상인도 아니니까요. 건강하게 자라준다면 충분합니다."

오히려 딸 쪽이 귀엽다. 최근 집안의 남녀 비율이 심각해졌지만, 그래도 귀여운 여자에게 둘러싸인 현황에 딱히 불만 없다.

부조리하게 날 괴롭히는 것도 아니고. 다들 날 가장으로 봐준다.

"좋구나. 우리 남편은 임신했을 때부터 아들이 태어나면 이렇게 해야지 저렇게 키워야지 라면서…. 딸이 태어난다곤 생각도 안 했어."

"그리고 아들이 태어났으니까 좋은 거 아닌가요?"

"그렇긴 하지. 다만 마음이 좀 복잡해. 셋째는 딸이었으니까."

"아, 그건… 애석하네요…."

혹시 루시가 사산이었으면. 그렇게 생각하니 흠칫하는 바가 있다.

"됐어. 또 낳으면 되니까."

하지만 스잔느는 태연했다.

그런 것일까. 첫째가 안 되면 둘째. 그렇게 쉽게 생각할 수 있는 걸까.

적어도 나는 그렇게 생각할 수 없다. 실피는 임신하기 쉬운 몸도 아닌 모양이고.

그뿐만이 아니다. 실피라면 나 이상으로 풀이 죽어서 울먹이며 '미안해, 루디의 아기, 제대로 못 낳아서 미안해.'라고 말할 것 같다.

오오, 상상만 해도 위장이 아파온다.

그만두자. 이런 건 상상이다. 루시는 태어났고, 실피는 건강 그 자체.

이쪽이 현실이다. 그럼 됐잖아. 현실에 만족하는 것도 중요하다.

"그건 그렇고, 파티는 해산했나요?"

"응, 너랑 헤어지고 얼마 뒤에. 우리 정도 실력에서 한 명 사라지면 힘들거든. 패트리스도 병사가 되겠다면서 아슬라 왕국으로 돌아갔어."

"…사라는 어떻게 되었나요?"

"궁금해?"

"뭐, 조금은."

사라. 스잔느의 파티에 있던 궁술사. 이 세계의 모험가들은 활을 별로 쓰지 않기 때문에 보기 드문 존재였다. 정확하게 급소를 꿰뚫는 힘을 가졌고, 모험가로서의 실력도 충분. 서로 나이가 비슷한 점도 있어서 몇 번이나 내게 시비를 걸어오긴 했어도 최종적으로 꽤 좋은 관계가 되었다.

결국 나의 ED가 발각되면서 헤어졌지만, 그래도 다소 마음에 남는다.

"그 애는 이 근처에서 계속 모험가로 활동하고 있어. 활이란 건 마술 이상으로 숙련에 시간이 걸리는 탓에 쓰는 사람이 적지만, 그 애에게는 노하우가 있으니까. 어디서든 먹고 살 수 있어."

"그렇습니까."

"만나서 이야기할 거면 얼른 하는 게 좋아. 모험가는 언제 죽을지 모르니까."

"…아뇨. 내가 할 말은 딱히 없으니까."

그녀와의 관계는 끝났다. 만나서 이야기를 해도 딱히 발전할 것은 없다.

사라도 그때의 일을 떠올리면 기분 더럽겠고.

"그런가…. 어라?"

스잔느가 문득 내 뒤쪽으로 시선을 향했다.

"어머니."

돌아보니 제니스가 있었다. 뒤에 리랴가 따라오고 있었다.

"……."

"실례하겠습니다, 루데우스 님."

제니스는 멍한 표정으로 천천히 걸어오더니 내 옆, 루시의 얼굴이 보이는 위치에 앉았다.

"어머니, 루시는 오늘도 건강해요."

"……"

제니스는 아무런 말도 없이 루시를 가만히 바라보았다.

제니스는 이 집에 온 뒤로 보다 능동적으로 움직이게 된 것 같다. 노른이 있으면 같이 밥을 먹게 되었고, 아이샤가 있으면 같이 풀을 뽑으려고 한다. 내가 루시를 보고 있으면 이렇게 살펴보러 온다. 실피나 톡시에게도 각기 다른 반응을 보인다.

표정은 변하지 않고 말도 하지 않는다. 하지만 움직임은 있다. 변화가 있다. 조금씩이지만 회복되고 있는 걸지도 모르겠다.

"……."

"꺄아! 꺄앙!"

제니스가 루시를 향해 손을 뻗었다.

루시는 활짝 웃으면서 그 손을 쥐었다.

"루시는 할머니를 좋아하지요~"

처음에 나는 더 경계했었다. 제니스는 이른바 치매 노인 같은 느낌이고, 어쩌면 어떤 감정의 변화로 루시에게 위해를 가할지도 모른다고 생각하였다.

하지만 기우였다. 제니스는 그저 조용히 루시를 바라볼 뿐이었다. 거기에 나쁜 감정은 전혀 없다. 오히려 손녀를 바라보는 할머니의 따뜻한 분위기였다.

왜 위해를 가할지도 모른다고 생각했을까.

애초에 제니스는 이제까지 소동을 피운 적이 단 한 번도 없었는데.

"아하! 꺄웅!"

루시도 그걸 아는 걸까, 제니스와 함께 있을 때면 항상 웃는다.

할머니와 손녀의 가슴 훈훈한 광경이다. 그렇긴 해도 제니스의 용태도 어떻게 될지 모른다. 이 광경을 보고 어떻게 되리라고는 생각하지 않지만, 무슨 일이 일어날지 모르는 이상 눈을 떼어선 안 되겠지.

그럴 마음이 없더라도 사고는 일어나는 법이니까.

“…….”

제니스가 문득 고개를 들고 내 얼굴을 바라보았다. 뭘까. 뭔가 호소하는 시선으로 보였다.

“아앙! 아앙!”

그 직후 루시가 칭얼거렸다.

“제니스 님. 실례하겠습니다.”

리랴가 천천히 제니스를 아이에게서 떼어놓았다. 스잔느가 다가와서 루시를 안고 달래기 시작했다. 동시에 기저귀 상태나 등에 뭐가 나지 않았나 확인.

고개를 끄덕였다.

“슬슬 젖 먹일 시간이야.”

벌써 그런 시간인가. 듣고 보니 실피가 아침에 젖을 준 뒤로 그 정도 경과했군.

“그럼 나는 이만 나가보겠습니다.”

“봐도 별로 상관없는데.”

스잔느는 그렇게 말했지만, 나는 나가겠다고 고집했다.

아는 사이라도 그런 건 보는 게 아니다. 애초에 스잔느는 제니스나 리랴에게 지지 않을 정도의 크기다. 게다가 수유기간이니까 한층 더하다.

그런 걸 보게 되면 내 안의 선인이 눈뜨게 된다.

그게 리랴나 누구의 입을 통해 새어나가 봐라. 실피와 록시가 풀 죽을지도 모르지 않나. 그녀들의 가슴 크기가 부족하다는 것은 부정할 수 없는 사실이지만, 나는 가슴으로 고른 게 아니다. 괜한 걱정이다.

그렇긴 해도, 제니스는 혹시 루시가 배고픈 것을 알아차린 걸까.

…둘이나 키운 경험이 있으면 그런 것도 알 수 있나.

방 밖으로 나갔다. 복도 창문 밖을 보니 애석하게도 비가 오고 있었다.

시간을 알기 어렵지만, 젖 먹일 시간이라면 이제 슬슬 정오겠지.

루시랑 놀아주고만 있어도 이런 시간이 되었다. 물론 시간을 낭비했다고는 생각하지 않는다. 이게 가장 중요한 시간이고.

나는 내 방으로 들어갔다. 내 연구용으로 준비된 1층의 작은 방이다.

거기에 있는 책상 앞에 앉았다. 책상 위에 있는 것은 마석과 레포트다.

반년 동안 나는 그저 여동생이나 딸과 놀기만 했던 건 아니다. 이전에 발견한 마석에 대해서도 조사했다.

히드라와의 싸움에서 고전할 수밖에 없었던, 마력을 빨아먹는 마석이다.

이 마석은 언뜻 보면 단순한 연녹색 비늘이다. 투명한 느낌이 아니면 그냥 돌로 보였겠지. 도서관에서 이 마석에 대해 조사해 보니, 몇 가지 사실이 발견되었다.

일단 마석의 이름. '흡마석'이라고 하는 모양이다.

마나타이트히드라가 체내 생성하는 돌로, 주변의 마력을 흡수하는 것으로 알려졌다.

마나타이트히드라가 대륙 소멸과 동시에 절멸했기 때문에 현재로선 환상의 마석 중 하나다.

드래곤 계열의 생물은 체내에서 마석을 만드는 일이 많고, 이것도 그 중 하나다.

내 지팡이에 사용된 것도 바나에 있는 서펀트 타입의 드래곤이 만든 것이다.

드래곤의 마석의 효능은 제각각인데, 기본적으로 마력과 관계 있는 것이 많다.

마력을 증폭시켜서 소비마력을 낮추든가, 같은 마력으로 두

배의 위력을 발휘하거나. 그럼 반대로 마력을 흡수하는 마석이 있어도 이상할 것 없겠지.

문제는 마력을 흡수하는 원리다.

이 마석, 이렇게 가만히 놔두면 마력을 흡수하지 않는다.

그럼 어떻게 하면 마력을 흡수하게 될까.

그렇게 생각하여 몇 가지 실험을 해 보았는데, 의외로 이른 단계에서 어떤 사실이 판명되었다.

이 마석에는 '앞과 뒤'가 존재한다. 겉보기로는 알기 어렵지만, 분명히 존재한다.

뒷면에 손을 대고 마력을 넣으면, 앞면의 마력을 흡수한다.

그때 쉬잉 하고 높은 소리가 울린다. 자동적인 것이 아니라 수동으로 스위치를 켰다 끌 수 있는 것이다. 말하자면 문어의 흡판 같은 것일까.

아무래도 그 히드라는 마술을 보면 멋진 반사신경으로 마석을 발동시켜서 날아오는 마술을 무효화했던 모양이다.

보통은 그런 게 불가능하다고 생각하지만, 야생동물은 인간보다 압도적으로 동체시력도 좋고 반사속도도 빠르다.

또한 실험을 해 보니, 아무래도 이 마석은 '마력을 흡수하는 게 아닌' 듯한 사실이 확인되었다. 내가 쓴 마술을 상대로, 돌을 손에 들고 '지금이다!'라고 외치며 내뻗어보아도 소비한 마력이 회복되는 게 아니다.

오히려 사용했던 것과 비슷한 양의 마력을 소비하는 것처럼 느껴졌다.

그런 점은 더 자세히 조사해 봐야 하겠지만, 일단 가설을 세워 보았다.

뒷면에서 입력된 마력을 '마력으로 생성된 것을 순식간에 분해하는 파장'으로 변환하여 출력하는 게 아닐까 하는 것이다.

효과는 '디스터브 매직'과 비슷하지만, 보다 고도의 레벨로 분해하는 걸로 여겨졌다.

물론 그것만으로는 설명할 수 없는 것도 있다. 예를 들어서 이 파장을 맞아도 내가 만든 인형은 부서지지 않는다.

인형은 괜찮은데 스톤 캐논은 안 된다. 그 차이는 대체 뭘까.

만든 뒤로 시간이 경과하면 마력이 안정되어서 부서지지 않는 걸까. 으음….

고민만 해도 소용없다. 애초에 마력이란 게 뭔지도 모른다. 지금으로선 자세한 원리보다도 어떻게 쓸까, 어떻게 대처할까를 우선해서 생각하고 싶다.

그렇게 생각하며 어떤 실험을 하였다.

이 마석을 쓰면 디스터브 매직으로는 대처할 수 없었던 것을 파괴할 수 있을 것 같았다.

그래, 예를 들면 '마법진'이다.

실험은 크리프의 도움을 받았다.

그 결과, 지면에 그린 결계 마술의 마법진을 통째로 파괴할 수 있었다. 종이에 그린 스크롤 마법진은 사라지지 않지만, 발동 중인 것이라면 문제없이 소거할 수 있는 모양이다.

다만 마도구 안에 내장된 마법진을 없앨 수는 없었다. 그려진 것이 아니라 새겨졌기 때문일까. 돌이켜보면 히드라의 방에 있던 그 마법진도 그렇게나 히드라가 날뛰었음에도 사라지지 않았다. 그럴 수 없었던 걸지도 모른다.

어찌 되었든 '없앨 수 없는 것도 있다'고 기억해두기로 하자.

아무튼 어지간한 건 괜찮겠지. 이걸로 언제 덫에 걸려서 결계 안에 갇히더라도 자력으로 탈출할 수 있다는 뜻이다. 물론 제일 중요한 것은 갇히지 않도록 행동하는 것이지만, 이제 두 번 다시 무료 주택에 사는 일은 없겠지.

현재는 일단 '자리프의 의수'의 손바닥에라도 넣는 형태로 운용할까 생각한다.

마술과의 겸용이 어렵지만, 그 점에선 연습이 필요하다.

"오라버니. 손님이 찾아오셨습니다."

한동안 연구실에 틀어박혀 있는데, 아이샤가 차분한 얼굴로 나타났다. 남들과 접할 때의 얼굴이다.

"누구?"

"자노바 님입니다."

자노바인가. 무슨 일이지? 아니, 일이 있어야만 오는 것은 아니지.

놀러왔을 수도 있지.

"거실에서 기다리고 계십니다."

"알았어."

나는 대충 말하고 일어섰다.

자노바 말이 나와서 말인데 그의 연구도 진행하고 있다. 자동인형의 연구다.

그 과정에서 '자리프의 **의족**'을 만들었다. 다리 쪽도 구조는 손과 비슷하겠지. 나도 프로토타입 제작을 거들었다.

자노바가 설계도를 만들고, 내가 틀을 만들고, 크리프가 마법진을 새긴다.

꽤나 손이 많이 가는 작업으로, 하나 만드는 데에 한 달 가까이 걸렸다.

언젠가 의수와 의족을 세트로 팔고 싶지만, 양산화는 아직도 머나먼 이야기겠지.

그리고 팔과 다리의 연구를 끝낸 뒤에 자노바는 드디어 동체의 연구를 진행하였다.

동체의 이음매를 조심스럽게 가르고 내부를 분해했다.

그러자 가슴 한가운데에 커다란 마석이 존재했다는 모양이다.

붉은색의, 크리스털처럼 아름다운 형태의 마석.

하지만 이건 단순한 돌이 아니었다.

표면에 빽빽하게 마법진이 새겨진 작은 마석을 여러 개 연결해 놓은 것이었다.

틀림없이 이게 자동인형의 코어겠지.

이 코어에 그려진 무늬를 해석할 수 있으면 똑같은 것을 만드는 일도 가능해진다.

그리고 연구를 더욱 발전시키면 우리가 꿈꾸는 메이드로봇이 가능해진다.

그렇긴 한데 자노바는 여기서 다소 앞길이 막힌 모양이었다.

무늬의 내용이 너무나도 복잡기괴. 게다가 고문서의 내용도 주석이나 주의사항, 빗금으로 지운 것투성이였다. 말하자면 그 자동인형의 제작자도 코어에 대해서는 아직 연구 도중이었다고 밝혀졌다.

기존품은 실패작이고, 제작자가 뭘 목표로 했는지도 불명확.

앞으로의 연구는 곤란하기 그지없다.

하지만 자노바는 그것이야말로 자기 사명이라는 듯이 새롭게 결의를 다졌다.

열심히 했으면 싶다.

“오래 기다렸지.”

거실로 가자, 앉아서 차를 마시던 자노바가 일어섰다.

“스승님, 시간 내주셔서 감사합니다!”

자노바를 따라 방구석에 대기하던 줄리와 진저도 말없이 고개를 숙였다.

“오늘은 무슨 일이야?”

“근처에 올 일이 있었기에 인사라도 할까 하고.”

놀러온 것뿐인가.

"그래, 천천히 있다 가."

드문 일이긴 하지만 함부로 할 수도 없다. 그렇게 생각했더니 줄리가 재빨리 다가왔다.

"그랜드마스터. 이거, 다 되었습니다."

그렇게 말하며 내게 인형을 내밀었다.

과제로 주었던 루이젤드 인형의 복제품이다.

"좋아, 점점 좋아지고 있군. 이런 식으로 계속 만들어 줘."

"예!"

줄리는 기운차게 고개를 끄덕였다.

내가 여행을 다녀온 동안에 줄리는 루이젤드 인형을 완성시켰다.

그녀가 만든 루이젤드 인형은 완성도가 상당히 높았다.

내가 만든 견본을 토대로 만들었지만, 솔직히 말해서 내 것보다 더 나았다.

애초에 포즈에 빈틈이 없었다. 풋내기의 눈으로 봐도 얼마나 멋진지 느껴졌다.

노른에게도 보여주었더니 조그맣게 '나도 있었으면.'이라고 하길래 선물했다. 지금은 기숙사 선반에 장식했다는 모양이다.

이만하면 성공이라고 판단한 나는 줄리에게 루이젤드 인형의 양산을 명했다.

아직 하나가 완성되기까지 시간이 필요하지만, 천천히 하나씩 만들면 된다.

마력단련 수행도 되고, 언젠가 판매할 때에 수가 넉넉해서 손해 볼 것 없다.

"어제, 노른 선생님과, 학교에서 만났습니다."

"어, 그래? 만났구나. 무슨 말 했어?"

"고맙다, 는 말을 들어서, 저도 고맙습니다, 라고 대답했습니다."

"그래, 그래, 잘했어."

나는 줄리의 머리를 쓰다듬어 주었다. 줄리는 살짝 긴장하긴 했지만, 얌전히 머리를 맡겼다.

사실 노른 쪽도 책을 완성시켰다. 노른은 검술 연습을 시작한 뒤에도 집필을 그만두지 않았다.

짧은 이야기에 문체도 조잡하고 거칠다. 에피소드도 하나뿐. 루이젤드가 주군을 위해 싸우다가 배신당하여 복수를 한다는, 그 창의 에피소드뿐이다.

하지만 루이젤드의 사람 됨됨이, 고집이나 비애, 그리고 멋진 모습은 충분히 전해졌다.

조금만 손을 대면 젊은이들이 좋아할 책으로 팔리겠지.

그걸 줄리에게 읽어 주었더니 아주 호평이었다.

계속 읽어달라고 하기에 세 번이나 읽어 주었다.

진저가 막지 않았으면 한 번 더 읽었겠지.

듣자하니 줄리는 어렸을 적에 누가 이런 이야기를 읽어 준 적이 없었다는 모양이다.

드워프족에게 그런 문화가 없었을까. 옛날이야기 같은 거라면 있었던 모양인데, 책은 없었나.

아니면 양친이 너무 바빠서 딸에게 시간을 내줄 수 없었을까. 어느 쪽이든 상관없나.

그런 것도 있어서 짬을 내어 두 사람을 만나게 해 주고 싶었는데, 이미 만났나.

선생님이라는 호칭에 노른도 꽤나 창피했겠지.

아무튼 사이가 좋은 모양이라 다행이다. 서로가 서로를 인정한다는 것은 좋은 관계를 쌓기 위한 첫걸음이고.

어찌 되었든 스펠드족의 이미지 개선 계획도 순조롭다.

연구, 단련.

할 수 있는 일은 한다. 이 이상 하면 아무래도 한도 오버겠지.

하나에 특화하여 단련하는 쪽이 좋을지도 모르지만, 아마도 나는 최고가 될 수 없다.

전생에서도 그랬고, 이번에도 그렇겠지.

언제든 위에는 또 그 위가 있다. 분명히 학교에서는 최고가 될 수 있을지도 모르지만, 세계를 둘러보면 강한 녀석들이 마구 굴러다닌다.

노력으로 뒤엎을 수 없는 진짜 재능이란 것은 존재한다.

하지만 억지로 이길 필요는 없다. 여러 분야로 승부하면 된다. 정면에서 맞서 싸우는 걸로는 못 이긴다면 측면에서 공격하면 된다.

그렇게 생각하긴 하지만. 그래도 저 히드라 같은 일은 일어날 수 있다.

막상 일이 터졌을 때 가족을 지킬 정도로 강해져야만 한다.

난 싸움 같은 걸 잘하는 게 아니지만.

"그렇지, 자노바. 루시 보고 갈래?"

"오오! 따님을 말입니까?! 괜찮습니까?"

"봐선 안 되는 것도 아니잖아."

"그렇군요! 하지만 어느 나라인지는 잊었는데, 다섯 살이 되기 전까지는 가족 이외의 사람과 만나게 해선 안 된다는 풍습도 있는 모양이라."

"많은 사람에게 축복을 받는 편이 좋으리라고 생각하는데."

뭐, 지금으로선 어려운 생각을 하지 말자.

언제나 눈앞의 일을 하나씩 처리하면 된다.

매일 몸을 단련하고, 마술을 연습하고, 연구를 하고, 많은 이들과 교류하며 동료를 만들고.

전생의 나와는 비교도 안 될 정도로 노력하고 있고 충실하다. 나로서는 충분히 잘하고 있다고 할 수 있다.

그러니까 서두를 건 없다. 서두르면 몸이나 마음이 망가지고 주위가 눈에 들어오지 않게 될 수도 있다. 그랬다간 함정에 걸린다. 히드라 때처럼.

그러니까 차근차근, 하나씩 한다.

갑자기 노력하는 게 아니라 평소부터 매일 조금씩 노력한다.

그러면 일이 생겼을 때 선택지가 늘어나고 여유가 생긴다.

자, 내 다음 스텝은 무엇일까. 의수는 손에 넣었다. 연구는 진행하고 있다. 아내와의 관계도 양호. 여동생도 딸도 건강. 금전적인 여유는 있다. 생활도 안정되었다. 그렇다면 다음은….

슬슬 록시에게 수왕급을 배울까.

—— 학교의 소문 5 '대장은 작은 아이를 좋아한다' ——

第6화　수왕급

마법대학의 한 곳에서 요사스러운 목소리가 들렸다.

"아, 안 됩니다."

어느 학생이 체육창고라고 부르는 창고 앞에 있다.

거기서 한 청년이 연파랑색 머리의 소녀의 팔을 붙잡고 있었다.

"괜찮죠? 선생님, 부탁합니다."

"안 됩니다."

소녀는 청년에게 냉담했다. 휙 고개를 돌리고 입술을 삐죽거렸다.

청년은 그래도 계속 매달렸다.

"한 번만, 딱 한 번이면 됩니다."
"싫습니다. 놔 주세요. 점심시간이 끝납니다."
"그런 소리 말고!"
청년은 손을 놓지 않았다. 소녀는 난처한 얼굴로 주위를 보았다.
체육창고 앞이라고 해도 나름 사람은 있었다.
하지만 그들은 소녀의 도움을 청하는 시선에 조용히 눈을 돌렸다.
왜냐면 청년이 무섭기 때문이다. 청년은 이 부근에서 제일가는 불량배로 유명한 남자였다.
주위 사람들은 생각했다. 설사 자기가 도우러 가더라도 소녀의 운명은 변하지 않을 거라고.
뿐만 아니라 자기까지도 비참한 꼴을 당할지 모른다고.
그걸 알면서도 소녀를 도울 만큼 용기 있는 자는 없었다.
"선생님, 잘 생각해 보세요. 서로 나쁜 이야기는 아닐 겁니다. 분명히 지금은 조금 싫을지도 모르지만, 장기적으로 보면 분명 서로에게 득이 됩니다."
"그건… 분명히…."
"내 부탁을 들어준다면 선생님의 부탁을 뭐든지 들어주겠습니다."
"우으, 하지만 말이죠…."
떨떠름한 기색인 소녀에게 청년은 계속해서 말했다.

귓가로 입을 가져가서 속삭이듯이. 그런 동작에 소녀의 얼굴은 순식간에 붉어졌다.

땋은 머리를 이리저리 만지작거리며 부끄러운 듯이 고개를 숙였다.

"학생회다!"

그때 이 학교에서 제일가는 미남이라고 일컬어지는 남자가 나타났다.

그 뒤에 선글라스를 낀 백발의 소녀도 따라왔다.

"꺄아! 루크 님이야!"

"'무언의 피츠'다!"

학생회 멤버인 루크와 피츠였다.

"루크 님, 오늘도 멋져!"

"안아 줘!"

"피츠 선배, 최근 한층 예뻐졌어."

"설마 여자였다니 생각도 못 했지."

사람들의 성원을 받으면서 두 사람은 청년과 소녀의 앞에 섰다.

"루데우스가 여학생을 덮친다는 신고가 있었는데…."

루크는 한숨을 내쉬었다. 그의 눈에 비친 것은 루데우스라고 불리는 이 청년과 록시라고 불리는 소녀였다.

여학생이 아니고, 덮치는 것도 아니다.

그런 사실을 확인하고 온 길을 되돌아가기 시작했다.

"피츠, 뒷일은 맡기지."
"…응."
피츠는 귀를 벅벅 긁으면서 끄덕였다.
"하아."
루크가 떠나간 뒤에 록시 또한 한숨을 내쉬었다.
"여학생입니까."
"어쩔 수 없습니다. 아직 록시 선생님이 교사라는 인식은 희박한 모양이고요."
루데우스는 이해한다는 듯이 끄덕였다.
"응? 실피, 왜 그래?"
그는 문득 피츠가 다소 퉁명스러운 얼굴을 한 것을 알아차렸다.
한쪽 뺨이 살짝 불룩해져 있었다.
"있잖아, 루디. 아무리 결혼했다고 해도 억지로 그러는 건 좋지 않아. 여자도 싫을 때가 있으니까."
"어? 응, 물론 알고 있어."
"그야 록시 선생님 쪽이 나을지도 모르지만, 나도 있으니까…."
중얼중얼 말하는 피츠.
"…혹시."
루데우스는 감동을 숨기지 않는 얼굴로 피츠에게 다가갔다.
그가 피츠의 불룩거린 뺨을 쿡쿡 누르자, 피츠는 뺨을 원래

대로 되돌리고 반대쪽 뺨을 불룩거렸다.

"아아! 실피가 질투하고 있어!"

루데우스는 피츠를 꼭 껴안았다.

피츠는 싫지만은 모양이었지만, 여전히 화난 얼굴이었다.

"지, 질투 같은 건 아니지만…!"

"걱정 안 해도 돼, 실피. 물론 실피를 따돌릴 생각은 없으니까."

"어, 아니, 그럼, 셋이서…?"

루데우스는 피츠의 귓가에 대고 속삭였다.

"그래, 나랑 실피, 둘이서 함께 록시에게 배우는 거야."

"어, 록시가 가르쳐 주는 거야?"

"그야 그렇지. 그녀는 이 방면의 1인자니까."

피츠가 힐끗 시선을 보내자, 록시는 슬쩍 고개를 돌렸다.

"저는 아직 좋다고 말하지 않았습니다."

"그런 소리 말고. 실피도 배우고 싶지?"

"아, 아니, 부끄러워…."

머뭇거리는 실피는 아까부터 루데우스에게 안긴 상태였다.

남장을 한 그녀. 선글라스 때문에 표정을 알 수 없지만, 그 안쪽의 젖은 눈은 숨길 수 없었다.

"하, 하지만, 루디를 위한 거라면… 좋아."

"실피!"

루데우스는 감격하여 그녀의 머리에 얼굴을 묻고 '부드럽다,

좋은 향기다.'라고 감동하며 한층 팔에 힘을 주었다.

피츠는 그 힘에 마음이 놓여서 아무래도 좋다 싶어 몸에서 힘을 뺐다.

록시는 그 광경을 부럽게 바라보았다.

그런 록시를 향해 루데우스는 쉴 틈을 주지 않고 물었다.

"왜 가르쳐 주지 않습니까? 혹시 내가 싫습니까?"

루데우스가 쇼크를 받은 듯이 말하자, 록시는 다소 주저했다.

"아뇨, 그런 건 아닙니다! 루디를 좋아합니다, 사, 사랑합니다."

"그럼, 왜."

"저기, 이걸 가르치면, 루디에게 이기는 게 없어지고…."

"아니, 이기고 뭐고, 록시는 존재 자체가 나보다 상위잖아요!"

"그거 말인데요, 루디. 이 기회에 말해두겠는데, 저는 당신의 말처럼 대단한 인간이 아닙니다. 자기 제자에게 추월당하는 것을 두려워하는, 못난 존재입니다."

"문제없습니다. 그렇게 못난 점도 포함하여 훌륭하다고 생각하니까요!"

"애초에 그걸 습득하려면 몇 달은 걸리는데요? 루디나 실피는 저보다 재능이 있고, 그걸 훨씬 빨리 습득할 것 같고…."

거기서 피츠도 자기 인식이 틀렸음을 깨달았다.

황홀한 표정을 지우고 자기 남편에게 물었다.

"어어, 미안, 루디. 무슨 이야기였어?"

피츠의 질문에 루데우스는 대답했다.

"어, 록시에게 수왕급 마술을 가르쳐 달라고 부탁했어."

그런 것이었다.

청춘의 자전거.

그것은 즉, 또래의 남녀가 함께 탄 자전거다.

남자가 페달을 밟고 뒤에 여자가 탄다.

여자는 짐칸에 옆으로 앉아서 남자 허리에 손을 두르고 꼭 밀착, 혹은 살짝 몸을 떼고 탄다.

페달을 밟는 건 남자지만, 자전거는 여자의 것일 경우도 많다.

그리고 이 자전거가 나타나는 건 저녁의 강가다. 붉게 노을 진 태양이 두 사람의 다소 붉어진 얼굴을 숨겨주겠지.

나는 지금 비슷한 상황에 있다. 아직 해는 높게 떠 있지만, 바로 눈앞에 실피의 정수리가 보인다.

코를 들이밀면 실피의 달콤하고 애절한 향기를 마음껏 즐길 수 있는 위치다.

내 손은 실피의 허리에 감겨서 배꼽 근처에서 교차. 상반신은 완전히 밀착해 있다.

실피의 두근대는 심장 소리를 가슴으로 들을 수 있다.

훌륭하다. 참고로 하반신은 약간 떼어놓았다. 이유는 말하지 않아도 알겠지.

아내라고 해도 친한 사이에는 예의가 필요하다.

뭐, 운전 중의 드라이버에게 성적인 장난을 치다 사고를 일으켰다는 뉴스는 전생에서도 몇 번 들었으니까. 타고 있는 게 말이라고 해도, 핸들을 쥔 상대에게 장난치는 건 엄금이다.

"마츠카제는 좋은 말이로군요. 말도 잘 듣고, 얌전하고, 힘도 있습니다."

실피의 앞쪽에서 목소리가 들렸다.

어깨 너머로 보니, 연파랑색 머리가 보였다. 록시다. 그녀는 실피의 앞에 앉아 있었다.

"그래. 이렇게 좋은 말은 좀처럼 없어."

우리는 한 마리 말에 사이좋게 함께 타서 이동하고 있었다.

앞에서부터 록시, 실피, 나 순서다. 우리 집에서 가장 방치된 상태인 애완동물, 말인 마츠카제는 세 명이나 태워도 아랑곳하지 않고 힘차게 발을 옮겼다.

"분명히 진저 씨가 골라줬지. 그 사람, 말을 보는 눈이 있어."

"실피는 말에 대해 잘 아나요?"

"어, 아니, 그런 건 아니지만, 아슬라 왕궁에서 최상급으로 꼽히는 말을 몇 필 봤어. 기사단장이 타는 거라든가."

"정말 좋은 말이었겠네요."

그 말에 마츠카제가 히힝 하고 울었다.

"아, 미안해요. 물론 당신도 좋은 말입니다. 그레이랫 가문의 말이니까요."

록시는 다급히 마츠카제를 다독였다.

이쪽의 말은 인간의 말을 알아듣는 걸까. 아니면 록시는 말의 언어를 할 수 있는 걸까.

아니, 어떤 동물도 매일 말을 걸다 보면 대답 정도는 할 수 있게 되는 법이다.

아이샤도 지로나 비트에게 매일 말을 건넨다.

"하지만 이 나이에 앞에 타는 건 조금 부끄럽네요."

록시는 사람들과 엇갈릴 때마다 얼굴을 붉히는 건지 모자로 얼굴을 가렸다. 고삐를 든 사람의 앞에 앉은 것은 자전거의 베이비 시트에 앉혀지는 것과 같겠지.

"나는 지로를 타고 가도 괜찮았는데요?"

"안 돼. 록시. 그렇게 말하고 도망칠 생각이잖아?"

"어린애도 아니니까 도망치지 않습니다."

사이좋은 아내들의 대화를 들으면서 나는 주위를 보았다.

현재 우리는 교외에 있다. 오른쪽으로는 아름다운 강이, 왼쪽으로는 아무것도 없는 원생림이 보였다.

북방대지라고 해도 이 계절이면 녹음이 푸릇푸릇하다.

방금 전까지는 감자밭이나 보리밭이 보였지만, 지금은 아무것도 없는 들판이 펼쳐질 뿐이다.

몇 시간 이동했는지는 확실치 않지만, 사람의 모습이 보이지 않는 곳까지는 온 모양이다.

강 안에서 물고기가 빛을 반사하여 반짝거렸다.

이 강은 샤리아의 옆을 흐르는 강의 지류다. 여기까지 오지 않더라도 날씨 좋은 날에 도시 근처에 낚시라도 나가면 기분 좋을지 모르겠다.

뭐, 낚시는 해 본 적도 없지만.

"가르치겠다고 결심했으면 확실히 가르칠 생각입니다."

왜 그런 장소에 있느냐 하면, 록시가 굽혀주었기 때문이다. 거듭되는 나의 요구를 록시는 귀담아들어 주었다.

"수왕급 마술 '라이트닝'을 가르치겠습니다."

록시는 조금 아쉬워하는 눈치였기에, 나는 실피의 팔 사이로 록시의 어깨를 툭툭 두드렸다.

그렇긴 해도 라이트닝이라. 이름만 들으면 흔해빠진 전격마술이란 느낌이다.

하지만 돌이켜보면 이 세계에 전격마술은 존재하지 않는다.

게다가 왕급이다. 얼마나 엄청난 마술일까.

"음, 이 정도면 되겠죠."

어느 지점에서 록시는 훌쩍 뛰어내렸다.

그녀는 자기 다리 정도 굵기의 나무에 마츠카제를 묶었다.

그걸 보고 떠오른 것은 과거의 그리운 기억이었다. 다섯 살 때, 졸업시험으로 수성급 마술을 배웠을 때도 이렇게 교외에 와서 말을 나무에 묶었다.

"선생님, 카라바조를 기억합니까?"

"예, 파울로 씨의 말이지요. 옛날 생각이 나는군요…."

록시는 그렇게 말하고 시선을 흐렸다. 그로부터 12년. 할 수 있는 일도 많이 늘어서 드디어 왕급이다. 꽤나 빙빙 돌아온 것 같다.

아, 그때는 벼락 때문에 말이 죽을 뻔했다. 아슬아슬하게 무사했지만, 즉사해도 이상하지 않았다. 록시가 잊어버렸을지도 모르고, 대처해두는 편이 좋겠지.

"이번에는 괜찮겠지요?"

"문제없습니다. 하지만 마츠카제가 감기에 걸리면 안 되니까 어스 포레스트로 주위를 막아주세요."

"예."

나는 지시받은 대로 마츠카제의 주위에 어스 포레스트를 사용했다.

마츠카제는 저항하지도 않고 흙의 돔 안에 숨었다.

"어어, 나는 떨어져 있는 편이 좋을까?"

"아뇨, 문제없습니다."

실피와 록시는 그런 대화를 주고받으면서 비옷을 걸쳤다.

성급에서는 흠뻑 젖었다. 비가 내리는 거라면 이런 준비도 필요하겠다 싶어서 가져왔다. 물론 나도 입었다.

"준비 됐습니까?"

"예."

"다 됐습니다."

록시는 고개를 끄덕이더니 저 멀리 보이는 나무를 가리켰다.

커다란 나무다. 멀리 떨어져 있는데도 그 줄기가 아주 굵은 것이 잘 보였다.

“저 나무에 쓰겠습니다. 한 번밖에 못 쓰니까 잘 보세요.”

“예.”

록시는 내 대답에 고개를 끄덕이더니 심호흡을 했다.

“후우, 하아.”

지팡이를 쥐고 눈을 감더니 정신통일을 시작했다.

평소와 달리 사전준비가 길다. 성급일 때는 금방 썼는데, 왕급은 다른 걸까.

“후우….”

지금 록시를 마력안으로 보면, 마력을 피워 올리는 게 보일까.

록시는 잠시 동안 그러고 있다가, 이윽고 중얼거렸다.

“그럼 시작하겠습니다.”

그리고 지팡이를 지면에 꽂았다.

왼손으로 자루를 쥐고, 오른손으로 마석을 감싸듯이 손을 뻗었다.

그리고 한 글자 한 글자 확인하듯이 천천히 주문을 외우기 시작했다.

“웅대한 물의 정령이자 하늘에 오른 뇌제의 왕자여! 내 소원을 들어주어 흉포한 은혜로 왜소한 존재에게 힘을 보이라! 신의 철퇴를 바닥에 내리쳐 위엄을 보이고, 대지를 물로 뒤덮으라!"

도중에 깨달았다. 어라, 이건?

"아아, 비여! 모든 것을 쓸어 버리고, 모든 것을 쫓아내라!"

하늘 가득 구름이 끼고 어두컴컴해졌다. 동시에 쏟아지듯이 비가 퍼붓기 시작했다.

몰아치는 폭풍이 밀려와서 순식간에 내 로브가 젖었다.

하늘은 벼락으로 가득하여 당장이라도 낙뢰로 변할 것 같았다.

하지만 이건 그저… 수성급 공격 마술 '큐므로님버스'다.

"웅대한 빛의 정령이자 하늘을 지배하는 뇌제여!"

그렇게 생각한 순간 록시는 주문을 **계속해서 외웠다**.

"저기 서 있는 자가 보이는가! 오만하게 서 있는 뇌제의 적이! 나는 신성한 검으로 저자를 일격으로 타도하려는 자이니! 빛나는 힘으로 뇌제의 위엄을 보이라!"

한 구절 외울 때마다 하늘이 응축되었다.

시커먼 구름이 한 점으로 꾹꾹 밀려들었다. 압축된 구름이 서로 몸을 부대끼듯이 번쩍번쩍 빛을 발했다. 이윽고 구름은 콩알만 한 크기로까지 줄어들어서….

"'라이트닝'!"

빛의 기둥이 보였다. 그렇게밖에 말할 수 없었다.

압축된 구름에서 빛기둥이 지면을 향해 세워졌다.

벼락이었다.

쿠콰아아아앙!!

한 발 늦게 굉음이 울렸다. 시야 구석에서 실피가 얼굴을 찌푸리며 두 귀를 눌렀다.

나는 그저 그 엄청난 광경을 지켜보고 있었다.

"……."

아무 말도, 아무 말도 할 수 없었다.

말이 나오질 않아서 침만 삼켰다. 어느 틈에 움켜쥐고 있던 주먹이 부들부들 떨렸다.

굉음 뒤에는 아무것도 남지 않았다. 하늘 전부를 뒤덮는 듯한 먹구름도, 대지의 모든 것을 쓸어 버릴 듯한 폭우도, 대낮처럼 밝은 벼락도, 그리고 멀리 보이던 커다란 나무도.

아무것도 없었다.

하늘에는 맑은 하늘이 펼쳐져 있을 뿐이었다.

지면은 폭우의 흔적처럼 젖어 있을 뿐이었다.

커다란 나무가 있던 자리에는 검은 가루 같은 숯이 보일 뿐이었다.

"아…."

록시가 갑자기 비틀거렸다. 지팡이에서 손을 떼고 그 자리에 쓰러지려고 했다.

나는 다급히 그 몸을 받아 안았다.

"괜찮나요?"

"성공해서 다행이네요. 제 마력으로는 지팡이를 써도 한 번이 한계라서… 그보다 '라이트닝', 보았습니까?"

"예, 선생님."

봤다. 분명히 봤다. 주문도 한마디, 한 구절 빼놓지 않고 기억했다.

"쓸 수 있겠습니까?"

"해 보겠습니다!"

록시를 실피에게 맡기고 나는 내 지팡이를 쥐었다.

아쿠아 하티아. 열 살 때부터 고락을 함께 한 나의 벗.

아마 이게 없어도 될 것 같다…. 하지만 나는 지팡이를 들었다.

지금 본 광경을 떠올리면서. 하늘을 향해 목청껏 외쳤다.

"웅대한 물의 정령이자 하늘에 오른 뇌제의 왕자여! 내 소원을 들어주어 흉포한 은혜로 왜소한 존재에게 힘을 보이라! 신의 철퇴를 바닥에 내리쳐 위엄을 보이고, 대지를 물로 뒤덮으라! 아아, 비여! 모든 것을 쓸어 버리고, 모든 것을 쫓아내라!"

엄청난 양의 마력이 손바닥에서 지팡이를 통해 하늘로 올라간다.

먹구름이 생기고 마력이 날뛴다. 여기서 큐므로님버스라고 외치면 마술은 완성된다.

하지만 마술을 완성시키지 않는다…. 아니, 그런 거로군. 완성시키면 아마도 압축할 수 없어진다. 마력을 안정시키지 않은 채로 다음 단계로 넘어가는 것이다.

"저기 서 있는 자가 보이는가! 오만하게 서 있는 뇌제의 적이! 나는 신성한 검으로 저자를 일격으로 타도하려는 자이니! 빛나는 힘으로 뇌제의 위엄을 보이라!"

한 글자씩 읊을 때마다 마력이 날뛰었다. 그것을 억지로 억누르면서 열심히 꾹꾹 모았다.

힘이다. 이 마술은 힘으로 제어해야만 한다.

지금까지 이렇게까지 억지로 제어해야만 했던 마술은 없었다.

아니, 그건 아니다. 있다. 이 감촉은 기억한다. 이것은 스톤캐논의 위력을 높일 때의 감각과 비슷하다.

그걸 깨달은 순간 제어하기 쉬워졌다.

"'라이트닝'!"

그렇게 외운 순간, 압축된 마력의 바로 밑에 구멍이 뚫리는 듯한 감각이 있었다.

거기를 통해 마력이 뚫고 나오고.

콰과아아앙!!

…떨어졌다. 굉음이 울리며 벼락이.

표적은 없다. 하지만 분명히 내가 목표로 삼은 지점에 벼락이 떨어졌다.

"……."

그리고 아무것도 남지 않았다.

하늘에는 먹구름이 사라졌다. 그저 맑고 아름다운 하늘이 펼쳐졌다.

지면은 비로 젖어 있었다. 비옷에는 물방울이 많이 묻어 있었다.

눈에는 빛이 새겨졌고, 귀에는 굉음이 징징거리며 남아 있었다.

성공이다.

"…대단해."

실피의 놀란 목소리가 뒤에서 들렸다.

나는 수왕급 마술사가 되었다.

"조금 분해."

돌아올 때 실피는 그렇게 말했다.

그 뒤에 나의 성공에 이어서 실피도 마찬가지로 시도해 보았다.

그녀는 한 차례 실패한 뒤에 수성급 마술 '큐므로님버스'에는 성공했다.

하지만 '라이트닝'까지는 할 수 없었다. 실패하면서 그녀의 마력은 고갈되었다. 아무래도 마력의 압축이 어려웠던 모양이다. 내가 할 수 있었던 것은 평소부터 마력을 그런 식으로 다루었기 때문이겠지.

실피도 재주가 많은 편이고, 몇 번만 더 시도하면 할 수 있을 것 같은데.

"저도 다섯 번에 한 번은 실패하니까요."

록시는 그렇게 말하며 실피를 위로하였다. 나는 쉽게 성공했지만, 실피가 실패했으니 록시의 체면은 지켰다…고 생각한다.

하지만 그렇게 비교해 보니 알겠지만, 아무래도 실피의 마력은 록시의 그것을 웃도는 모양이다. 록시도 결코 마력 총량이 적지 않을 텐데.

"루디는 단번에 성공했잖아. 역시 대단해."

"그래요. 그렇게 되리라고는 생각했지만, 그렇게나 간단히 성공시키다니 역시나 기가 죽습니다."

"……."

나는 두 사람에게 뭐라고 해야 할지 알 수 없었다.

분명히 나는 두세 살 때부터 마술을 써서 마력 총량의 증가에 애써왔다.

하지만 그래도 이 정도로 늘어난 것은 분명 내 몸이 특이체질이기 때문이겠지. 노력은 했지만, 노력 외의 요소도 있었다. 그러니까 뭐라고 해야 좋을지 알 수 없었다.

아무튼 완전히 지친 두 아내를 집까지 데려가는 것까지가 일이겠지.

집에 돌아가거든 어깨라도 주물러주자. 오늘은 야한 짓을 하지 않는다. 수고 많았으니까.

"아, 루디. 저기 봐, 노을이 예뻐."

그 말에 서쪽 하늘을 보니 새빨간 태양이 가라앉고 있었다.

이런 대자연의 아름다움은 어느 세계고 변함없군.

"그래, 예쁘네."

네 쪽이 더 예뻐, 라고 말해 주는 게 좋았을까.

"후우…."

실피도 지쳤는지 내게 몸을 약간 기댔다.

해가 완전히 지기 전까지 돌아갈 수 있겠지만, 주의는 하자.

지금 두 사람은 마술을 쓸 수 없으니까. 마물이라도 나오면 내가 정리하자. 주변 경계다.

"…최근 내가 꿈이라도 꾸는 게 아닐까 생각할 때가 있습니다."

록시가 그렇게 중얼거렸다. 실피가 의아한 눈치로 고개를 갸웃거렸다.

"꿈?"

"예. 저는 지금도 미궁 속에 있고, 죽기 직전에 행복한 꿈을 꾸는 게 아닐까 하고."

나는 주위를 경계하면서 두 사람의 대화를 들었다.

두 사람은 지친 목소리로 천천히 말을 주고받기 시작했다.

“저는 요 반년 동안 꽤나 행복해졌습니다. 결혼도 했고, 교사도 되었습니다. 실피에게는 훼방꾼일지도 모르지만, 저는 이렇게 셋이서 말을 타는 것이 좋습니다.”

훼방꾼이라는 말에 실피의 몸이 꿈틀 떨렸다.

“아니, 그런 생각 안 해. 나도 록시와 친해진 건 기쁜걸. 루디를 두고 다투게 되면 아마 나는 못 이길 테니까.”

실피가 자신 없게 말했기에 다소 힘주어 안았다.

그녀는 고삐에서 한손을 떼고 ‘알고 있어’라고 말하듯이 내 손을 쓸었다.

“내 경우는 운이 좋았어. 어렸을 적의 루디와 만날 수 있었고, 성장한 루디가 힘들 때에 재회할 수 있었어. 그러지 않았으면 루디는 나를 봐 주지도 않았을 거야.”

“그건 아니라고 생각합니다만….”

“애초에 나는 루디를 만날 수 없었으면 지금 여기에 있지도 못했을 거고.”

“그 말은?”

“나는 루디에게 마술을 배워서 쓸 수 있었으니까 지금까지 살아남았어.”

그 뒤에 이어진 이야기는 나와 헤어진 뒤로 지금에 이르기까지의 실피의 반평생이었다.

운 나쁘게 아슬라 왕궁의 상공으로 전이했고, 마술을 구사하여 간신히 연착륙. 하지만 공포 때문인지, 마력을 다 써 버린 탓인지, 머리가 새하얗게 변한 것.

아리엘의 눈에 든 것도 있었지만, 무영창으로 마술을 쓸 수 있기 때문에 중용되어서 추방을 피했던 것.

아리엘이 정략에 패해서 수십 명의 암살자와 만났을 때, 호위 술사로서 그걸 무찔렀던 것.

그녀가 지금 현재에 이르기까지 살아남을 수 있었던 것은 모두 내게 배운 마술 덕분이라고 했다.

"아리엘 님의 호위를 맡았을 때에, 혹시라도 마술을 못 썼으면 어쩌면 지금쯤 노예였을지도 모른다고 몇 번이나 생각한 적도 있어."

혹시 내가 어렸을 때 록시나 실피와 만날 수 없었으면 나는 어떤 식으로 다른 인생을 걸었을까.

적어도 록시와 만나지 않았으면 나는 아직도 방에 틀어박혀 있을까.

밖에 나가지 않고, 실피와도 만나지 못하고 전이사건이 터졌으면 마대륙에서 살아남을 수 있었을까.

실피와 만나지 않았으면 적어도 성채도시 로아에는 갈 수 없었겠지. 그렇게 되면 에리스와도, 길레느와도 만나지 못했다. 하지만 학교에는 갔을지도 모르겠네. 어찌 되었든 마술 쪽으로는 한계에 부딪쳤으니까 역시 라노아 마법대학에 가고 싶다고 말했을지도 모른다.

상황이 다르면 파울로도 열두 살이 될 때까지라는 제한을 걸지 않고 오케이했을지도 모른다.

하지만 거기에 실피는 없다. 기다려도 오지 않는다.

어쩌면 리니아나 프루세나와 동급생이 되어서 여러 일을 겪다가 그녀들과 연인이 되었을지도 모른다. 그리고 졸업과 동시에 대삼림에 가서 수족으로 살든가.

아니, 그 전에 전이가 일어났으니까 아슬라로 돌아갔을까.

아무튼 전혀 다른 인생을 걸었겠지.

하지만 실피와는 어딘가에서 만나서 이렇게 맺어졌을 것 같은 생각도 든다.

SF에서 말하는 인과율이란 것이지.

운명이라고 바꿔 말해도 좋다. 데스티니.

"루디랑 만나서 내 인생은 변했어. …뭐, 내 나름대로 노력했다고 생각하지만, 그 이상으로 운이 좋았어. 그러니까 루디의 인생을 좋은 방향으로 바꿔주는 사람이 루디에게 호의를 갖고, 루디도 호의를 가지면서도, 역시 '실피가 있으니까'라며 사양하는 건… 어어, 싫다고 할까, 운이 좋을 뿐인 내가 해선 안 된다고 할까… 말로 하기 어려워."

"아뇨, 무슨 말인지는 대충 알았습니다. 당신이 그렇게 생각해 준다는 게 지금으로서는 아주 기쁩니다."

앞에 앉은 록시의 표정은 보이지 않는다.

하지만 그 어깨는 살짝 떨리고 있었다.

나는 손을 뻗어서 실피와 록시를 한꺼번에 껴안았다.

"루디…."

분명 전생이라면 내가 록시를 아내로 맞겠다고 한 시점에서 실피와도 헤어졌을 것이다. 실피가 허락해 주었으니까 지금 이런 행복한 상황이 있다.

운이 좋은 건 바로 나다.

그런 내가 지키겠다고, 소중히 여기겠다고 말해 봤자 뻔뻔한 소리로밖에 들리지 않겠지.

앞으로 행동으로 보일 수밖에 없다.

저녁노을 속에서 우리는 집에 돌아왔다.

집에 돌아와서 수왕급 공격 마술에 대해 정리해 보았다.

'라이트닝'.

이 마술의 원리는 간단하다. 하늘에 대량의 마력을 퍼뜨리고 그걸 압축하여 지정한 장소에 떨어뜨린다.

구름을 만들고 벼락을 떨어뜨린다. 그것뿐이다.

그렇게 생각하면 '큐므로님버스'와 '라이트닝'은 한 세트의 마술이라고 할 수 있다.

위력은 이제까지 본 마술 중 으뜸이나. 내가 아는 것 중에서 가장 큰 마력소비량을 자랑하는 '큐므로님버스'의 에너지를 한 점에 집중하는 것이니 당연하겠지.

어쩌면 최대로 모은 스톤 캐논을 능가할지도 모른다.

이 힘을 쓰면 분명 미래로도 날아갈 수 있을 것이다. 드로○

안이다. …라는 농담은 치우고.

이름은 '라이트닝'이지만, 이 마술의 진짜 의미는 마력의 압축에 있다. 어쩌면 다른 왕급 마술도 같은 원리로 다룰 수 있을까. 아무튼 나는 한 번만 주문을 외우면 그 이후로는 무영창으로 재현할 수 있다.

다음부터는 '큐므로님버스'와 조합해서 지극히 짧은 시간에 벼락을 발생시킬 수도 있을 것이다. 물론 연습이야 하겠지만 쓸 기회는 그리 없겠지.

단순히 적 하나만 공격하고 싶거든 스톤 캐논으로 충분하고.

'라이트닝'은 너무 위력이 세다. 조금 더 위력을 낮출 순 없을까.

그런 생각에 이런저런 시험을 해 보았는데, 우연히 전류를 발생시키는 것에 성공했다.

무영창으로 소형 '큐므로님버스'를 만들어서 압축, 목표 지점에 '라이트닝'을 쏘면 거기에 전격이 날아간다. 그것도 전압이 낮은 건지, 방전하는 것치고 위력이 낮았다.

어떤 식인지는 모르겠지만, 마침 잘 되었다.

물론 위력이 낮다고 해도 바로 옆에서 했다간 나도 감전되어서 아픈 꼴을 본다.

뭐, 죽을 정도는 아니다. 일정시간 동안 몸이 찌릿거려서 일어날 수 없을 정도다.

이런 공격 마술은 술자에게도 피해가 오니까 위험해서 쓸 수 없지만.

하지만 조금 연습해 보자. 상대를 무력화할 때 좋은 기술이다.

전격은 물체를 향해 날아가니까 회피하기 이럽고, 전기로 신경을 마비시키는 방식은 투기를 띤 상대에게도 먹힐지 모른다. 지금으로선 실험대가 없지만, 혹시 바디가디가 돌아오거든 부탁해서 시험해 보도록 하자.

여차할 때를 위한 카드가 될지도 모른다.

참고로 이 마술은 소형의 '라이트닝'이지만, 구별하기 위해서 '일렉트닉'이라는 이름을 붙여보았다.

좋은 마술을 배웠군.

—— 학교의 소문 6 '대장은 엑센트릭' ——

제7화 결혼식

수왕급이 된 날 밤, 나는 혼자 잘 생각이었다.

록시와 실피는 지쳐서 도저히 그럴 분위기가 되지 않았기 때문이다.

나도 적당히 지쳐 있었지만, 한 침대에 들어가면 못 참을 게 확정적이었으니 그 날은 다른 방에서 자기로 했다.

그 이야기를 듣자 아이샤가 '오빠랑 같이 잘래!'라고 주장했다.

지금까지도 그럴 때는 종종 있었다. 내가 먼저 말한 적은 없지만, 그런 말을 하면 거절하진 않았다. 그럼 오늘은 같이 자자고 허락을 했다.

물론 야한 짓을 할 생각은 없다.

그때 마침 돌아온 노른이 기분 탓인지 부러운 얼굴을 하였다.

하지만 노른이라면 분명히 같이 자자고 해도 거절하겠지.

그렇게 생각하면서 아이샤에게 승낙을 하는 김에 노른에게도 일단 말을 꺼내보았다.

그러자 어째서인지 오케이를 했기에 셋이서 나란히 자기로 했다.

오른쪽에 아이샤, 왼쪽에 노른. 내 팔을 베고 쿨쿨 잠든 두 사람.

아이샤는 몰라도 노른은 왜 승낙한 걸까.

그 얼굴에서는 상상도 할 수 없다. 어쩌면 나를 아버지 대신으로 인정해 주었다는, 그녀 나름대로의 어필일지도 모른다.

나는 당신의 옆에서 푹 잠들 수 있습니다, 라는 소리다. 아마도.

두 팔을 펼치고 꼼짝도 못 하는 상태였지만, 나는 행복감에 잠겨 있었다.

마치 부족했던 부분이 채워진 듯한 감각이었다. 날개는 한쌍

이 아니면 날 수 없다는 소릴까.

그렇게 생각했을 때 문득 내 뇌리에 전격이 일었다.

'실피랑 록시, 셋이서 하고 싶다.'

악마의 속삭임이었다. 욕망의 뱀이 고개를 들고 날름날름 혀를 내밀었다.

이건 이 이상 생각해선 안 되는 것이다. 이른바 3P. 전부터 흥미는 있었다.

하지만 역시 부탁하기 어렵다. 둘 다 사랑한다고 말했지만, 그래도 이런 건 일대일로 하는 것이 당연…이라고 실피도 록시도 생각할 것이다.

거절당하는 거야 괜찮지만, 자세한 욕망을 말했다가 관계가 깨지기라도 하면.

그런 불안이 일었다.

딱히 지금 상황에 불만이 있는 건 아니다. 근래 보기 드문 두 미소녀를 교대로 안고 있다.

게다가 한쪽은 딸까지 낳아 주었다. 무슨 불만이 있을까.

하지만 동시에 해 보고 싶다. 두 사람의 타입이 다르다.

실피는 순종적이다. 내 말을 뭐든지 들어준다.

저걸 해달라고 하면 부끄러워하면서도 따라 준다. 이걸 하고 싶다고 하면 무서운 듯이 눈을 감으면서도 싫어하지 않는다. 그렇다고 반응이 없는 것도 아니라서 숨을 헐떡이면서도 내게 열심히 매달린다.

나를 위해서. 실로 사랑스럽다.

반대로 록시는 기교파다.

항상 스승인 엘리나리제에게 배운 지식을 사용하여 스킬 향상을 꾀하려고 한다.

저걸 해달라고 하면 어떻게 하면 좋을지 생각해 준다. 이걸 하고 싶다고 하면 그럼 이렇게 하는 건 어떻겠냐고 제안해 온다. 체격 차이 때문에 상성은 그리 좋지 않지만, 그걸 뛰어넘어서 노력과 연구를 한다.

나를 위해서. 실로 사랑스럽다.

실피는 받아들여 주는 타입.

록시는 연구해 주는 타입이다.

어느 쪽이 좋고 나쁘다고 할 생각은 없다.

설령 이런 관계를 계속하다가 어느 쪽에게 마음의 비중이 기운다고 해도, 나는 다른 한쪽을 무시할 생각이 없다.

평등하게 대하려고 노력할 생각이다.

그래. 평등이다. 나에게 평등한 두 사람을 동시에, 라고 생각하는 게 그렇게 잘못일까.

아니, 잘못은 아니다. 한 번 정도는 해 보고 싶다고 생각하는 게 남자의 본성이다. 남자는 욕망에 충실한 늑대다.

하지만 말로 하진 않는다. 과도한 욕망은 생각만으로 만족하는 것이 원만한 인간 관계를 쌓는 요령이다. 고로 나는 최근까지 지나친 욕망을 말한 적이 없었다.

분명 앞으로도 없겠지. 그렇게 생각하였다.

다음날. 크리프의 연구실에 찾아갔다.

크리프는 마도구를 연구하고 있다. 저주를 없애는 연구다.

그의 연구실에는 언제 와도 좋다는 말을 들었지만, 나는 크리프의 연구실 앞에 오면 항상 귀를 곤두세운다. 안에서 들려오는 소리에 따라서는 사양해야만 하기 때문이다.

딱히 문제가 없다고 안 뒤에 노크를 했다.

"들어오세요, 열려 있으니까요."

안에 들어가자, 연구실 창가에 엘리나리제가 앉아 있었다.

화려한 곱슬머리를 늘어뜨리고 손으로 뺨을 짚으며 창밖을 보고 있었다.

여전히 조용히 있으면 그럴싸하다. 하지만 머릿속은 핑크색이겠지.

"혼자 있나요?"

"예."

크리프는 바빠서 최근에는 별로 연구에 진전이 없다. 흡마석을 사용하여 현재 있는 것을 개량한다는 예정은 들었지만, 요 몇 달 동안 진전이 없었다.

"크리프는 오늘도 결혼식 준비랍니다."

그래. 크리프와 엘리나리제는 결혼할 예정이다.

"저도 돕겠다고 했는데, 혼자서 준비하겠다면서 말을 안 들어요.”

“그건 남자의 고집 같은 것이기도 하니까, 눈감아 주세요.”

돌아오거든 결혼하겠다, 크리프는 그렇게 선언했다.

하지만 우리가 돌아왔을 때 크리프는 아무런 준비도 하지 못했다.

어쩔 수 없지. 우리는 2년 내로 돌아오겠다고 말하고 여행을 떠났다. 그런데 반년 만에 돌아왔다. 준비를 다 해 놓고 기다리는 쪽이 이상하다.

하지만 크리프는 약속을 지키는 남자였다. 경이적인 끈기를 보이며 몇 달 동안 준비를 갖추었다.

주거지를 얻고, 가구를 구입하고, 생활에 필요한 기반을 만들었다.

나도 미력하나마 거들었다. 그렇다고 해도 신혼집이 될 곳을 찾는 정도였다.

나와 달리 커다란 집을 살 생각은 없었는지, 크리프는 학생 거리의 한 곳에 있는 아파트를 빌렸다. 혹시 좁게 느껴지면 그때마다 이사 가면 된다는 생각이었다.

허영 많은 크리프치고 겸허한 마음이다. 물론 크리프는 그리 돈이 많은 게 아니다.

비싼 집을 살 수는 없고, 산다고 해도 엘리나리제에게 손을 벌리게 되겠지.

나도 엘리나리제의 주머니사정이 넉넉하다는 건 잘 안다.

"아무튼 축하합니다."

다음 달이면 결혼식이다.

순백의 신부치고는 다소 핑크색이 지나치지만, 양쪽이 만족한다면 좋은 결혼식이 되겠지.

"아무튼 크리프가 돌아올 때까지 기다리도록 하겠습니다."

"그래요."

엘리나리제는 대답하면서도 이쪽을 보지 않고 성대하게 한숨을 쉬었다.

"하아…."

고민이 있습니다. 들어주세요. 그런 목소리가 들리는 듯한 한숨이다.

"결혼에 대해 뭐 불만이라도 있습니까?"

"아뇨, 설마요. 크리프는 너무 성실해서 저한테 아까울 정도인 걸요. 제가 불만스럽게 여길 일은 없어요."

그렇지. 남자인 내 눈으로 봐도 크리프는 성실하다.

물론 완벽하진 않다. 한심한 부분은 많다. 하지만 크리프는 아직 스무 살도 안 되었다.

앞으로를 생각하면 훌륭한 인물이라고 할 수 있겠지.

"그럼 엘리나리제 씨는 뭣 때문에 한숨을 쉬는 겁니까?"

"당연하지 않나요."

"당연한 건가요."

그럼 야한 일이로군.

"최근 크리프가 바빠서 사흘에 한 번 정도밖에 안 해 주거든요."

거봐, 역시 그렇지.

"그건 어쩔 수 없겠죠. 엘리나리제 씨를 위해 애쓰고 있는 거잖아요?"

"예, 물론 그건 알고 있어요."

"어차피 사랑의 둥지가 생기면 1주일은 안 나올 거잖아요?"

그 여행이 끝난 뒤에도 엘리나리제와 크리프는 한동안 연구실에 틀어박혀 있었다.

서로의 몸만이 목적인 게 아닐까 싶을 정도였다.

뭐, 나도 남 말 할 처지는 아니지만… 어쩔 수 없잖아, 그런 거 좋아하는걸.

"하아, 루데우스가 부럽네요."

"아니, 나도 사흘 정도 안 하는 때는 있거든요?"

"하지만 실피와 록시를 동시에 상대하잖아요? 전 크리프 한 명으로 불만은 없지만, 역시 둘이나 있는 건 부럽네요."

당연하지만 나는 이 말에 반론했다.

"아니아니아니, 3P는 안 합니다."

"어머, 안 하나요? 여럿인 건 좋거든요. 한 번 정도 해 보죠?"

안 돼. 이건 악마의 속삭임이다!

귀를 기울여선 안 돼! 사라져라! 악마야! 아멘!

"그런 건 파렴치합니다. 파렴치 학원입니다! 엘리나리제 씨는 유해도서!"
"분명 실피도 록시도 싫어하지 않을 텐데요?"
"그럴 리 없어! 관계가 망가질 거야!"
"분명히 록시도 조금 결벽한 기질이 있으니까, 갑자기 그런 제안을 하면 꽁무니를 뺄지도 모르지요."
"거봐! 그렇잖아!"
그렇다마다. 실피는 순종적이라고 할까, 내 말을 뭐든지 들어준다. 속마음은 어떨지 모르고 뭔가를 희생할 것 같지만, 말을 들어주겠지.
하지만 록시는 그렇지 않다. 그녀는 그래 보여도 꽤나 순정적인 기질이 강하다.
3P 같은 걸 요구했다가 '더는 못 참겠습니다. 친정으로 돌아가겠습니다' 같은 소리가 나오면 어쩔 생각인가.
"아, 하지만 뭣하거든."
엘리나리제는 그렇게 말했다. 수호천사처럼 든든한 목소리로.
"두 사람한테 제가 힘 좀 써줘도 좋은데요?"
그래! 그렇군. 갑작스럽게는 안 될지도 모른다. 하지만 록시는 엘리나리제에게 기술적인 지도를 받고 있다.
거기에 여럿이서 하는 플레이의 지식이 섞이면. 그리고 실피에게도 조언이 들어가면.
나중을 걱정할 것 없이 한 침대에서 뒤엉킬 수 있지 않을까.
"엘리나리제 씨!"

후광이 보인 듯했다.
나는 그 자리에 머리를 조아렸다. 그 순간 머리 위에서 엘리나리제의 즐거워하는 목소리가 쏟아졌다.
"어머나. 하지만 어쩌죠. 저한테는 아무런 득도 없네요."
"큭."
자기가 제안해 놓고서 조건을 제시할 작정인가. 참 못된 여자다.
하지만 이미 틀렸다. 나는 이미 악마의 손에 떨어졌다. 눈앞의 당근을 먹고 싶어서 좀이 쑤시는 말이다.
"나는, 뭘, 하면, 됩니까."
고개를 들자 엘리나리제는 씨익 웃었다.
정말이지 심술궂은 웃음이다. 나도 이런 식으로는 못 웃는다. 분명히 그렇다.
"분명히 아슬라 왕국의 비장의 미약이 있었죠?"
"예, 있습니다. 아직 안 썼습니다."
"그거 좀 나눠줄 수 없을까요?"
아슬라 왕국의 비장의 미약. 루크에게 받은 그거다.
솔직히 나는 그 미약을 쓸 필요가 없었다. 나와 두 사람은 체력에도 정력에도 차이가 있으니까 그런 걸 쓰면 망가질지도 모른다. 두 사람에게 먹이는 것도 왠지 안 될 짓 같아서 쓰기 어려운 구석이 있다.
"어디에 쓸 겁니까?"

"크리프와의 결혼생활에."

"필요가 있습니까?"

"첫날 정도는 야수 같은 크리프에게 당해 보고 싶어서요."

엘리나리제는 성에 대해 어떻게 이렇게 충실할까.

크리프는 그 정도가 아니라고 생각하는데.

"엘리나리제 씨의 요구가 지나쳐서 크리프가 싫어할 거라고 생각하지 않습니까?"

"안 해요. 그 정도로 싫어할 거면 처음부터 맞지 않았을 테니까요."

"상대에 맞추려는 생각은 안 합니까?"

"억지로 맞추다간 언젠가 금이 갈 뿐이에요. 그럼 처음부터 끝까지 저는 저대로 밀고 나갈 뿐이지요."

대단하다. 하지만 생각해 보면 크리프도 엘리나리제에게 억지로 맞춰주려고 하지 않는다.

야한 짓은 하지만 억지로 하는 건 아니겠지.

서로 마음껏 상대를 사랑한다는 느낌이다. 그런 관계, 조금 부럽군.

"알겠습니다. 그런 거라면 다음에 가져오겠습니다."

"고마워요. 아, 미약으로 스스로를 제어할 수 없게 된 크리프를 생각하면, 아아…."

엘리나리제가 침을 흘리며 황홀한 표정을 지었다.

음, 뭐랄까, 사이가 더 깊어진다면 다행이지.

그로부터 한 달이 지났다.

나는 마법도시 샤리아에 딱 하나 있는 성 미리스 교회에 있다.

기독교의 교회처럼 엄숙한 분위기가 떠도는 장소였다.

간소한 긴 의자가 늘어서고, 볕이 잘 들어오는 유리창 앞에는 미리스교의 심볼이 안치되어 있었다.

심볼 앞에 선 것은 신부님이다. 그는 엄숙하게 긴 축사를 신에게 올렸다.

"성 미리스는 항상 그대들을 지켜보신다."

또 신부님 앞에 선 것은 남녀 한 쌍이다. 두 사람은 순백의 옷을 입고 있다.

그리고 그 두 사람을 스물 몇 명의 참석자들이 지켜보고 있었다.

"—— 두 사람을 갈라놓는 이가 나타났을 때, 성 미리스는 방패가 되어 지켜주시리라.

—— 두 사람을 해치려는 이가 나타났을 때, 성 미리스는 검이 되어 단죄하시리라.

—— 두 사람의 사랑이 거짓이었을 때, 성 미리스는 그 몸을 태워 하늘을 찌르리라."

나는 참석자 중 한 명이었다. 라노아 왕국의 예복을 갖춰 입고 제일 앞줄에 있었다.

오른쪽에는 실피, 왼쪽에는 록시. 두 사람 다 청초한 드레스 차림이었다.

우리는 예복도 드레스도 가지고 있지 않았기에 새로 구입했다.

앞으로의 식전을 위해서라도 가지고 있어서 손해 볼 건 아니니까.

또 실피 옆에는 아리엘과 루크가 비싸 보이는 예복을 입고서 있었다.

우리 뒤에는 자노바나 리니아, 프루세나 같은 고귀한 이들이 있다.

또 그 뒤에는 진저나 줄리, 아리엘의 하녀인 두 여성 등이 늘어서 있었다. 내 쪽에서는 안 보이지만, 노른과 아이샤도 여기에 섞여 있을 터였다.

그녀들도 드레스 차림이지만, 이건 빌린 것이다. 아직 성장할 때니까 구입하기에는 이르다고 했더니 두 사람 다 토라졌다.

그 외에 내가 모르는 얼굴도 많이 있었지만, 나나호시는 오늘도 결석이나.

미리스 교의 결혼식에서는 신분에 따라 자리가 정해지는 모양이다.

제일 앞줄은 가장 지위가 높은 사람, 그리고 결혼하는 사람의 인척들이 선다.

아리엘이 제일 앞줄에 있는 것은 당연하고, 실피는 엘리나리제의 유일한 친척이다. 나는 그 남편이니까 제일 앞줄에 선다. 이른바 덤이로군. 제일 앞줄에 있는 건 내게 어울리지 않는다고 할 수 있겠다.

물론 그런 느낌을 가장 강하게 받는 것은 록시겠지. 둘째 아내라는 것은 미리스 교에서 허락되지 않는 존재니까.

그걸 느꼈는지, 아까부터 록시는 뻣뻣하게 굳은 채로 꼼짝도 하지 않았다.

아슬라 왕국에서는 미리스 교인이면서 일부일처의 교의를 성실하게 지키지 않는 귀족도 많으니 신경 쓸 것 없다는 것이 루크의 이야기였다.

나도 록시가 신경 쓸 필요 없다고 생각한다.

"남편, 크리프 그리몰은 평생 엘리나리제 드래곤로드만을 계속 사랑하겠다고 맹세하는가?"

"죽을 때까지 엘리나리제를 사랑하기로 맹세하지."

어디서 들은 적 있는 말이 들려왔다.

역시 미리스 교라도 이런 맹세는 있나. 그렇긴 해도 크리프의 말에는 무게가 있군.

분명 이 맹세는 지켜지겠지. 크리프는 평생 엘리나리제밖에 안지 않는다.

나도 그런 성실함이 조금 부럽다. 뭐, 나는 지킬 수 없었지만.

"아내, 엘리나리제 드래곤로드는 평생 크리프 그리몰만을 계속 사랑하겠다고 맹세하는가?"

"살아 있는 한 크리프를 사랑하겠다고 맹세합니다."
엘리나리제의 맹세는 어떨까.
지키려고는 하겠지. 하지만 저주도 있다. 그리고 수명이 있다. 크리프가 먼저 죽을 테고, 그렇게 되면 엘리나리제는 다른 사랑을 찾을 것 같다. 미안하다고는 말하겠지만.
그렇긴 해도 젊은 애랑 하고 싶다는 이유로 마법대학에 입학한 엘리나리제가 결혼이라. 인생은 무슨 일이 생길지 모르는 법이로군.
"그럼 남편은 미리스의 목걸이를 아내에게."
크리프가 신부님에게서 목걸이를 받았다. 주렁주렁 장식이 달린 목걸이다. 이것은 '미리스의 목걸이'라고 불리는 식전용 장식품이라나 보다. 성 미리스가 실제로 착용했던 목걸이의 복제품으로, 교회는 반드시 이걸 하나 소유하고 있다나.
"리제, 조금만 숙여봐."
"어머. 미안해요."
그런 작은 목소리가 들렸다. 엘리나리제는 몸을 숙이고, 크리프는 발돋움을 하면서 목걸이를 걸어 주었다. 그리 멋진 광경은 아니군. 크리프는 키가 별로 안 자랐으니까.
"아내는 남편에게 맹세의 입맞춤을."
"예."
엘리나리제는 천천히 몸을 숙여서 크리프의 이마에 입맞춤을 했다.

입술이 아니라 이마다. 이 의식은 성 미리스의 일화를 본뜬 것이라나 보다.

과거에 성 미리스가 전쟁터로 갈 때 '가장 사랑해야 하는 이'에게 목걸이를 건넸다.

'가장 사랑해야 하는 이'는 성 미리스의 이마에, 귀환하길 바라는 마음이 담긴 입맞춤을 했다.

성 미리스가 궁지에 빠졌을 때 '가장 사랑해야 하는 이'는 신에게 목걸이를 바쳤다.

목걸이의 정교한 만듦새와 '가장 사랑해야 하는 이'의 사랑에 감동한 신은 성 미리스를 구했다고 한다.

이건 실제로 있었던 이야기를 토대로 한 것인 모양인데, 신뢰성은 잘 모르겠다.

"신이시여! 두 사람에게 영원한 사랑과 변함없는 번영을 주시옵소서!"

그 순간 신부님이 든 지팡이가 눈부신 빛을 뿜었다. 빛은 엄숙한 교회 안을 비추었다. 신랑신부는 실루엣으로 보이고, 새하얀 옷도 입고 있어서 빛 속에 녹아버리는 듯한 착각마저 일으켰다.

환상적인 광경이다.

빛이 수그러든 뒤에도 두 사람은 가까이서 서로를 바라보며 미소를 주고받았다.

실로 행복해 보인다. 분명 영원히 행복하겠지.

그런 가운데 '저 지팡이, 마도구겠지'라고 생각하는 나는 최근 감동이 좀 부족하다.

그 뒤로 참석자들은 신랑신부의 배웅을 받으며 교회를 뒤로 했다.

결혼식은 이걸로 끝이다. 어디까지나 신의 앞에서 사랑을 증명하고 우리가 그 증인이 된다는 것뿐이라서, 피로연이나 2차 모임 같은 것은 존재하지 않는다.

귀족들 사이에서는 하겠지만, 애석하게도 크리프는 귀족이 아니다.

하지만 그 자리에 바디가디가 있었으면 연회네 뭐네 떠들었겠지.

나도 오랜만에 좀 떠들썩하게 놀고 싶은 기분이다. 축하하고 싶은 마음일 때는 연회를 하고 싶다.

"대단했어!"

"신부가 예뻤어!"

아이샤와 노른은 결혼식을 보고 흥분한 기색이었다. 아까 전부터 결혼식의 내용에 대해 감상을 서로 주고받고 있었다. 이렇게 보면 평소에 별로 사이가 안 좋은 걸로는 보이지 않는다.

오히려 최근에 싸우는 모습을 별로 못 봤다. 의외로 두 사람 사이가 좋다.

"미리스의 결혼식은 동경하게 돼!"

"응, 그 옷 입어보고 싶어!"

꺄악꺄악 떠드는 두 동생. 노른도 언젠가 좋은 상대를 찾아서 순백의 드레스를 입겠지. 상대 남자는 복도 많군. 축하의 선물로 주먹 한 방 정도 주도록 하자.

아이사는 어떨까. 그녀가 남자를 찾아내 결혼한다는 비전이 떠오르질 않는다.

왠지 평생 메이드로 있는 이미지다.

"역시 여자는 그런 걸 동경하나?"

옆에 있는 실피에게 물어보았다.

"그렇지. 하지만 나는 불만 없거든? 우리는 우리대로 따뜻했고."

실피는 그렇게 말하며 웃었다.

물론 그런 느낌으로 하고 싶다고 말하면 비슷하게 할 수 있다. 미리스 교도는 아니니까 어디까지나 비슷한 정도가 될지도 모르지만. 크리프에게 엎드려 빌며 부탁하면 신부님 역할을 맡아주겠지.

여자를 위해 엎드려 빌다니 남자로서 보람 있는 일이다. 나는 얼마든지 머리를 숙이지.

"……."

문득 왼편에서 소매를 잡아당기는 손이 있었다. 돌아보니 록시가 날 올려다보고 있었다.

살짝 화장을 한 예쁜 얼굴이다. 그 뺨에는 옅은 붉은 빛이 있었다.

“…록시도 결혼식을 하고 싶은가요?”

록시와의 결혼식은 치르지 않았다.

파울로가 죽어서 초상집 분위기였던 탓도 있지만, 애초에 미굴드족에게는 결혼식 자체를 하는 관습도 없다. 그렇기 때문에 그녀 자신이 필요없다고 말했다.

하지만 그런 것을 보면 자기도 하고 싶다고 생각하게 되는 걸까.

“아뇨, 필요없습니다. 하지만… 저기, 알겠죠?”

록시는 그렇게 말하더니 눈을 감고 입술을 내밀었다.

눈앞에 눈을 감은 미소녀가 있다. 이건 차려진 밥상이겠지. 잘 먹겠습니다.

나는 록시의 어깨를 끌어안고 그 이마에 키스를 했다.

“어?!”

“실례. 멋진 이마였기에.”

“그, 그렇습니까… 후후.”

록시는 조금 놀란 기색이었다. 생각과 다른 곳에 키스를 했으니까 그렇겠지.

하지만 히죽히죽 풀어진 웃음이 얼굴에 떠올랐다.

실로 간단하다. 하지만 그런 게 또 좋다. 좋았어. 오늘 밤에는 록시에게 부탁하자.

“아, 루디. 나한테도, 나한테도.”

실피가 내 오른팔에 매달리며 같은 것을 요구하였다.

물론 거부할 이유는 없다. 미소녀의 이마에 키스하는 것에 무슨 망설임이 있을까.

"에헤헤…."

자기가 요구해 놓고선 실피는 이마를 누르며 헤죽 웃었다.

아아, 여전히 실피도 귀엽구나. 어쩌지. 실피도 안고 싶다. 하지만 록시다.

양쪽 동시는 어떨까. 엘리나리제가 힘을 써줬을까.

슬슬 괜찮을 거라고 생각하는데. 미약도 줬고… 다음에 물어볼까.

"…오빠. 이런 곳에서 그런 건 좀 그만둬 주시겠어요?"

그런 생각에 얼굴이 풀어져 있는데, 노른이 쓴소리를 했다.

모처럼 결혼식을 보고 기분이 좋아졌는데 이상한 거 보여주지 말라는 얼굴이다.

육친의 러브러브한 모습은 보고 싶지 않겠지.

아, 역시 두 사람 동시라는 건 좋지 않겠지.

"어쩔 수 없군."

"앗! 아니, 그만두세요!"

나는 노른을 껴안고 이마에 키스했다. 노른은 새빨간 얼굴로 이마를 쓱쓱 문질렀다.

멋지다.

"……."

아이샤를 보니 아주 부럽다는 얼굴을 하고 있다. 자기도 키스를 받고 싶지만 부탁해도 될까, 거절당하면 어쩌지, 하는 얼굴이다. 물론 걱정할 것은 없다.

"아이샤!"

나는 자애 넘치는 표정(을 할 마음이었다)으로 두 팔을 펼쳤다.

"오빠!"

아이샤는 얼굴을 환히 빛내며 펄쩍 뛰어들었다. 이마에 키스를 하자, 고양이처럼 몸을 비벼댔다. 자, 내 품에서 마음껏 기뻐하거라.

하지만 길 한가운데에서 다리를 얽는 건 좋지 않다.

일단 드레스 차림이니까. 거봐, 속옷 보이잖아.

"아이샤. 다리를 얽지는 마. 드레스니까. 속옷 보이면 안 되잖아."

"예~"

아이샤는 얌전히 내게서 떨어져서 만족한 얼굴로 앞서 걸어갔다.

참나. 열한 살이라면 아직 아이라고 할 수 있지만, 그래도 세상에는 열 살을 넘은 여성은 훌륭한 레이디로 보는 신사적인 무리도 존재한다. 더 조심을 시켜야지.

"……."

문득 떠올랐다….

과거에 파울로에게 받은 편지에 모두가 모이면 축하라도 하자는 말이 있었다.

하자, 언젠가 하자, 그렇게 생각했지만, 어느 틈에 반년 이상이 지났다.

두 사람은 다섯 살 때도 열 살 때도 축하를 받지 않았다.

나는 그때 성대한 축하를 받았던 만큼 두 사람이 불쌍하게 생각되었다.

역시 축하를 받는 건 좋은 일이고.

좋아. 결정했어. 파티를 하자.

—— 학교의 소문 7 '대장은 위대하다' ——

제8화 양손에 꽃

결혼식으로부터 2주 뒤.

나는 실피와 록시를 데리고 시내에 드나들게 되었다.

노른과 아이샤의 생일 선물을 구입하기 위해서다.

그녀들의 생일 파티는 깜짝 파티로 하기로 했다. 몰래 준비해서 두 사람을 놀라게 하는 것이다.

일부러 셋이서 나간 것에는 다른 이유도 있지만, 일단 그건 나중에 말하지.

지금은 수확기인 탓도 있어서 시내는 꽤나 북적거렸다.

마차가 오가고, 야채나 과일을 파는 사람도 웃는 얼굴이었다. 이 시기는 식료품이 싸고 신선하며 맛있다.

이제 곧 수확제인 것도 있어서 광장 중앙에는 전망대 같은 것도 만들어져 있었다.

축제라고 해도 광장에서 캠프파이어를 하며 수확물을 푹 고아서 술과 함께 나누어 먹는 것뿐이다.

불을 둘러싸고 대지의 은총에 감사하면서 밥을 먹을 뿐.

그 이외에는 딱히 이벤트가 있는 것도 아니다. 노래를 부르거나 춤을 추지도 않는다.

참고로 그 음식은 냄비를 가져가면 공짜로 받을 수 있다는 모양이다. 작년에 내가 없을 시기에는 아이샤가 받아왔다나. 뭐든지 다 집어넣으니까 별로 맛있는 건 아니라고 했다.

올해는 먹을 수 있을까. 맛이 없으면 없는 대로 흥미가 있다.

"여전히 이 시기에는 사람이 많네요."

"그래. 이 시기는 여러 사람들이 오니까."

록시가 신기하다는 눈치로 주위를 둘러보고 실피가 대답했다.

상인이 오가고 학생이 흥미진진하게 노점을 구경한다. 농가 사람이 야채가 가득 실린 수레를 끌며 지나가고, 모험가가 어깨가 부딪쳤네 아니네로 싸움을 벌인다.

이만큼 시끌벅적한 마법도시 샤리아는 이 시기뿐이다.

또한 광장에는 수족의 모습도 자주 보인다. 손도끼 같은 검을 든, 건장한 외모의 수족이다.

이쪽도 축제다. 딱 이 시기, 리니아와 프루세나의 발정기가 겹쳤다는 모양이라 각지에서 실력 있다고 자랑하는 용사들이 마법대학을 목표로 집결한다. 리니아와 프루세나도 슬슬 신랑을 손에 넣을 작정인 모양인지, 올해는 그들과 정면에서 싸운다나.

다만 옛날 방식에 따르지 않고 자기들에게 이긴 상대 중에서 고르겠다고 공언하였다.

검술은 성급 이상, 마술은 상급 이상, 모험가라면 A급 미만은 인정하지 않는다. 털은 곱고, 거칠면서도 신사적이고, 귀와 꼬리가 빳빳한 남자가 좋다고도 말했는데, 아무래도 꿈이 너무 큰 게 아닌가 싶다.

뭐, 열심히 해서 좋은 상대를 찾았으면 싶다. 나처럼 말이지.

오른쪽에 실피. 왼쪽에 록시. 그야말로 양손에 꽃이다.

“저기, 실피에트 씨, 록시 씨.”

“왜요, 루데우스 씨.”

“뭔가요?”

“팔짱 끼지 않겠습니까?”

갑작스럽게 떠올린 제안이다. 남자라면 누구든 한 번 정도는 꿈꾸겠지. 양쪽에 여자를 데리고 인기남이라고 연출하는 것은.

과거에 나도 그런 남자를 보고 침을 뱉는 쪽이었다.

하지만 마음속으로는 동경하고 있었다. 해 보고 싶다고 생각했다.

"응."

"…예."

오른쪽에서 실피가 가볍게. 왼쪽에서 록시가 조심조심, 팔짱을 꼈다.

오오. 이걸로 나도 선망의 눈빛을 받는 부활의 그리스도다.

이 얼마나 기분 좋은 선망의 시선인가!

그렇게 생각하며 주위를 봐도, 상인은 바쁜 눈치고, 수족 전사들은 서둘러 마법대학으로 향했다. 학생은 이쪽을 보지만, 바로 시선을 돌렸다. 모험가도 주점이라면 모를까, 길에서 야유를 날릴 틈은 없는 모양이다. 생각보다 사람들은 나를 보지 않았다.

하지만 내 마음은 충족되었다.

예를 들자면 이것. 특히나 오른팔에 닿는 이 감촉. 과거의 실피에게서는 느낄 수 없었던 그거랑 이거의 감촉. 그거랑 이거라는 식으로 뻣뻣하게 말하는 것도 그렇군. 슴과 가다.

내가 여자의 가슴과 밀착해서 걷고 있다. 그런 단순한 것이 내 마음을 채워준다.

전생에서 말라비틀어진 청춘사막을 빠져나온 내 마음을 채워준다.

이 오아시스도 조금만 있으면 엘리나리제와 쌍벽을 이루는 미니멈 사이즈로 돌아가겠지.

즉, 이 두 개는 환상의 섬. 보물은 정말로 있었다.

물론 실피만이 아니다. 왼편의 록시도 빈약한 것을 확실히 밀착해 준다. 결코 존재가 없는 건 아니다. 내 단련된 팔에 록시의 부드러운 부분이 닿은 것을 느낀다. 청빈은 실로 고상한 것이다.

아아, 멋지다. 단련한 근육에 감사를. 이 단단함이 없으면 이 부드러움의 감촉은 반감하겠지. 오오, 질투하지 마라, 내 상완이두근이여, 너는 훌륭하다.

"…크크."

무심코 웃음이 새어나왔다.

오늘은 두 여동생에게 줄 선물을 고른다는 명분으로 나왔다.

하지만 그것만이 아니다. 저번에 엘리나리제가 말했다.

'손은 확실히 써뒀어요. 셋이서 외출해서 무드를 만든 뒤에 분위기 좋은 장소에서 확실히 하세요.'

즉, 그런 것이다. 오늘 나는 한다. 두 사람을 한 침대에서 동시에 먹는다.

아아, 기대된다. 두 사람을 다 만족시켜 줄 수 있을까. 아아, 기대된다.

"루디, 루디?"

실피의 목소리에 정신을 차렸다.

"침이 흐르고 있네요. 벌써 배가 고픕니까?"

록시가 손수건으로 내 입가를 닦아 주었다.

이런, 이런. 망상이 지나쳤군.
물론 최종적으로는 그런 흐름을 기대하고 있다.
하지만 그때까지 데이트를 무시할 생각은 없다.
노른과 아이샤에게 줄 선물은 착실하게 고른다. 두 사람과의 데이트도 즐겁게 보낸다.
양쪽 다 중요하다.
"실례, 아무래도 입가가 살짝 풀어졌던 모양입니다."
사과하면서 마음을 다잡았다.

선물 고르기는 하루를 꼬박 들여서 시내를 돌아다녀 보기로 했다.
일단은 공방거리부터. 공방거리에는 수많은 마도구가 있었다.
물론 상업거리 쪽에서도 마도구를 팔지만, 그쪽은 실용화에 견딜 수 있을 만큼 편리하고 비싼 것이 대부분이다.
공방거리에는 미숙한 마도구 제작자 수습생의 시작품 같은 것도 있다.
효과는 그리 대단하지 않아서 장난감 같은 것이다. 하지만 나중에 천재라고 불릴 만한 사람이 만든 물건도 나온다…는 것이 록시의 이야기다.
듣기론 록시의 동급생 중에는 공방에 제자로 들어간 사람도 있다는 모양이다.
애석하게도 이미 다른 도시로 갔다고 하지만.

"그 두 사람이 좋아할 만한 것이 여기에 있으리라고는 생각되지 않습니다만."

록시는 그렇게 말하면서도 흥미 깊은 눈치로 마도구를 물색하였다.

물론 여기에 아이샤나 노른이 좋아할 만한 것이 있으리라고는 생각하지 않는다.

여기에 온 것은 록시에게 줄 선물을 구입하기 위해서다.

결혼했다고 해도 록시에게 그런 축하 선물을 하지 않았다. 결혼식은 필요 없다고 했지만, 그것과 축하를 하지 않는 것은 별개다.

노른과 아이샤의 생일 때 같이 축하할까 생각하는 것이다.

물론 록시에게 그걸 알리지 않는다. 이쪽도 깜짝 선물이다.

깜짝 선물을 주는 이가 깜짝 선물을 받는다는 식이다.

혹시 여기서 록시가 '이게 있었으면' 하는 것이 있다면, 나중에 몰래 구입할 생각이다. 편리한 마도구라면 분명 가격도 제법 되겠지.

현재 우리 집을 지탱하는 것은 실피와 록시의 수입, 나나호시에게 받은 스크롤의 인세, 미궁 탐색의 보수, 이렇게 네 가지다.

특히나 마지막 것, 파울로의 유산이라고 해야 할 미궁 탐색의 보수는 앞으로 30년 동안 놀고먹으며 살 수 있을 만한 금액이었다.

썩을 정도로 많은 건 아니지만 여유가 있다.

그렇다고 해도 언제 어디서 무슨 일로 거금을 쓰게 될지 모르니까, 평소에 그리 사치를 부리지 않도록 명심하고 있다.

그래도 결혼 기념 정도는 괜찮겠지.

록시가 '포르쉐를 타고 싶습니다' 같은 소리를 해도 사주자. 다만 마법도시 샤리아에 포르쉐 판매점은 없으니까, 아르마딜로 지로의 이마에 포르쉐라고 써 붙일 뿐일지도 모르지만.

"마력을 넣으면 안의 것이 얼어붙는 이 냄비는 아이샤에게 좋을지도 모르겠네요."

"아이샤는 더 귀여운 게 좋을 거라고 생각해."

"아, 분명히 일과는 별개의 것이 좋겠네요…."

실피와 록시가 이야기하는 동안에 나는 록시의 동향을 지켜봤다.

지금으로선 딱히 뭔가 탐내는 것 같지 않다. 진지하게 노른과 아이샤에게 줄 선물을 고르고 있다. 자기 생각은 하지 않는 모양이다.

"루디는 어떻게 생각하나요?"

"글쎄요. 록시를 날름날름 핥고 싶습니다."

"진지하게 생각해 주세요. 루디가 꺼낸 이야기니까요."

물론 아이샤와 노른용 선물도 생각한다.

하지만 여기에 있는 물건은 두 사람에게 어울리지 않겠지.

상업거리로 이동했다. 목적지는 실피가 다니는 옷 가게다.

내 로브를 구입했던 가게로, 이 가게가 선물 고르기에 가장 적당하다.

"꽤나 고급스러운 가게에 가는군요."

가게의 모습을 보고 록시가 기죽은 기색이었다. 자기 로브를 내려다보고 불안한 표정을 하였다. 가게에 드레스 코드가 필요 없다고 말해 줘야 할까.

"어, 그렇게 고급이야?"

실피는 고개를 갸웃거렸다.

그녀는 옷 관련으로는 다소 비싼 가게밖에 이용하지 않는다.

그렇다고 해도 낭비벽이 있는 건 아니다. 아리엘과 행동을 함께 하는 일이 많기 때문이겠지. 드나드는 가게는 지인의 영향을 받기 쉬운 법이다. 실피의 금전 감각이 붕괴된 것은 아니다. 자기가 다니는 범위에서 가장 적당한 가게라는 인식이 있을 뿐이다.

그런 법이다. 사람은 누구든 자기가 고급품을 쓰고 있다고는 생각하지 않는다.

"아니, 그레이랫 가문의 경제 상황이라면 문제없겠죠. 다만 저는 평소에 이런 수준의 가게에 드나들지 않아서, 그렇게 생각했을 뿐입니다."

"그, 그런가… 비싼가…."

실피는 풀 죽은 기색이었다. 귀가 힘없이 늘어졌다.

"저기, 루디. 나 과소비는 안 하지?"

"물론이야, 괜찮아."

기본적으로 실피가 옷을 사는 돈은 실피의 급료에서 지불한다.

자기가 번 돈을 자기가 쓴다. 내가 뭐라고 할 문제가 아니다.

"결코 실피가 낭비한다고 말하려는 게 아닙니다. 저도 궁정 마술사였을 무렵에는 이런 가게를 이용했고요. 생일 선물로 줄 옷을 고른다면 타당하겠죠."

"그런가, 그렇구나. 생일 선물이라면… 응…."

록시가 말을 보탰다.

역시나 나의 스승. 공격할 때를 안다. 나도 거들어 줄까.

"옷 정도는 비싼 걸 입어도 괜찮다고 생각해."

그렇게 말하자 실피가 샐쭉해졌다.

"역시 루디도 비싸다고 생각한 거잖아."

"아, 아니, 비싸다고 할까, 센스가 좋다고 생각한 거야."

"어쩌지. 지금이라도 가게를 바꾸는 편이 좋을까…. 하지만 난 여기 이외에는 비싼 곳밖에 몰라."

"그럴 필요 없어. 여기서 사면 돼."

애초에 실피는 사복을 거의 가지고 있지 않았다.

그런데 나를 위해 사서 입어 주었다. 고맙다고 할망정 불평할 처지가 아니다.

분명히 내 기준으로 생각하면 옷 가격치고 좀 비싸다 싶지만, 그건 어디까지나 내가 모험가 기준의 저렴한 옷을 주로 이용하기 때문에 불과하다.

비싼 걸 표준으로 생각한다면 그걸 누리면 될 뿐이다.

돈이 있는 동안에는.

"오호, 그레이랫 님 아니십니까! 어서 오십시오!"

가게 안에 들어가자, 바로 점원이 달려왔다. 단골이기 때문인지 제대로 이름을 기억해 주었다.

"오늘은 어떤 일로 오셨는지요?"

"열 살 정도 되는 애의 생일 선물을 사러 왔습니다."

"아하, 그렇다면 이쪽으로 오시죠!"

그렇게 말하자, 점원이 아이 사이즈의 옷이 주르륵 있는 장소로 안내해 주었다.

잘 훈련되어 있군.

아이용이라고 해도, 평상복부터 로브, 드레스에 이르기까지 상품 종류가 다양했다.

열 살 생일은 성대하게 축하하는 관례가 있으니까 옷을 사는 케이스도 많겠지.

"이만큼 종류가 많으니 이리저리 눈이 가네요."

"이제 곧 겨울이 되니까 따뜻한 게 좋을까."

록시와 실피는 대량의 옷을 앞에 두고 기쁜 듯이 대화를 주고받았다.

역시 여자이기 때문일까. 뭐든지 좋다고 단언하던 어디의 빨강머리와는 다르다.

"저기, 루디는 어떻게 생각해?"

"최근 노른의 방한구도 작아졌으니, 새 것이 필요하지 않을까?"

실피의 말에 나도 내 의견을 말했다. 두 사람은 고개를 끄덕였다.

"그럼 코트가 좋을까…. 아이샤는 어쩌지."

"그러고 보니 저번에 신발이 작아졌다고 말했습니다."

"신발이라. 좋겠네. 그걸로 갈까."

그런 대화로 방향성을 정한 뒤에 물건을 물색했다.

아무래도 물건이 풍부하게 준비되어 있어서, 두 사람에게 맞을 만한 것은 금방 찾았다.

노른에게는 밝은 색깔의 코트, 아이샤에게는 꽃무늬가 들어간 부츠를 구입하기로 했다. 양쪽 다 조금 큰 사이즈지만, 한창 자랄 때니까 문제는 없겠지.

그 뒤에 가게 안을 적당히 보고 다녔다.

꼭 선물이 하나일 필요는 없다.

그런 것도 거짓 없는 본심이지만, 사실은 록시에게 줄 선물을 찾는 것이었다.

"천으로 만든 코사주 같은 건 아이샤가 기뻐하지 않을까?"

"그래. 꽃 같은 걸 좋아하고."

"하지만 너무 어른스럽지 않나?"

"그러고 보니 노른은 뭘 좋아하지?"

"노른은… 글쎄. 뭘 좋아한다고 말하는 걸 별로 못 봤는데…."

"노른은 갑옷이나 검이나 말처럼, 남자들이 좋아하는 걸 좋아하는 모양입니다."

"헤에, 어떻게 아는 겁니까?"

"저도 그녀와는 친해지고 싶습니다."

그런 이야기를 하면서 보고 다녔다.

"……."

그러다가 록시가 문득 멈춰 섰다.

그녀는 로브를 보고 있었다. 눈에 띄게 진열된 마술사용 로브와 모자. 성인 남성용 사이즈라서, 당연하지만 록시에게는 맞지 않겠지.

그녀는 로브 위에 놓인 모자를 보고, 자기가 쓰고 있던 모자를 벗었다.

그리고 난감한 표정으로 자기 모자를 보았다.

그 모자도 꽤나 오래된 것이었다. 부에나 마을에 있을 무렵부터 계속 쓰던 게 아닐까.

낡아빠졌다고 할 정도는 아니지만, 오랜 세월을 짐작하게 하는 티가 보였다. 검은 모자라서 별로 눈에 띄지 않지만….

록시는 다시 모자를 쓰더니, 열심히 발돋움해서 진열된 모자를 손에 들었다.

빙글빙글 돌려보다가 가격을 발견하고 얼굴을 찌푸리더니

곧바로 원래 있던 자리로 되돌려놓았다.
비쌌던 모양이다.
"하아…."
록시는 한숨을 쉬더니 아무 일도 없었던 것처럼 이쪽을 바라보았다.
"저기, 루디."
그 말에 고개를 돌려보니 실피가 옆에 서 있었다.
"저걸로 하자."
"응."
실피와 의견이 일치했다.
이걸로 록시에게 줄 선물은 결정되었다.
그 뒤에 코트와 부츠, 그리고 몰래 모자를 주문해서 가게를 나섰다.
물품을 받는 것은 생일 파티 당일이다. 선물용으로 포장도 확실히 해 준다나 보다.
당일이 기대된다.

마지막으로 모험가가 모이는 숙박거리로 발을 옮겼다.
여기저기 돌아다녔기 때문에 시간은 이미 저녁이었다.
이런 시간이 되면 미궁 탐색을 마친 모험가들이 전리품을 손에 들고 돌아온다.
또 돈이 쪼들리는 모험가가 수중의 물건을 파는 것도 이런 시간대다.

고로 괜찮은 물건도 나온다. 물론 마력부여품은 비싸고, 솔직히 말해서 필요 없다. 윈도 쇼핑이란 것은 보면서 즐기는 것이다.

그렇게 생각했는데.

“자, 실피. 이게 모험가의 옷이야. 일반적인 사람은 이 정도의 옷을 사는 거야.”

“우우. 알았어! 하지만 이런 옷은 별로 안 입으니까 나한테 어울릴지 모르겠는데.”

“실피라면 이런 게 좋으리라고 생각합니다. 마른 체격이니까 망토도 어울립니다.”

이야기를 하는 도중에 왜인지 실피의 옷을 한 세트 맞추었다.

마법검사풍의 옷차림으로, 팔꿈치에는 프로텍터 같은 게 붙어 있었다. 우아함이 부족할지 모르지만, 신출내기 모험가 같아서 참 귀엽다. 이걸로 언제든지 실피도 모험가가 될 수 있어!

뭐, 일도 있고 모험가가 될 이유도 없다.

무슨 일이 있었다고 해도 실피의 작업복은 거의 다 마력부여품이다.

일부러 이걸 입을 기회는 없을지도 모른다.

“에헤헤, 두 사람 다 고마워.”

하지만 실피는 기쁜 눈치였다.

그렇게 쇼핑하는 동안에 가게들도 하나씩 닫기 시작했다.

행상들이라고 밤늦게까지 장사하는 게 아니다. 따라서 우리의 발길은 자연스럽게 밥집으로 향했다.

물론 **자연스럽게**라고 생각하는 것은 실피와 록시뿐이겠지. 전부 다 계산대로다.

이런 일도 있을까 싶어서 나는 가게를 예약해두었다.

목표는 S급 모험가용 숙소. 엘리나리제에게 '데이트의 마무리는 이 가게'라는 충고를 들었던 가게다.

식사가 맛있고 분위기도 좋고 침대도 크고 소리가 새어나가지 않는 고급 가게다.

"이 가게, 할머니한테 들은 적 있어. 루디랑 싸우거든 여기서 화해하라고."

"어라, 실피도 그렇습니까?"

하지만 두 사람은 이 가게를 알고 있었다.

결국 우리는 엘리나리제의 손바닥 위에서 춤추는 어린양에 불과했다.

물론 세 사람 다 안다고 해서 문제될 건 없다.

"저도 엘리나리제 씨에게 들었습니다. 어쩌면 루디가 실피와 저, 두 사람을 데리고 이 가게에 오는 날이 올지도 모른다고. 그때는, 저기, 그러니까…."

"나도 들었어…. 그렇구나."

"루디는 저질이네요."

실피와 록시는 새된 눈으로 나를 바라보았다.

하지만 그 얼굴에 혐오감은 없었다. 엘리나리제는 이미 모든 설득을 마쳤다.

그러니까 두 사람 다 내 흑심에 호의적이다.

엘리나리제 씨 덕분에, 아니, 엘리나리제 님 덕분에!

"하지만 오늘은 외박한다고 말 안 했으니까 루시가 걱정이야."

실피는 문득 떠오른 것처럼 루시 이야기를 꺼냈다.

하지만 그쪽으로도 준비는 완벽하다.

"괜찮아, 리랴 씨에게 부탁하고 왔으니까."

오늘 밤에 외박한다고 말하자 리랴는 '맡겨주세요'라며 승낙하였다.

"부탁한다니…. 뭐, 리랴 씨라면 안심하고 맡길 수 있지만."

아무리 다 이야기가 되었다고 해도, 양친이 나란히 외박하면 안 된다고 하고 싶은 거겠지. 나도 안다. 하지만, 응. …변명은 않겠다.

미안, 루시. 사랑한다. 욕망에 약한 아버지를 용서해 다오.

"전 내일도 학교에 갑니다만."

록시는 내일 출근 걱정을 했지만, 그쪽도 문제없다.

"일찍 일어나서 집에 일단 돌아가면 괜찮겠지."

"일찍 일어날 수 있을까요. 전 그걸 하고서 일찍 일어날 자신이 없습니다만."

"맡겨줘."

"뭐, 루디가 그렇게 말한다면 맡기겠지만…."
고집을 조금 부리긴 했지만, 오늘 외박은 결정되었다.
"그럼 서방님. 오늘 밤은 잘 부탁드려요."
"부탁드립니다."
귀여운 두 아내가 고개를 숙이고, 나도 전투 준비 오케이다.

하지만 갑작스럽게 베드 인은 아니다.
식사를 하고 술을 마시고, 사랑한다고 속삭인다.
그런 무드를 만드는 게 중요하다.
그러니까 일단은 1층의 주점에서 식사를 하기로 했다. 여기는 밥이 맛있는 집이기도 하니까.
그녀들에게 보내는 내 감정은 결코 성욕뿐만이 아니다.
성욕이 엄청나게 강하다는 것은 숨길 수 없는 사실이지만, 순수하게 나와 함께 있는 시간을 즐겨 주었으면 하는 마음도 있다.
두 사람이 동시면 전해 줄 수 있는 사랑도 줄어들지 모르지만, 그 점으로는 노력해 볼 생각이다.
"와아, 뭔가 대단해."
"이런 요리는 좀처럼 먹을 수 없겠네요…."
테이블에 차려진 접시를 보며 두 사람은 감탄사를 흘렸다.
북방대지는 식재료가 비싸고 양도 적다. 고로 보통 식사는 소박하지만, 지금은 식재료가 풍부한 계절이고 또 여기는 고급 가게다.

신선한 야채를 풍부하게 사용한 샐러드. 푹 곤 산천어가 들어간 매운 수프. 향신료를 듬뿍 넣고 지방이 올라간 블랙불 스테이크.

평소에는 별로 맛볼 일 없는 요리들뿐이었다.

거기에 추가로 좋은 향기를 내는 위스키 비슷한 술이 따라왔다.

"이 수프 맛있어. 어떻게 맛을 낸 걸까?"

"기름에 절인 고추 같은 걸 쓴 게 아닐까?"

실피는 루시 생각을 한 건지 술을 마시지 않았다.

하지만 수프에 흥미가 생겼는지 몇 번이나 맛을 확인하였다.

"조금 조사해 볼까. 루디, 내가 만들면 먹어 줄래?"

고개를 갸웃거리는 실피. 만들면 운운이 아니라 지금 당장 먹고 싶다.

"응, 실피까지 먹겠습니다."

"루디도 참."

마지막에는 디저트다. 이 가게에는 무려 디저트가 나온다.

그렇다고 해도 미리스 신성국에서 먹은 것처럼 손이 많이 가는 디저트와는 조금 다르다.

메인은 사과 같은 과일이다. 나도 먹은 적 있지만, 전생의 사과보다 신맛이 훨씬 강하다.

그걸 한 입 크기로 자르고 벌꿀처럼 끈적한 시럽에 절였다.

맛은 설탕절임이나, 혹은 프루츠펀치와 비슷할까. 꽤 맛있다.

사과와 벌꿀을 조합하면 카레가 된다고 생각했는데, 아무래도 착각이었던 모양이군.

"이건…!"

그런 디저트에 기뻐한 것은 록시였다. 그녀는 눈을 반짝이면서 열심히 입에 넣었다. 내 스승은 단 음식을 좋아했나. 아니면 종족 특성상 단 것을 좋아하는 걸까.

"대단해! 북쪽에서 이런 걸 먹을 수 있다니!"

말이 부족하긴 하지만, 그 얼굴에 드러나 것은 감동이었다. 록시의 입에서 빛이 나오나 싶은 착각마저 느꼈다. 그대로 보고 있으면 맛의 보석상자 같은 소리가 나올 것 같았다.

"아…."

순식간에 다 먹어치우고 빈 그릇을 아쉬운 듯이 바라보았다.

"내 몫도 줄게요."

그러며 접시를 내밀자, 록시가 경악한 표정을 지었다.

"어, 괜찮습니까?!"

제일 맛있게 먹는 사람에게 먹여주는 게 제일이다.

"물론이지요. 자, 아앙 하세요."

"아앙이라니, 애가 아니니까요… 아앙."

록시는 한 입 먹을 때마다 감동하여 뺨에 손을 대며 행복한 표정을 하였다.

더 먹여주고 싶지만, 애석하게도 내 몫은 사라졌다. 이 이상은 다음에 먹여주자.

자, 배도 불렀다. 단 음식을 많이 먹은 두 미소녀는 정말이지 달달해졌겠지.

"자, 두 분."

"왜, 루디?"

"뭡니까?"

"실은 방을 잡아놨어…."

인생에서 한 번은 말해 보고 싶었던 대사다.

"…응. 저기, 록시, 다시 한번 묻겠는데… 나랑 같이라도 괜찮아?"

"예. 각오하였습니다. 잘 부탁합니다."

록시와 실피는 서로를 보고 얼굴을 붉히면서 끄덕였다.

나는 그것을 보고, 오늘 밤은 최고의 하룻밤이 되겠다고 확신하였다.

—— 학교의 소문 8 '대장은 부자' ——

제9화 생일 파티

깜짝 생일 파티 결행일.

이 날은 노른이 집에 돌아오는 날이고, 록시도 쉬는 날이었다.
실피는 따로 휴가가 없었지만, 아리엘에게 부탁해서 휴일을 얻었다.
준비 오케이. 남은 건 작전을 실행으로 옮길 뿐이다. 나는 노른과 아이샤, 록시를 불러 모았다.
"할 말이 있어. 잠깐만 같이 좀 나갈까."
"응?"
두 여동생은 고개를 갸웃거렸다.
요리 준비나 선물 수령 등을 위해서 여동생 둘을 집에서 데리고 나가야만 한다.
"알겠습니다. 가겠습니다."
물론 록시는 사전에 이야기했던 대로 자연스럽게 응하였다.
자기가 축하를 받는 쪽인 줄 모르고. 크크큭….
"저기, 엄마. 일이 남았는데 나가도 돼?"
"루데우스 님의 말씀입니다. 안 될 리 없습니다."
"그럼 나도 갈게요."
아이샤는 리랴에게 허가를 받아서 승낙.
"……."
노른은 다소 복잡한 표정으로 실피를 보았다.
"록시 언니가 가는데 실피 언니는 안 가는 건가요?"
"어?"
갑작스러운 말에 실피가 당황했다.

"어어, 나는 루시를 돌봐야 해서 못 가니까!"

"저번에는 같이 외출했잖아요. 실피 언니는 그래도 되나요?"

"어어…."

실피는 도움을 청하듯이 내게 시선을 돌렸다.

하지만 곧 록시를 보고 뭔가 떠올린 것처럼 눈을 빛냈다.

"시, 실은, 이 이야기, 내가 계획한 거야."

"예? 무슨 소린가요?"

"노른은 록시랑 별로 사이가 안 좋잖아."

"뭐, 그렇긴 하죠."

"집 안에서 험악한 분위기인 건 좋지 않아. 그러니까 같이 나가서 친목을 다지라는 거야. 서로를 알면 더 친해질 수 있을 테니까."

"…그렇군요, 알겠습니다."

노른은 그 말에 납득했다. 오히려 아이샤 쪽이 의아해하는 표정을 했다.

딱히 아이샤는 록시와 사이가 나쁜 것도 아니니까.

록시가 다음날 수업 준비를 할 때 과자나 야식을 가져다주는 일도 있다.

두 사람은 두 사람대로 관계를 다지고 있다.

그렇긴 해도 아이샤는 혼자 생각해서 알아서 해결한 모양이다. 괜찮겠지, 라는 표정을 하고 생쭉 웃었다. …설마 눈치챈 건 아니겠지.

"그러니까 오늘은 넷이서 놀고 와."

"예."

"예~"

"신세 지겠습니다."

다소 식은땀을 흘리면서도 세 사람을 밖으로 데리고 나가는 것에 성공했다.

준비에는 시간이 걸린다.

요리나 장식, 선물 준비를 둘이서 해야 하니까.

여유를 가지고 오후까지 밖에서 시간을 죽이는 편이 좋겠지.

그렇긴 해도 상업거리 쪽으로는 갈 수 없다. 선물을 수령하러 간 실피와 맞닥뜨리면 곤란하다.

물론 숙박거리나 공방거리, 학교에서 시간을 죽여도 좋지만, 나는 어떤 제안을 꺼냈다.

"낚시인가요."

우리는 교외에 있었다.

시내의 소음과 거리를 둔 조용한 강, 투명한 물속에는 물고기의 모습이 몇 마리 보였다.

"그래. 이런 걸로 친목을 다지는 것도 좋겠지?"

"방금 전의 실피의 발언도 완전히 거짓말인 건 아니었군요."

록시와 소곤소곤 이야기하면서 미리 준비했던 낚시도구를 꺼냈다.

낚시 릴이나 루어 같은 물건은 없다.

잘 휘는 나뭇가지에 자이언트 스파이더의 실을 묶었을 뿐인, 간소한 물건이다.

여기에 라디에이터 프로그의 볼주머니로 만든 찌와 쇠로 만든 낚싯바늘을 단다. 미끼는 지렁이다.

"전 낚시 같은 건 해 본 적 없어요."

"나도, 나도. 한 번 해 보고 싶긴 했어."

동생들은 그렇게 말하면서도 낚싯대를 손에 들었다.

아이샤는 찌와 낚싯바늘, 그리고 준비한 미끼를 재빨리 달더니 강 쪽으로 달려갔다.

그리고 산페이처럼 다이나믹한 동작으로 강에 던졌다.

꽤나 그럴 듯한데, 정말로 해 본 적이 없는 걸까.

"오빠, 이거 어떻게 하는 건가요?"

노른은 낚싯바늘과 찌를 손에 들고 악전고투하고 있었다.

"후후, 오빠는 몰라. 낚시는 해 본 적 없으니까."

나는 전생에 골방지기였다. 낚시를 하러 간 적도 없고, 흥미도 없었다.

물론 이 세계에 온 뒤로도 낚시 따윈 한 번도 안 했다.

물고기를 잡고 싶으면 강을 얼리면 된다.

"저기, 노른. 제가 가르쳐 줄까요."

록시가 조심조심 말했다.

아무래도 그녀는 경험자인 모양이다. 그녀도 경험이 없으면 셋이서 이것저것 시행착오를 하는 것도 좋았을지 모르지만, 배울 수 있다면 나도 배우도록 하자.

"…부탁하겠습니다."

노른은 복잡한 표정으로 끄덕였다.

역시 미리스 교도라서 록시에 대해 나름 생각하는 바가 있는 모양이다.

물론 진짜로 록시를 싫어하는 건 아니다.

"—이런 식으로, 혼자서 해 보세요."

"이렇게요?"

"그래요. 잘하는군요."

"…감사합니다."

록시는 꼼꼼하게 가르쳤고, 노른도 말을 잘 들었다.

좋아, 좋아. 노른과 록시도 친해졌으면 좋겠다.

낚시가 시작되었다.

록시는 숙련자였다. 내가 흙 마술로 만든 의자에 앉아서 낚싯대를 한손에 들고 날카로운 눈으로 수면을 바라보았다.

그리고 손에 전해지는 희미한 진동에 반응하며 낚싯대를 쳐들었다. 방금 전부터 그리 큰 건 안 낚이는 모양이지만, 그래도 현재 가장 많은 수확을 거두었다.

그 모습에는 가부좌를 튼 수행승 같은 관록이 있었다.

"록시 언니, 잘하네요."

"혼자 여행하던 무렵에는 최대한 스스로 먹을 것을 얻어야만 했으니까요."

"그러고 보니 여행하던 무렵에 루이젤드 씨가 물고기를 잡아 주었어요."

"그도 낚시를?"

"아뇨, 창으로. 수면을 좌악 찌르면 창끝에 물고기가 세 마리나 꿰여서—"

노른은 록시의 옆에 앉아서 이따금 대화를 나누었다.

어색하긴 하지만 좋은 분위기다.

"아, 노른, 반응이 오고 있네요. 당겨 보세요."

"어, 어! 아, 예! 아…."

"흔히 있는 일입니다. 다시 미끼를 달죠."

노른은 집중력이 산만한지, 또 한 마리를 놓쳐 버렸다.

하지만 록시와 대화하는 자체는 즐거운지 표정이 밝았다.

"흐흐흥, 오빠. 아까부터 여엉 수확이 없는 모양인데, 어때?"

아이샤는 아주 잘 잡았다. 몇 번이나 미끼를 털리곤 했지만, 세 마리나 낚았다.

"지는 쪽이 이긴 쪽의 말을 들어준다는 약속, 잊어버리면 안 되니까!"

아까 아이샤가 '어느 쪽이 더 많이 잡는지 경쟁하자'라는 말을 꺼냈기에 받아들였는데, 현재 내 수확은 0마리. 아무래도 질 것 같다.

양쪽 다 초심자인데 이렇게나 차이가 나는 걸까.

“내가 할 수 있는 걸로 해 줘.”

“뭘 해달라고 할까. 하룻밤 동안 껴안고서, 아이샤, 귀여워, 라고 속삭여달라고 할까. 아니면 실피 언니나 록시 언니처럼….”

“야한 쪽으론 안 해. 아버지가 뭐라고 하셔.”

“아빠 이야기는 금지~”

그런 이야기를 했지만, 어차피 가격 좀 나가는 장식품을 조르는 정도겠지.

딱히 그 정도야 상관없지만… 하지만 지는 건 좀 그런가. 이런 일로 여동생이 오빠를 뛰어넘어도 되는 건가.

아니다. 여기서 나의 오빠로서의 위엄을 보여줘야 하지 않나.

착하고 미덥지 않은 오빠보다도 강하고 든든한 오빠를.

“아이샤. 나도 제대로 하겠어.”

“이제까지는 제대로 한 거 아니었어?”

“그래. 지금부터 나는 마안을 쓴다.”

“에엣, 비겁해!”

무슨 소리든 해라. 이게 나의 진짜 실력이다. 1초 뒤의 미래를 보는 것으로 압도적인 차이를 보여주마. 마안을 개방했다. 찌를 가만히 바라보았다.

〈반응 없음〉

〈반응 없음〉

〈찌에 꿈틀하는 반응〉

"피이이이쉬이이이이!"

연일되는 수행으로 단련된, 그리고 세련된 상하운동.

의수로 강화된 팔은 저항을 일체 무시. 반쯤 억지로 낚싯대를 들어올렸다.

"좋았어, 큰 놈 잡았…."

그렇게 낚인 것은 커다란 부츠였다.

"……."

이 세계에도 부츠는 존재한다. 그리고 이 강은 마법도시 샤리아에도 흐른다.

세탁할 때도, 물을 길을 때도, 사람들은 일상적으로 이 강을 쓴다. 때로는 어떤 이유로 부츠가 강에 떨어져서 못 찾게 되는 일도 있겠지. 어쩌면 더 상류에서 모험가가 떨어뜨린 것이 흘러온 걸지도 모르지만.

"오빠…."

아이샤가 보기 안쓰러운 것을 보는 눈을 하였다.

아니, 여기선 생각을 조금 바꿔보자. 이건 부츠가 아니다. 그렇게 생각하는 것이다.

그래. 생각을 바꾸면 전혀 다른 것으로 보이지 않는 것도 아니다.

응, 그래. 잘 보니 물고기로 보이지 않는 것도 아니다. 물고기라고 해도 과언은 아니다. 아무리 봐도 이건 물고기야. 물고기 이외의 무엇도 아니다.

나는 부츠를 어롱 안에 넣었다.

"자, 이걸로 한 마리. 금방 따라잡아주지."

"어! 지금 그건 신발이었잖아!"

"지금 그건 신발처럼 보이지만, 틀림없는 수중생물이야. 나는… 그래, 슈즈피시라고 부르지."

"그냥 말장난이잖아! 안 돼! 그건 비겁해!"

아이샤는 어롱에 손을 넣더니 부츠를 꺼내 강 안에 버렸다.

"아앗!"

강에 쓰레기를 버리면 안 되는데.

뭐, 됐어. 이것 또한 캐치 앤드 릴리스다. 방금 전의 부츠는 아직 꼬맹이였다. 여기서 놓아주면 열심히 바다까지 가서 성장한 뒤에 돌아올 게 틀림없다.

그렇게 생각하자.

"아! 영차… 좋았어! 네 마리째."

그런 생각을 하는 동안에 아이샤가 또 낚아 올렸다.

응. 이거 못 이길지도 모르겠다.

미안. 실피, 록시. 나는 오늘 밤 아이샤의 장난감이 됩니다….

"그래요, 잘하네요. 당겨요, 지금 당겨요!"

"읏… 끄응… 아!"

"힘내세요. 신중하게!"

부산스러워졌기에 그쪽을 보았더니 노른이 물고기를 낚아

올렸다.

크다. 비단잉어 정도는 되겠다.

"와아! 낚았다! 처음 낚았어!"

"잘했어요! 아주 크네요!"

노른이 웃으며 기뻐하고, 록시가 손뼉을 치며 기뻐했다.

실로 훈훈한 광경이다. 온 보람이 있었다.

그러는 사이에 해가 저물기 시작했기에 귀가하기로 했다.

"슬슬 돌아갈까."

그랬더니 두 여동생이 발을 굴렀다.

"어어? 벌써?!"

"…한 마리 정도는 더 낚고 싶어요."

즐거운 시간은 순식간에 지나가는 법이다. 조금 더라고 생각하는 마음은 안다.

하지만 진짜 즐거운 시간은 이제부터다.

"어두워지면 마물이 나올지도 모르니까."

"오빠가 해치우면 되잖아!"

"록시 선생님도 있는데…."

이 근처의 마물이라면 분명히 어떻게든 된다.

나와 록시. 두 사람이 있으면 노른과 아이샤를 호위하는 거야 가능하겠지.

지금의 나라면 그 정도 힘이 있다. 그렇다고 해도 그건 그거다.

그런 말을 꺼내면 심야까지 여기에 남겠지. 설령 이 뒤에 예정이 없다고 해도 만에 하나의 가능성은 싹을 잘라야만 한다.

"안 돼. 또 오면 되잖아?"

"오빠, 자기가 못 낚았다고…."

"아니… 내가 마음만 먹으면 물고기 정도야 얼마든지 잡을 수 있어."

나는 전격도 폭발도 쓸 수 있으니까 낚시에 연연할 필요는 없다.

졌다고 이런 말을 하는 게 아냐.

"됐으니까 돌아가자."

"예에~"

"예."

낚은 물고기를 마술로 순간 냉동하여 가져가기로 했다.

도중에 구워서 먹을 생각도 했지만, 파티 전에 먹으면 안 되지.

물고기는 내일이나 모레 먹으면 되겠지.

귀갓길.

아이샤와 노른은 누가 더 많이 잡았나, 누가 잡은 게 더 컸나를 놓고 즐겁게 대화를 나누었다.

그 뒤를 나와 록시가 따라갔다.

록시는 뭔가 하나를 이뤄냈다는 얼굴이었다.
그녀와 노른은 계속 어색한 분위기였지만, 오늘 일로 개선되는 방향으로 가겠지.
"다녀왔습니다!"
"축하합니다!"
집 안에 들어간 순간 박수가 일었다.
많지는 않지만 아낌없는 박수. 현관에는 실피와 리랴, 그리고 제니스가 서 있었다.
제니스는 멍한 얼굴로 서 있을 뿐이지만, 기분 탓인지 웃는 것처럼도 보였다.
"어?!"
갑작스러운 일에 노른이 놀란 소리를 내고 아이샤의 움직임이 멎었다.
거기에 맞추어서 나와 록시도 뒤에서 박수를 쳤다.
노른이 혼란에 빠진 얼굴로 돌아보며 다시 한번 '어?' 소리를 냈다.
무슨 일이 일어나는 건지 모르는 모양이다.
"자, 식당으로 가자."
혼란스러워하는 노른과 의아해하는 아이샤를 나는 식당으로 데려갔다.
식당은 간소하면서도 예쁘게 장식되어 있었다.
현수막 같은 건 없지만, 벽에는 꽃이 붙어 있고, 곳곳에 놓인

촛대가 빛을 내고 있었다.

또 테이블에는 하얀 천을 깔았고, 그 위에는 꽃병이나 접시가 놓여 있었다.

일단 마실 것은 준비했지만 요리는 없다. 나중에 가져오는 거겠지.

테이블 끝. 이른바 생일 파티의 주인공 자리에는 두 개의 의자가 준비되어 있었다.

나는 두 사람을 거기에 앉혔다.

"어? 뭐야?"

노른은 역시나 영문 모르는 얼굴이었다.

"아하, 흐응. 그런 거였구나~"

하지만 아이샤는 히죽 웃었다. 역시 뭔가 눈치채고 있었나 보다. 똑똑한 아이다.

두 사람이 앉는 것을 본 뒤에 리랴가 제니스를 자리에 앉혔다.

실피나 록시도 그 뒤를 따라서 순서대로 의자에 앉았다.

전원이 앉은 것을 확인한 뒤에 나는 어흠 소리 내어 헛기침을 했다.

"전이사건으로부터 7년. 길었지만 간신히 가족들이 모였어. 아버지는 돌아가셨고, 어머니의 기억도 원래대로 돌아올지 알 수 없어. 하지만 언제까지고 슬픈 얼굴만 하고 있어선 돌아가신 아버지도 마음 편하시지 않겠지. 그러니까 나는… 우리는 웃어야 한다고 생각해. 예의가 아니라고 생각할지도 모르지만, 이렇게 모두가 재회한 것을 성대하게 축하하는 것은 아버지의 뜻이기도 해. 오늘은 그 뜻에 따라서 마음껏 즐기자."

가족이 보이서든 파티를 하지…고 과거에 파울로가 남긴 편지에도 적혀 있었다.

그 말을 한 파울로가 없는 것은 적적하고 슬픈 일이지만, 나는 파울로를 위해서라도 오늘이라는 날을 축하하고자 한다. 노른과 아이샤도 앞으로 긍정적으로 살아갔으면 한다.

…라고 해도 이런 자리에서 길게 이야기해 봤자 설교 같아져서 좋지 않아.

앞으로는 즐거운 일이 많이 있다, 라고 두 사람이 생각하게 하려면 옛날 일을 미주알고주알 떠들어봤자 좋을 것 없다. 옛날 일, 전이사건으로 뿔뿔이 흩어져서 고생했을 때의 일을 떠올리는 것은 힘들고 괴로울 때면 충분하다. 옛날의 괴로운 경험은 지금의 버팀목이 되니까.

"건배!"

그러니까 나는 그걸로 말을 끊고 잔을 들었다.

"건배!"

노른을 제외한 전원이 조용히 잔을 들었다.

노른만은 여전히 놀란 모습이었다.

아이샤는 이미 다 이해했는지 히죽히죽 웃고 있었다.

그렇긴 해도 밝은 이야기를 하려고 했는데, 왠지 우중충해졌을지도 모르겠다. 안 되지, 안 돼, 웃어야지.

"실피!"

"어, 응."

실피를 부르자 곧바로 움직였다.

척척 호흡이 맞는다. 실피는 테이블 밑에서 그것을 꺼냈다.

예쁘게 포장된 큰 상자가 두 개. 실피는 한쪽을 록시에게 건넸다.

록시는 그 상자를 노른에게, 실피는 다른 쪽 상자를 아이샤에게 각각 건넸다.

"열 살 생일. 축하해!"

"축하합니다."

두 사람은 무슨 소리인지 모르는 눈치였다. 노른은 물론 아이샤도.

"어어, 우리, 이미 열한 살인데…?"

이렇게 여우에게 홀린 듯한 아이샤의 얼굴은 처음 보는 걸지도 모르겠다.

아무리 아이샤라도 선물을 받을 거라곤 예상하지 않았겠지.

이 얼굴을 보고 싶었다.

"응. 열 살 때는 축하해 줄 수 없었으니까. 늦긴 했지만 1년 정도라면 괜찮을 거라고 루디가."

"오빠가…?"

아이샤는 감격한 것처럼 상자를 꼭 껴안았다.

그리고 리랴 쪽을 보았다. 리랴는 부드러운 표정으로 아이샤에게 고개를 끄덕였다.

아이샤는 기쁨을 숨길 수 없다는 얼굴로 실피 쪽을 돌아보았다.

"열어 봐도 돼?!"

"물론이야."

그러자 아이샤는 움직였다.

감동한 건지 놀란 얼굴로 나와 선물상자를 교대로 보던 노른도.

두 사람은 포장용 천을 기세 좋게 찢으려다가 동시에 멈추었다.

천천히 리본을 풀고 예쁜 천을 풀었다.

왜인지 움직임이 딱딱 맞았다. 이런 모습을 보면 자매 맞구나.

"와아, 신발이다! 노른 언니는 뭐야?!"

"이거 봐, 아이샤. 나는 코트야!"

두 사람은 선물 내용물을 보고 기쁜 듯이 웃었다. 저만큼 기뻐해 준다면 고른 쪽도 만족하지.

"두 사람 다 좋은 걸 받았군요."

조금 떨어진 장소에서 미소 짓던 리랴와 제니스도 다가왔다.

"아, 엄마! 이거 봐!"

노른은 제니스에게 코트를 펼쳐서 보여주었다.

물론 반응은 없었다. 내게는 그게 아쉽기 짝이 없었다.

제니스는 이럴 때에 떠드는 타입이었다. 내가 다섯 살 때 아주 신이 나서 '어때? 내가 루디의 취미를 제일 잘 알지?'라고 말하는 듯한 얼굴로 책을 선물해 주었다.

혹시 그녀가 평소와 같았으면 노른과 함께 어린애처럼 시끄럽게 떠들었겠지.

지금 제니스의 무표정은 내가 보기엔 슬프다.

그녀가 제정신을 되찾고 파울로의 죽음을 알면 슬픈 얼굴밖에 할 수 없을지도 모른다.

하지만, 그래도, 아무런 표정도 짓지 않는 모습에는 가슴이 아파온다.

그렇게 생각한 다음 순간….

—— 제니스가 미소 지었다.

"…어."

제니스의 표정은 금세 사라졌다. 한순간이었다. 나밖에 못 보았을지도 모른다.

"지금, 웃었어?"

아니다. 모두가 보았다.

리랴도, 아이샤도, 실피도, 록시도, 놀란 얼굴로 제니스를 보았다.

"…엄마."

그 미소 앞에서 노른은 눈을 동그렇게 뜨고, 울 것 같은 얼굴로 제니스를 보았다.

"……."

제니스는 노른과 아이샤의 머리를 순서대로 쓰다듬었다.

그 모습은 평소보다 다정했다. 딸의 성장을 기뻐하는 것이다.

"마님… 다행이군요…."

리랴가 조용히 제니스의 어깨를 껴안았다. 좀처럼 볼 수 없는, 리랴의 울음 섞인 미소였다.

제니스는 멍한 표정으로 리랴의 손을 쓸었다.

리랴는 울음을 참듯이 입술을 깨물었다.

"이건 나와 마님이 주는 것입니다."

리랴는 제니스를 앉힌 뒤에 다시 두 사람에게 선물을 주었다.

아름다운 꽃무늬가 들어간 손수건이었다. 두 개가 똑같았다.

"감사합니다, 리랴 씨."

노른은 순순히 받았지만, 아이샤는 주저했다.

같은 것을 받는 것에 다소 위화감이 있었을지도 모른다.

"어어, 엄마, 나도 받아도 돼?"

"예, 물론이에요. 당신도 파울로 님의 딸이니까요."

어떤 심경의 변화일까.

리랴는 아이샤에게 어디까지나 메이드로 있으라고 거듭 말했을 텐데.

"물론 앞으로도 노른 님과 루데우스 님을 존중해야만 하겠죠?"

"…예, 엄마."

뭐, 리랴는 역시 리랴였다고 할까. 하지만 입으로는 그렇게 말했지만, 최근에는 말씀씀이든 뭐든 아이샤를 엄하게 가르치는 모습을 본 적이 없다.

그녀는 그녀대로 여러모로 생각하는 바가 있겠지.

리랴가 자리로 돌아가자, 제니스가 리랴의 어깨에 손을 얹었다.

"마님…."

"……."

리랴는 자기 어깨에 얹힌 손을 붙잡고 조용히 고개 숙였다.

"감사합니다."

두 사람 사이에 귀에 들리지 않는 대화 같은 것이 오간 것처럼도 보였다.

록시가 그 모습을 감개무량하게 보고 있는 게 인상적이었다.

"응?"

록시를 보는데 뒤에서 누가 소매를 잡아당겼다.

누군가 싶어서 돌아보니 실피였다. 그녀는 방금 전에 여동생들에게 준 것과는 또 다른 상자를 들고 있었다. 그렇지. 잊어선 안 되지.

"록시."

록시가 돌아보았다. 그녀는 나와 상자를 든 실피를 보고 고개를 갸웃거렸다.

"뭔, 가요?"

실피는 그녀에게 말했다.

"자, 이거. 우리가 록시에게 주는 것."

"어, 예? 아니, 무슨?"

"결혼 축하야. 록시, 루디와의 결혼 축하해!"

실피는 그렇게 말하고 상자를 록시에게 건넸다.

"자, 열어 봐."

그 말에 따라 록시는 상자를 열고. 안에서 나온 모자를 본 후 눈을 동그랗게 떴다.

"저기, 실피, 루디. 이건?"

"록시. 우리도 제니스 씨와 리랴 씨처럼 되자."

그렇게 말하며 웃는 실피는 천사 같았다.

록시는 그 미소를 보고 입술을 깨물며 살짝 고개 숙이더니 모자를 품에 안고 기어들어가는 목소리로 말했다.

"고맙, 습니다. 실피…."

록시의 눈에는 눈물이 빛나고 있었다.

나중에 들은 이야기인데, 록시는 이때 처음으로 실피에게 인정을 받았다고 실감했다는 모양이다.

그 뒤에 파티는 순조롭게 진행되었다.

일단 케이크가 나왔다. 부드럽게 구워낸 스폰지케이크 같은 것으로, 크림은 쓰지 않았다. 안에는 말린 과일이 듬뿍 들어 있었다. 생지는 씁쓸하지만, 과일의 단맛이 그것을 메워 주었다. 이전에 아슬라 왕국에서 먹어본 적이 있었다. 부에나 마을에서 다섯 살 생일 때도 먹었고, 분명히 열 살 생일 때도 나왔던 것 같다.

옛날 생각이 나네. 에리스는 건강히 지내고 있을까. 녀석은 어딜 가도 씩씩하겠지만. 나처럼 결혼이라든가… 안 했을까. 에리스와 어울릴 수 있는 녀석이 있으면 존경하겠어.

케이크에 대해 리랴에게 물어보았더니 아슬라 왕국의 전통적인 것이라고 했다.

축하할 일이 있는 날에 먹는다나 본데, 파울로가 싫어해서 별로 만들지 않았다나 보다.

음식을 가리다니 파울로답긴 하다.

실피도 이번에 만드는 방법을 배웠다니까 다음부터는 만들어 줄 모양이다.

노른도 맛있게 먹었고, 나도 싫어하는 맛은 아니다.

물론 아이샤는 별로 마음에 안 드는지 과일을 피하면서 먹으려고 했다.

그걸 보고 리랴가 편식하지 말고 먹으라고 화를 내면서도 '남편 생각이 나네요.'라는 말을 하며 웃었다.

아이샤가 '오빠, 이거 먹어줘.'라고 말하며 매달리기에 단것

이라면 눈이 돌아가는 록시를 부추겨 보았다.

두 사람이 서로 입을 벌리고 먹여주는 것을 보면 분명 재미있겠지.

그런 가벼운 마음이었는데, 록시는 뭔가 착각한 걸까.

“아이샤. 당신은 좋은 환경에 있으니까 모르는 걸지도 모릅니다. 굶주렸을 때에는 독전갈이라도 먹어야만 하는 때가 있습니다.”

“어어, 예.”

설교가 시작되었다.

과거에 길레느도 비슷한 말을 했는데, 모험가는 다들 그런 걸까.

나도 마대륙을 여행할 때에 맛없는 식사를 견뎠던 시기가 있지만, 독이 있는 마물은 먹지 않았던 것 같다.

나도 운이 좋았던 걸까.

“이렇게 달고 맛있는 것을 남겨선 안 됩니다. 먹으세요.”

“예.”

그렇게 험악할 정도는 아니었지만 상당히 설득력이 있어서, 어쩐 일로 아이샤가 잔뜩 긴장했다.

그리고 묵묵히 케이크를 먹기 시작했다. 생각해 보면 아이샤가 얌전히 말에 따르는 모습을 보는 건 처음일지도 모르겠다. 아니 내 말은 잘 듣지만.

하지만 생각해 보면 편식을 없애는 것은 중요하다.

설령 그게 케이크라고 해도.

나는 착각할 뻔했다. 역시나 록시다.

"배가 불러서 도저히 더 못 먹겠다면 제가 먹어주겠지만요."

참고로 록시의 케이크는 이미 없었다. 응, 역시나 록시다.

"배불러서 못 먹겠습니다."

아이샤의 대답은 바로 튀어나왔다. 록시가 설교를 재개할 만큼 빨랐다.

"안 됩니다! 먹으세요!"

실피도 나도 아이샤를 별로 야단치지 않고, 내가 그러는 탓인지 리랴도 별로 그러지 않은 것 같다.

아이샤는 똑똑하다고 해도 아직 열한 살이다. 꾸짖어줄 상대는 필요할지도 모른다.

록시와 여동생들의 사이도 좋아졌다. 언제부턴가 노른과 아이샤도 싸우지 않게 되었다.

제니스도 순조롭게 좋아지는 게 확인되었다. 가족들의 유대는 보다 깊어졌다.

파티는 성공이다. 역시 연회는 좋다.

노른과 아이샤. 두 사람이 열다섯 살이 되었을 때에도 성대하게 축하해 주자.

—— 학교의 소문 9 '대장은 낚시를 못한다' ——

제10화 수라장, 또다시?

계절은 바뀌어서 창문 밖에는 눈이 내리기 시작했다.

여기 라노아 왕국도 이제 곧 겨울이 된다.

이 동네의 겨울은 길고 춥고 물동량이 적다. 일부 가정에서는 지금부터 월동 준비를 해두지 않으면 동사할 가능성도 있다.

우리 집은 비교적 유복하니까 괜찮지만, 그래도 만에 하나의 경우에 대비하여 뒷마당에는 장작을 잔뜩 쌓아두고 지하창고에는 보존식량을 비축했다.

겨울 준비는 만반. 이제 겨울답게 집에 틀어박혀서 두 아내와 러브러브할 뿐이다.

그런 시기였다… 그녀와 재회한 것은.

"루디. 저와 실피가 내일부터 일로 좀 나갔다 올 텐데 같이 가지 않겠습니까?"

어느 날 록시가 그런 말을 꺼냈다.

아침식사 자리에서의 일이었다.

"그건 수업참관이라는 의미로?"

무심코 그렇게 묻자, 록시는 무슨 소린지 모르겠다는 얼굴로 내 얼굴을 바라보았다.

학교에서의 멋진 모습을 내게 보여주는 건가 싶었는데, 아무래도 그게 아니었던 모양이다.

"아뇨, 단순한 일입니다. 보너스는 받을 수 있겠지만요."

"일?"

"예…. 아무래도 라노아의 왕족이 참배 여행을 나간다고 해서—"

자세히 들어보니, 라노아의 왕족이 가는 참배 여행과 관계가 있다는 모양이다.

라노아의 왕족은 성인이 되기 직전에 시련이라는 이름으로 여행을 떠날 의무가 있다.

여행이라고 해도 국내의 정해진 장소를 반년 정도에 걸쳐 도는 정도다.

하지만 시련이라고 말하는 만큼 호위는 적고, 스스로 준비해야만 한다.

직접 사람을 보고 고용해서 자기 발로 국내를 걸으며 자기 눈으로 보며 현황을 안다.

그러는 것으로 보다 좋은 왕족이 되려고 한다…는 것이 라노아 왕국 명물 '성인의 참배'다.

그렇다고 해도 명물이라고 할 정도니까 각 도시의 시장들은 왕족이 여행을 떠나는 것을 알고 있다.

그 정도가 아니라 왕자나 왕녀의 나이를 섬세하게 체크하고,

언제 참배 여행을 떠날지 잘 조사한다.

마치 스토커 같지만, 자기 동네에서 문제가 터져서 왕족이 크게 다치기라도 하면 아무리 신분을 감춘 시련 도중이라고 해도 나라에 안 좋게 찍힐 테니까.

각 도시의 시장으로서는 백 명 단위의 호위를 붙여서 지켜주고 싶겠지. 하지만 어디까지나 신분을 감추고 치르는 시련이니까 그렇게 할 수도 없다.

하지만 왕족 쪽에서 요청이 있었다면 이야기는 또 다르다.

이번에는 왕족의 호위를 맡는 모험가 파티의 마술사와 치유술사가 동시에 병에 걸려서 요양에 들어갔다. 병이 나을 때까지 그리 오래 걸리는 것도 아니지만, 이제 곧 겨울이다. 이 부근은 겨울에 접어들면 이동할 수 없어지기 때문에, 그 전에 순례를 마치고 수도로 돌아가야만 한다.

그리고 그 왕족이 어디서 발이 묶였냐 하면 바로 여기, 마법도시 샤리아다.

그런고로 왕족은 마법도시 샤리아에 호위를 몇 명 요청했다.

그 요청을 받아들여 마법도시 샤리아의 시장, 마법대학, 마술 길드는 누구를 호위로 보낼지 협의. 그 결과 어떤 인물이 추천을 받았다.

모험가 출신이라서 여행에 익숙하며 실전적인 공격 마술을 쓰면서, 교사로서는 신참이라서 일이 많지 않은 인물.

그래, 록시다. 그녀가 호위로 적임이라는 결론에 도달했다.

실력을 감안하면 당연한 결과라고 할 수 있겠지.

"…어라? 하지만 왜 그런 이야기에서 실피도?"

"아리엘 님이 꼭 그 왕족 분과 연줄을 만들고 싶다면서."

그리고 거기에 편승한 것이 아리엘이었다.

튼튼한 정보망을 가진 아리엘은 이때다 싶어서 왕족에게 접근했다. 세심하게 연줄을 만들어두려는 것이겠지.

"그런가. 그렇게 해서 실피와 록시가 왕족 일행의 호위를 맡는단 말이지."

"예. 그리고 루크 씨도 말이지요."

그는 호위받는 쪽 아닌가? 라고 생각했지만 소리 내서 말하진 말자.

"실피도 같이 간다면 문제없겠지만, 아리엘 전하에 라노아의 왕족, 호위 대상이 두 명이나 있고, 순례할 사당은 숲속에 있다는 모양이고…. 저도 여차할 때에 실수를 하는 타입이니, 조금 불안하다고 할까요…."

"그렇게 스스로를 비하하지 않아도…."

"그래서 일을 확실히 성공시키기 위해선 어떻게 해야 할까 실피와 의논했습니다만, 루디에게 힘을 빌리는 편이 좋지 않을까 하는 이야기가 나왔습니다. 지금 이 도시에서 제일가는 마술사라면 루디니까요…."

내가 제일인지 아닌지는 넘어가고, 록시의 불안도 알겠다.

아리엘과 라노아 왕족.

그런 두 사람을 지키는 것이 라노아 기사가 한 명, 실피, 루크.

그리고 감기로 두 명 줄어들어서, 현재로서는 도움이 될지 알 수 없는 모험가다.

실력을 파악하고 있고 믿을 만한 동료가 실피뿐…. 아니, 록시는 실피의 실력을 자세히 아는 것도 아닌가. 아무래도 불안하겠군.

"다들 집을 비워도 루시가 괜찮을까?"

"괜찮아. 스잔느 씨도 있고, 리랴 씨에게 맡겨도 괜찮을 거야."

그렇게 말한 것은 옆에서 듣고 있던 실피였다.

뭐, 리랴나 아이샤가 있으면 내가 있더라도 딱히 뭘 할 수 있는 것도 아닌가.

중요한 것은 실피다.

그럼 내가 남는 것보다도 내가 호위에 참가해서 얼른 끝내고 돌아오는 편이 낫다.

"알았어. 그럼 갈까."

그렇게 나는 그 제안을 받아들였다.

이것도 교사의 일. 록시가 공을 세우면 승진할 가능성도 있을 테니까.

다음날. 나는 록시와 함께 마법도시 샤리아에 있는 S급 모험가용 숙소를 방문했다.

이전에 록시와 실피와 함께 갔던 숙소보다도 더 비싼 곳이다.

말로는 시련이라고 하면서 이렇게 호화로운 숙소에 묵는다.

역시 왕족은 왕족이라는 걸까.

"어머, 아슬라 왕국에서도 성 안에 정원을 만듭니까?"

"예, 그렇다면 라노아 왕국에서도?"

"예! 그런 건 어디나 똑같네요! 우후후, 재미있어요!"

나와 록시가 도착했을 때에는 이미 아리엘 일행이 숙소에서 왕족 분과 차를 마시고 있었다.

아리엘의 앞에 앉은 것은 열두 살 정도의 소녀였다. 성인이 되기 직전에 여행을 나선다고 했으니까 아마도 열다섯일 텐데 나이보다 조금 어리게 보였다.

그런 두 사람의 뒤에 선 것은 루크, 그리고 일할 때의 씩씩한 실피.

그리고 아마도 왕녀의 호위인 듯한 나이가 다소 많은 여기사였다.

"너희는 뭐냐? 이름을 대라."

그녀는 우리의 모습을 보자 곧바로 두 사람의 앞에 서서 뚫어져라 우리를 바라보았다.

"처음 뵙겠습니다, 록시 M 그레이랫이라고 합니다. 오늘은 왕녀님의 호위 임무를 맡기 위해 찾아뵈었습니다. 잘 부탁드립니다."

"루데우스 그레이랫입니다. 함께 잘 부탁드립니다."

"아하, 너희인가…. 이야기는 들었다. 나는 기사 그레이스다.

오늘은 잘 부탁한다."

여기사는 록시를 보고 할 말이 있는 얼굴을 했지만, 딱히 별다른 말 없이 그렇게만 말하고 물러났다.

록시의 모습을 보고 '너무나도 어리다. 이런 게 마법대학이 추천한 호위인가?'라고 생각했겠지.

말로 하지 않은 것은 그녀의 커뮤니케이션 능력이 뛰어나기 때문일까.

아니, 아리엘이 뭔가 으스스한 미소를 짓고 있는 걸 보면, 그녀가 사전에 말을 해두었겠지.

위험하군, 위험해. 이런 데서 록시가 어린애네 미덥지 않네 교사(웃음)네 하는 소리를 들으면 나의 루디포가 불을 뿜을 뻔했을 것이다. 그렇게 되면 록시의 승진 찬스는 물거품이다.

"모험가 분들도 더 있다고 들었습니다만?"

"지금 잠깐 여행 준비를 위해 나갔다. 잠시 여기서 대기해라."

"예."

나는 비어 있는 의자에 앉으려고 했지만, 록시는 실피 등과 나란히 섰다. 여기사도 방금 전의 위치로 되돌아가서 떡 버티고 섰다.

아무래도 이 자리에 앉아도 되는 건 왕녀급뿐인 모양이다. 나도 서 있기로 하자.

"아리엘 님은 여기에 오신 지 얼마나 되셨나요?"

"그렇군요. 여행 기간을 제외하면 이제 곧 6년. 이미 여기가 제2의 고향이라고 할 수 있겠죠.”

“아… 하지만 6년이라면 내년에 졸업…. 이제 곧 돌아가시게 되겠네요. 모처럼 알게 되었는데….”

“지금 헤어져도 라노아 왕국과의 국교가 이루어지면 언젠가 만날 수도 있겠죠.”

그렇긴 해도. 왕녀님, 꽤나 예쁘네.

라노아 왕족은 미남미녀가 많다는 소문을 어디서 들은 적이 있지만, 진짜인 모양이다.

아리엘과 나란히 있어도 별로 손색이 없다. 아리엘 쪽이 위라는 건 확실하지만.

하지만 아리엘도 참 잽싸군. 벌써 완전히 친한 느낌이잖아.

“몇 번 말하게 하는 거야!”

두 사람의 대화를 들으면서 멍하니 기다리자, 입구 쪽에서 그런 소리가 들려왔다.

“이제 좀 이해하라고!”

“이해?! 예전 일 잊었어?! 바보들이 멍청한 짓만 하는 바람에 티나랑 메라니가 죽을 뻔했어! 나는 절대로 반대!”

“어쩔 수 없잖아. 그런 의뢰니까”

“어쩔 수 없긴 뭐가! 괜찮아? 어디의 말뼈다귀인지 모르는 놈한테 등을 맡길 수 있어?”

“나도 그러고 싶진 않아.”

무슨 말다툼을 벌이면서 들어온 것은 여행자 차림의 여자,

여자, 여자. 죄다 여자다.

선두에 선 것은 근골 우람하니 덩치 좋은 여자. 길레느 생각이 나긴 하지만, 그녀보다도 더 굵직굵직하다. 바위 같다. 이어서 어두운 갈색 머리를 올백으로 넘기고 이마에 십자 모양 흉터를 가진 여자. 행동거지가 날카롭고, 침침한 눈이 역전의 용사란 느낌이다.

두 사람 다 나이는 서른 살 정도일까.

허리에 검을 찬 것을 보면 이 두 사람이 전위 멤버겠지.

두 사람도 험악해 보이고 행동거지도 날카롭다. 충분한 실력을 가진 전사란 느낌이다.

왕녀의 호위를 맡을 만한 실력이겠지.

참고로 언쟁을 벌이는 건 이 두 사람이 아니었다. 이어서 들어온 두 사람이었다.

"그렇지?! 이상한 놈들이 끼어들 거면 그냥 우리들끼리만 하는 게 낫다니까!"

목청을 높이며 들어온 것은 화난 얼굴의 젊은 여자. 나이는 열다섯 살 정도일까.

처음 두 사람과 비교하면 풋내기다.

그렇긴 해도 역전의 파티에 속해 있는 걸 보면 상응하는 실력을 가졌겠지.

지팡이를 든 것을 보면 마술사나 치유 술사, 아니면 양쪽 다일까.

"너 하나에게 후위를 맡길 만큼 나는 내 실력을 과신하지 않을 생각이야…."

그리고 마지막 한 명.

"그보다 너도 실력 있단 소리를 듣고 싶거든 어떤 상대에게든 맞춰서 움직일 수 있게 되어야 해. 모험가는 계속 같은 상대랑 파티를 짤 수 있는 게 아니니까."

이쪽도 여자였다. 그녀는 모험가치고 보기 드물게도 활을 들고 있었다.

검이나 마술과 비교하면 살상력이 낮은 활은 모험가의 주무기로 사랑받기 어렵다.

나는 몇 년 동안 모험가 생활을 했지만, 활잡이는 한 명밖에 못 봤다.

"아."

아마도 이 근처에는 한 명밖에 없겠지.

당연히 들어온 여자의 얼굴을 나는 알고 있었다.

그녀는 방에 들어와서 나를 보자, 놀란 얼굴을 하며 움직임을 멈추었다.

"…너였어?"

혼잣말 같은 건 나를 향한 말이 아니었겠지. 아마도 스스로를 향한 말이었다.

움직임을 멈춘 여자에게 화난 얼굴을 하던 소녀가 의아한 표정으로 말을 걸었다.

"누구? 사라랑 아는 사이?"

"…음, 조금."

과거에 나와 연인이 될 뻔했던 여자가 거기에 있었다.

사라.

그녀를 잊을 수는 없겠지.

내가 에리스와 헤어진 직후에 만난 모험가 파티 '카운터 애로우'의 최연소 멤버이자 활잡이. 행동이 거칠고 기가 세지만, 머리는 그리 나쁘지 않은 여자.

나는 '카운터 애로우'에 소속되었던 스잔느의 눈에 들어서, 몇 번이나 그들과 함께 의뢰를 받았다. 마물들을 토벌하러 가거나 인마대전 때 만들어진 지하요새 안에서 스노우 드레이크의 비늘을 모으고. 그 외에도 많은 일이 있었다.

그리고 그런 일 속에서 사라는 내게 반했다.

반했다… 그렇게 생각한다.

반대로 내 마음이 어땠냐 하면, 잘 모르겠다.

그걸 확인하기 전에 관계가 진전되고, ED가 발각되고, 마음이 거칠어져서 술을 퍼마시고, 창관에서 놀고, 신이 나서 사라의 험담을 쏟아내던 판에 그게 사라의 귀에 들어가서 멋지게 차였으니까.

나는 마음에 큰 상처를 입었다. 아마 그녀도 그랬겠지.
하지만 옛날 일이다. 나는 그녀와 인연을 끊었고, 전혀 다른 길을 걷기 시작했다.
이미 끝난 일, 그녀와는 두 번 다시 만날 일도 없다.
…그렇게 생각했는데, 이런 일도 있군.
과거에 사귀었던 여자와 일을 함께 하게 되다니.
하지만 일은 일. 과거 이야기는 묻어 버리고, 담담히 일이나 하고 싶다.
애초에 이제 와서 당시 이야기를 꺼내는 건 잘못이다.
"그럼 공주님 일행이 돌아오기 전에 식사를 준비할게!"
그 뒤에 우리는 파티를 짜서 근처 숲에 있는 순례의 사당으로 이동했다.
"흐음. 이거, 이거. 음, 이번엔 낙승이었어."
"전이미궁을 답파한 마법대학의 교사, 소문은 사실이었나 보군."
"내가 잘못 생각했습니다! 처음에 얕봐서… 공격 마술과 치유 마술의 의식 배분에 관한 이야기, 진짜로 감복했습니다! 그런 식으로 확실한 이론을 가지고 실천할 수 있는 사람이 있으리라고는 생각도 해 보지 않아서!"
내 노력이 성과를 거둔 걸까, 임무 도중에 분위기가 어색해지는 일도 없이 잘 풀렸다.
더 없을 정도로 잘 풀렸다.

여자들로만 구성된 S급 모험가 파티 '아마조네스 에이스', 그녀들은 처음에 록시를 외모만으로 판단하고 꺼렸다. '어라, 애 괜찮은 거야?'라는 느낌으로 수상쩍게 여겼다.

최연소인 아이는 아예 대놓고 '이런 애랑 같이 하기 싫어.'라고 말했다.

하지만 그 평가는 도시를 나선 직후, 마물과의 몇 차례 전투를 거치면서 180도 바뀌었다.

록시는 급조된 파티임에도 불구하고 후위로서의 일을 완벽하게 수행하였다.

완벽한 타이밍으로 공격 마술을, 완벽한 타이밍으로 치유 마술을.

혼자서 미궁을 답파한 경험도 있는 록시의 기량은 어지간한 마술사를 훨씬 능가했다.

그리고 아무래도 그 역량은 병으로 쓰러졌다는 두 사람을 합친 것보다도 위인 모양이다.

방금 전부터 '아마조네스 에이스' 멤버들이 록시에게 보내는 칭찬은 내가 무심코 가슴을 펴고 의기양양한 얼굴로 '저게 내 스승님입니다'라고 말하고 싶어질 정도다.

"저기, 루데——"

"아, 내가 식사를 준비하겠습니다! 전투에서는 도움이 안 되었으니까! 맡겨주세요! 이래 보여도 요리는 잘합니다!"

"……."

그 대가로 사라를 피하는 느낌이 되었지만… 어쩔 수 없다.

식사를 준비하는 도중에도 사라가 이상하게 노려보았지만, 대화를 하기에 적절하지 않은 분위기라는 게 자명하니 어쩔 수 없다.

어쩔 수 없으니 어쩔 수 없다.

이렇게까지 잘 풀린 것은 내가 분위기를 정상으로 지킨 결과라고 할 수 있겠지. 앞으로는 루데우스 분위기 조절기라고 불러주었으면 싶다.

아니, 물론 알고 있다. 내 영향 같은 건 미미하겠지. '아마조네스 에이스'의 멤버들이 우수하고, 록시와 손발이 잘 맞는 형태로 시너지를 일으켰다는 게 가장 큰 요인이겠지.

결국 나나 실피가 나설 필요도 없이, 순례의 사당에 도착했다.

왕녀님은 현재 전속 기사와 함께 사당 안에 들어가서 기도를 올리고 있다.

그게 끝나면 돌아갈 뿐, 임무 완료. 록시의 평가는 급등하고, 마법대학에서의 평판도 쑥 올라가서 학년주임으로 임명되는 날도 멀지 않겠지.

"……."

"……."

그리고 말할 것도 없이 사라는 뚱한 기색이다.

그녀는 현재 말없이 계속 나를 노려보고 있다.

그도 그렇겠지. 계속 무시당하고 있으니까 뚱해질 만하지. 하지만 예전 이야기를 꺼내는 편이 분위기를 더 해칠걸.
옆에 앉은 실피에게 도움을 받고 싶었지만, 그녀도 그녀대로 말이 없었다.
뿐만 아니라 기분 탓인지 그녀도 나를 노려보는 것 같았다.
지켜주려고 하는 걸지도 모르고, 내 바람기를 경계하는 걸지도 모르겠다.
어쩌면 사라를 계속 무시하는 내게 뭔가 하고 싶은 말이 있을지도 모른다.
어찌 되었든, 실피도 말없이 있으니까 이 자리는 그야말로 블랙홀 같은 초중력공간이 되었다. 마음은 정말 최악으로 불편하다.
"…루디, 하다못해 말이라도 좀 해 보지?"
그때 실피가 내게만 들리도록 소곤거렸다.
아니, 나도 가볍게 사라와 대화할 수 있으면 좋겠다고 생각은 하는데.
사라가 가벼운 느낌으로 말을 걸어 주었으니, 나도 예전 일을 물에 흘려버리고 가볍게, 그래, 가볍게 말이야.
하지만 예전 일을 떠올리면 역시 가볍게 갈 순 없다.
하다못해 실피와 록시에게 사라를 소개하는 게 나았겠다 싶지만, 사라는 내게 말을 붙이려던 것을 포기하고 침묵했다.
이렇게 되기 전에 어떻게든 해야 했겠지만, 실패했군.

'으음….'

뭔가 말을 붙이는 편이 좋다.

잘 생각해 보니, 완전히 무시할 필요는 없다. 사라도 화가 나겠지.

하다못해 사무적인 대화 정도는 하는 편이 좋았을지도 모른다.

그렇긴 해도 이제 와서 내가 말을 붙이기도 어렵다.

나에게는 꺼낼 만한 화제도 없다.

내가 말을 붙일 만한 화제는 당시의 일을 꺼내는 정도밖에 떠오르지 않는다. 그렇게 되면 예전 일이 다시 불거져서 나와 사라, 양쪽 모두 기분이 언짢아지겠지. 그런 미래밖에 보이지 않는다. 이야기의 흐름에 따라서는 옆에 앉은 실피도 언짢아질지 모른다.

역시 입을 다물고 있는 게 그나마 낫다.

분위기를 망가뜨린 것에 대해서는 일이 다 끝날 때 사죄하도록 하자.

록시의 승진을 위해서 여기선 인내해 보자.

"록시 씨, 이 일이 끝나서든 여행을 떠나기 전까지 마술을 가르쳐 주실 수 있을까요?"

"괜찮습니다."

"저기, 록시 씨, 언니라고 불러도 되나요?"

"예? 아니, 그건, 뭐, 상관없습니다만."

"와아! 언니!"

아아, 록시 쪽과의 온도차가 심하다.

나도 저쪽에 섞이고 싶다. 나도 록시에게서 오라버니 소리를 듣고 싶다. 좋아, 돌아가거든 그런 플레이를 요구해 볼까… 하지만 화낼 것 같다. 록시는 자기가 작은 걸 신경 쓰고.

"…하아~ 왠지 목이 마르군요."

그때 아리엘이 들으란 듯이 말했다.

목이 마르면 물이라도 마시면 될 텐데, 그런 마음으로 그녀 쪽을 보니 아리엘은 나를 보고 있었다.

"오는 도중에 노란색 열매가 맺혀 있었지요. 이런 이야기를 꺼내서 미안하지만, 그걸 먹고 싶네요. 따다 줄 수 없을까요?"

아리엘은 그렇게 말하고 사라를 보았다.

사라는 '나한테 말하는 거야?'라는 의아한 표정을 하였지만, 곧 체념한 것처럼 일어섰다.

"알았어. 따올게."

"숲속을 혼자 가는 건 좋지 않지요. 루데우스 씨, 피츠, 따라가도록 하세요."

이건 혹시 아리엘이 마음을 써주었다는 걸까.

무거운 분위기는 내키지 않으니까 여길 떠나서 얼른 이야기하고 오라는 걸까.

"아니, 루디만으로 충분하지 않을까요. 저는 아리엘 님의 곁에 있겠습니다."

생각에 잠겨 있는데 실피가 그렇게 말했다.

"그 혼자서 괜찮을까요?"

"괜찮습니다. 그라면 도망치지 않습니다."

도망친다. 음, 그런가. 나는 도망치고 있었나. 사라에게서, 그 날 일에게서.

하지만 나는 더 이상 도망칠 이유가 없다. 내게는 실피가 있고, 록시도 있다. ED도 나았다. 자식도 생겼다.

"예."

그럼 계속해서 도망치면 안 되겠지.

그리고 나는 사라를 따라가서 노란색 열매가 있는 곳까지 이동했다.

둘이서 지면 근처에 난 노란색 열매를 채취했다.

뭐, 일단 이야기를 꺼내자. 실피가 모처럼 보내주었으니까.

마음을 고쳐먹고 가자.

모처럼 오랜만에 만난 지인이다. 이대로 입 꾹 닫고 일을 끝내고 헤어지는 건 너무 쓸쓸하지 않나, 그런 마음으로 가자.

"모험가를 계속했구나."

첫 말은 그런 느낌이었다.

"그거, 무슨 의미야?"

조금 거센 어조의 말이 돌아왔다.

여기서 움츠러들면 안 된다.

진정해, 나는 딱히 사라가 모험가 생활을 계속할 수 없다고 생각했던 게 아니고, 사라도 그런 착각을 하는 게 아냐. 원래 그렇다. 그녀는 애초부터 이런 식이었다.

"카운터 애로우가 해산하고, 스잔느와 티모시는 결혼해서 모험가를 그만뒀잖아? 다른 두 사람은 어떻게 되었나 싶어서… 패트리스는?"

"패트리스는 나랑은 다른 파티에 들어갔어. 그 뒤로 어떻게 되었는지는 몰라. 몸이 성하다면 아직도 모험가로 있겠지."

패트리스는 사라나 스잔느가 소속된 '카운터 애로우'의 전사였다.

시원시원한 녀석이었다는 정도밖에 기억나지 않지만.

"사라는 어땠어?"

"나는 여기저기 파티를 전전했어. A급이 된 것과 비슷한 타이밍에 지금 파티에게 제의를 받았고, 그 이후로 계속."

여자들만으로 구성된 파티 '아마조네스 에이스'.

돌이켜보면 다 미인이었지. 거칠긴 해도 얼굴은 단정한 리더에, 얼굴에 상처가 있지만 미인인 서브리더. 최연소인 듯한 애는 조금 건방지지만 귀여운 쪽이었다.

실피나 록시에게는 못 미치지만.

"여자로만 구성된 모험가 파티는 처음 봤어."

"낮은 랭크에서는 제법 많은 모양이지만… C급 이상이 되면 성별보다 실력이 우선이니까 그리 많지 않으려나."

"헤에…."

마대륙에서는 성별로 파티를 나누는 일이 없었던 것 같은데, 하지만 거기는 다른가. 랭크가 낮더라도 마물은 D급 이상이고.

"나도 직접 들어간 건 처음이었지만, 여자들뿐이면 이점도 많아. 이번처럼 의뢰인이 눈여겨봐주는 경우도 있고."

"왕녀의 호위면 여자들로만 구성된 파티가 적임일 테니."

그야 왕녀와 여기사가 여행하는데 호위로 땀내 나는 남자들이 붙는 것도 위험하겠지.

모험가는 한 꺼풀만 벗기면 불한당이다. 무슨 일이 일어날지 모른다.

커다란 클랜 정도 되면 그런 문제도 적어지겠지만, 역시 여자들만 있으면 마음도 한층 더 편하겠지. 뭐, 여자들이라고 해서 여자한테 잘해 준다고 볼 순 없지만.

"아무튼 마음 편해. 연애 때문에 문제가 생기지도 않고."

그 말에 무심코 쓴웃음이 나왔다.

혹시 내가 정식으로 카운터 애로우에 가입했다가 사라와 연애 문제가 터졌으면 더 일이 심각했겠지.

그 말을 듣고 머릿속에 떠오른 것은 아마조네스 에이스의 최연소인 아이였다.

그녀는 쉴 때마다 기회를 봐서 파티 리더나 서브리더에게 언니 소리를 하면서 안겨들었다. 록시가 유능하다는 것을 알자 그녀에게도 찰싹 붙어 있었고, 틈만 나면 몇 번이나 안기려고 했다. 그때마다 내 쪽을 보고 혀를 날름거린 것이 기억난다.

"…정말로 연애 문제가 없어?"

"어? 아, 그 애 말이구나…. 뭐, 그런 애도 있긴 하지만, 여자들만 있으면 아이가 생기지도 않으니까. 의외로 사이좋게 지낼 수 있어."

사라는 어깨를 으쓱이며 그렇게 말했다.

그런가, 친하게 지낼 수 있나. 그럼 됐지.

그녀와는 씁쓸한 추억을 가지고 있지만, 딱히 불행해지길 바라는 것도 아니다.

모두가 즐겁고 건강하게 살아간다면 그보다 나은 건 없다. 응.

"너야말로 어떻게 지내?"

"어떻게…라니?"

"결혼하고 자식도 생겼고, 아내 둘과 매일 잘 지낸다고 들었어."

"누구한테?"

"스잔느. 저번에 편지가 와서…."

그 어조에 조금이나마 책망하는 듯한 기운이 포함된 것을 느꼈다.

그야 그렇지. 그녀와 결별한 것은 내가 불능이라서 그녀를 안을 수 없었던 탓이다.

그런데 다른 여자… 그것도 두 명과 결혼해서 매일 잘 지내고 있다면 사라로서는 기분이 좋을 리가 없다.

그 근본에는 내게 ED가 발병한 탓도 있지만, 사라는 그것을 알고 있을까.

스잔느에게는 일부러 말하지 않았던 것 같은데….

뭐, 어느 쪽이든 됐어. 원인은 ED라도, 결과적으로 나는 사라의 험담을 했고, 그게 그녀의 귀에 들어갔다. 그녀의 안에서 내 평가가 변하지 않는다면, 나는 연인이 될 뻔한 상대를 창녀와 비교한 싫은 녀석이겠지.

그런 녀석과 함께 일하게 되고, 또 이쪽을 완전히 무시한다면, 아무리 온후한 사람이라도 화가 난다.

"그건, 저기… 미안."

"사과해달라는 건 아냐!"

사라는 갑자기 그렇게 소리치더니 일어섰다.

그 얼굴은 붉고, 입은 굳게 다문 채 부들부들 떨고 있었다.

이런, 화나게 해 버렸나 보군. 역시 대화하지 않는 편이 나았을까. 아니, 이제 와서 후회해도 늦었다. 어쩐다.

"어어…."

그녀는 휙 고개를 돌리더니 내게 등을 보이고 앉았다.

나는 자극하지 않도록 천천히 일어서서 그녀의 얼굴을 들여다보았다.

그녀는 골난 얼굴로 지면을 바라보고 있었다. 하지만 그 표정은 화났다기보다는 침울해진 것처럼 보였다.

"…사라."

"루데우스."

"미안, 사과해달라는 게 아니었다지만, 사과할게. 뭐라고 할까, 너랑 헤어질 때의 그게, 아무래도 마음에 걸려서. 별로 기분 좋은 것도 아니었고. 그러니까 뭐라고 말해야 좋을지 알 수 없어서, 하지만, 무시한 건 역시 잘못했어. 미안."

"그러니까 사과해달라는 게 아니라니까…."

사라는 한숨을 내쉬면서 나를 올려다보았다.

사과해달라는 게 아니었으면 대체 뭐였을까.

아까 실피에게 물어보는 게 좋았을지도 모르겠다.

"옆에 앉아도 될까?"

"괜찮아? 아내한테 야단맞을걸."

"이 열매를 따고 돌아가면 바로 설명할 거야."

"…아, 그 애였구나."

"스잔느의 편지에는 안 적혀 있었어?"

"실피에트라는 이름만…. 설마 왕녀의 호위라는 생각은 안 하잖아."

뭐, 내 아내의 외모까지 자세히 적지는 않으려나.

"하지만 그런가, 어쩐지."

"일단 파랑머리 마족 쪽도 그래."

"어, 그쪽도…? 헤에, 흐응…."

나는 뭔가 의미심장하게 감탄하는 사라의 옆에 앉았다. 옛날에 살짝 맡은 적 있는 그리운 향기가 희미하게 풍겼다.

"사실은 말이지, 이 일이 정리되거든 너희 집에 갈 생각이었어."

잠시 침묵한 뒤, 처음 입을 연 것은 사라 쪽이었다.

"내 집에?"

"난 말이지, 계속 너한테 사과해야 한다고 생각했어."

"사과라니, 사라가, 나한테?"

"그래…. 너랑 헤어진 뒤에 네가, 그러니까, 병이었다는 걸 알았어. 그런데 나는 나만 상처 입었다고 생각하며 너를 악당으로 몰고 멋대로 화내고 욕하고… 너도 죽고 싶을 만큼 힘들었을 텐데…."

떠오르는 건 과거의 일.

술 취한 내 폭언을 듣고 격노한 사라.

나는 그걸 보고 크게 상처 입었지만, 사라 또한 상처 입었겠지.

"마법도시 샤리아에 네가 있다고 스잔느의 편지로 알았잖아. 이 일로 마법도시 샤리아에 들르니까, 잠깐 시간을 내서 너를 만나고 사과할까 했어. 솔직하게. 그때는 미안했다고."

" ."

"그런데 실제로 입을 열면 밉살스런 소리만 하고… 정말로 싫어지네."

사라는 그렇게 말하더니 무릎을 껴안고 얼굴을 묻었다.

"……미안."

사라는 기어들어가는 목소리로 그렇게 말했다.

나는 그 말을 듣고 그녀의 어깨라도 안아 줄까 생각했지만, 뭔가 아닌 것 같아서 그만두었다.

대신 내 한쪽 무릎을 껴안았다.

"…지금이니까 하는 말인데."

"?"

"난 아마 그때 너를 그렇게 좋아하지 않았던 것 같아."

"그건 또 뭐야?"

"내가 병에 걸린 원인은 마대륙에서 같이 여행했던 에리스라는 애 때문인데, 그 애에게 버림받았다고 생각했거든. 그럴 때에 사라가 호의를 보내주었으니까, 그렇게 좋아하지 않지만 아무튼 다음으로 넘어가자, 예전 일은 잊자, 그런 생각이었어. 너에 대해 그리 진지하지 않았어."

화를 내려나 싶었다.

"그러니까 사과할 것 없어."

하지만 분노를 사더라도 좋다고 생각했다.

그녀는 솔직히 말해 주었으니까, 나도 솔직히 말하면 된다고 생각했다.

하지만 사라는 화내지 않았다. 고개를 들고 놀란 얼굴로 나를 바라보았다.

"…너도 변했구나."

"그래?"

"그래, 예전의 너라면 거짓말이라도 그런 소리 안 했어."
"그렇겠지."
"이렇게 편한 어조로 말해 주지도 않았어. 가령 그렇다고 해도 더 거리를 느낄 거야."
"그런가?"
"응. 지금은 그때보다 가깝게 느껴져."
하지만 듣고 보니 분명히 나는 경어로 말하지 않았다.
이것도 심경 변화의 일종일까.
당시에는 에리스에게 버림받았다는 생각에, 주위와 충돌하지 않도록 어조에 신경을 썼다.
최대한 경어를 쓰고, 상대에게 필요 이상 다가가지 않으려고 했다.
거리를 두려고 했다. 다치고 싶지 않으니까.
하지만 지금은 그렇지 않다.
"…자신감을, 얻었거든."
"아내 때문에?"
"그래. 너랑 연인이 되려던 때, 나는 몇 년 동안 그게 안 됐어."
"……."
"그걸 헌신적으로 고쳐 준 게 실피야. 그녀는 처음이었는데, 자기 몸만이 아니라 미약까지 써서 나를 고쳐 줬어."
당시의 일을 자세히 말했다.

사라는 얼굴을 붉히면서도 열심히 들어주었다.

역시 좀 창피하군. 너무 자세히 말한 걸지도 모르겠다.

"…하지만 그렇게 해 주는 상대가 있는데도 둘째 아내를 얻었어?"

"둘째… 록시도 비슷한 일을 해 주었으니까."

록시에 대해서도 자세히 말하자, 사라는 입가를 누르면서도 흥미 깊게 들어주었다.

기분 탓인지 숨결이 가쁘게 느껴졌다.

하지만 끝까지 듣더니 조금 쓸쓸하게 말했다.

"나는… 그럴 수 없었어. 아마 당시에 그걸 알았더라도."

"……."

"내가 네 마음을 얻을 수 없었던 건 그런 탓일까."

그래, 실피도 록시도 나를 좋아해 주었다.

하지만 그 이상으로 내가 두 사람을 좋아한다. 내게 그렇게까지 해 주었으니까, 나는 두 사람을 비슷하게 좋아하게 되었다.

뭔가를 받았다는 물질적인 이유일지도 모르지만, 그걸 이유로 좋아하게 되었다는 건 변함없다.

사라나 다른 여성진과 차이가 있다면 그거겠지.

"영차!"

사라는 기운차게 일어났다.

그리고 허리에 손을 짚고 나를 내려다보았다.

"있잖아, 착각은 하지 마! 내 사랑은 그 날로 끝났어! 그야

사정도 모른 채 심한 소리를 했으니까 사과하고 싶었지만, 그것뿐! 이제 와서 예전 관계로 돌아가고 싶다고는 요만치도 생각 안 하니까!"

사라는 씩씩하게 그렇게 말하더니 휙 고개를 돌렸다.

"그러니까 너도 그렇게 미안하다는 얼굴 하지 마. 예전 동료로 평범하게 대해!"

그런 사라의 얼굴은 부끄러워하는 것 같으면서도 뭔가 후련한 것처럼 보였다.

당시의 일이 드디어 끝을 맺었다.

그렇게 생각하니 나도 내 얼굴이 풀어지는 것을 느꼈다.

그 뒤로 사라와는 평범하게 지낼 수 있었다.

느낌은 리니아나 프루세나를 대할 때와 나나호시를 대할 때의 느낌을 더해서 둘로 나눈 느낌일까.

그리고 나와의 응어리가 사라지면서 그녀도 원래 모습으로 돌아온 모양이다.

실력 좋은 궁술사로서 다른 멤버를 보조하였다.

다소 뒤에 서서 차분하게 팀 전체를 관리하는 게 지금 그녀의 역할이겠지.

시원시원한 큰언니란 느낌은 과거의 스잔느를 방불케 하지만, 그녀와는 또 다른 형태로 팀의 어린 애들을 이끌었다.
나와 만났을 무렵에는 아직 햇병아리 티가 남아 있었지만, 아랫사람이 생기면서 조금은 어른이 되었나…. 아무튼 그녀도 완연히 베테랑 모험가란 소리다.
그리고 왕녀의 순례는 무사히 끝났다.
마물이 몇 번 습격해 왔지만, 딱히 문제도 없이 대처하고 마법도시 샤리아로 돌아왔다.
임무 완료다.

왕녀 일행은 샤리아에서 하루 묵고, 나머지 두 멤버가 회복되어 돌아오자 다음날 아침에 수도로 돌아가기로 했다.
앞으로 본격적으로 눈이 내리기 전에 수도에 돌아가야만 하는 것이다.
우리는 샤리아의 성벽에서 그녀들을 배웅하기로 했다.
"아앙, 록시 언니에게 마술을 더 많이 배우고 싶어~!"
"말도 안 되는 소리 하지 마."
"아, 뭣하면 우리 파티에 들어와 주세요. 록시 언니라면 아무도 불만 없을 테니까!"
"고마운 제안입니다만, 지금 일에 만족하고 있습니다. 남편도 있고요…."
"괜찮다니까요. 남자는 잠깐 방치해도, 오랜만에 재회하면 비위를 맞춰주니까요!"

"아리사, 그 정도로 해!"

"예~"

록시는 '아마조네스 에이스'의 멤버로 권유받았지만, 완곡하게 거절했다.

혹시 여기서 '가겠습니다!'라고 말했다면 내가 울면서 매달리며 가지 말라고 소리쳤겠지.

꼴사납더라도 좋아. 나한테는 록시가 필요하니까.

"그럼 루데우스. 잘 있어."

사라와도 헤어졌다.

처음에는 안 오는 게 좋았다고 생각하기도 했지만, 지금은 오길 잘했다고 생각한다.

그녀와는 역시 한 차례 이야기를 나누어야 했겠지.

"그래, 건강해."

"그쪽이야말로. 아내를 울리면 안 돼."

"주의할게."

"두 사람 다 사이도 좋은 모양이지만, 비교하면 안 되니까. 특히나 한쪽을 칭찬하기 위해 다른 쪽을 헐뜯었다간 심하게 상처 입으니까."

"아, 예. 명심하겠습니다."

"좋아! 그럼 잘 있어!"

사라는 마지막에 내 가슴에 주먹을 툭 부딪치고 떠나갔다.

깨끗한 이별이었다.

나는 실피, 록시와 나란히 서서 왕녀 일행을 배웅했다.

"…저기, 루디. 이렇게 헤어져도 괜찮았어?"

왕녀 일행이 보이지 않게 되었을 무렵, 실피가 그렇게 말했다.

"무슨 의미?"

"저 사람, 루디가 옛날에 좋아했던 사람이잖아?"

오옷, 실피에트 씨, 그건 아니지.

"딱히 좋아한 게 아니었어. 서로 아직 철이 없던 시기였으니까 조금 헤맸을 뿐이지."

"흐응, 그런가…."

실피는 납득하지 않은 얼굴로 맞장구를 치더니 내 얼굴을 들여다보았다.

"그럼 루디는 어떤 여자가 좋아?"

록시가 귀를 쫑긋하면서 흥미 있다는 듯이 다가왔다. 내 취향에 흥미진진한 모양이다.

가슴이 작은 여자라고 말했다간 좋아할까. 오히려 화를 낼 것 같은데….

"그렇군, 예전에는 머리 모양은 이렇다, 가슴 크기는 이렇다, 키는 이렇다…하는 느낌으로 정했는데, 최근에는 다 아니야."

실피와 록시를 교대로 보면서 생각했다.

"아무래도 나는, 나를 궁지에서 구해 준 여자를 특별하게 생각하는 것 같아."

그렇게 말하자 실피는 헤죽 웃었다. 완전히 풀어진 얼굴이었다.

“저기, 루디. 그건 내가 특별하다는 소리?”

“그래, 실피는 특별해. 내가 몇 년이나 계속 고민했던 병을 고쳐 주었고, 지금 이렇게 행복한 상황이 있는 건 실피 덕분이라고 생각하니까.”

“그런가…. 에헤헤, 용기를 내길 잘했어.”

록시가 ‘나는 어떨까’라는 불안한 얼굴을 하기에 어깨를 끌어안았다.

물론 록시도 함께.

집 안에만 있던 나를 밖으로 데리고 나가준 것도, 파울로가 죽어서 좌절했던 나를 움직일 수 있게 만들어 준 것도, 바로 그녀다.

“뭐, 그런 의미로 특별한 여자는 그리 없으니까, 실피가 불안하게 생각할 필요는 없어. 이 이상 아내를 늘리는 일은 없어. 약속해.”

그렇게 말하자 실피도 가만히 내 손을 잡았다.

“응…. 하지만 루디, 전에도 말했을지 모르지만, 나는 루디가 특별하다고 생각한 상대고, 상대도 루디를 특별하게 생각한다면 둘이든 셋이든 좋다고 생각해. 사라 씨는 조금 다른 모양이지만.”

문득 생각했다.

과거에 특별하다고 생각했던 빨강머리 소녀를. 고향에서 멀리 떨어진 곳에서 웃고, 죽을 뻔한 나를 위해 울고, 내 처음을 빼앗은 에리스를.

나는 그녀에게 버림받았다.

하지만 과거에 함께 여행했고 존경해야 할 마족 남자는 말했다.

그건 분명 착각이라고.

혹시 정말로 착각이라면 어떻게 될까….

"실피."

"왜?"

"어떻게 될지는 모르지만, 또 약속을 깰지도 몰라."

"…좋아. 루디가 멋대로 말했을 뿐이지, 나는 처음부터 약속한 게 아니니까. 하지만 그때는 확실히 내 앞으로 데려와. 루디를 속박할 생각은 없지만, 루디를 좋아하지도 않는데 아내가 되려는 여자는 허락할 수 없으니까."

"그래."

"이건 약속해 줘. 숨어서 몰래 사귀다가 어느 틈에 자식까지 만들었습니다, 같은 이야기라면 아무리 나라도…."

"윽… 예."

"그럼 루디가 다음에 어떤 여자를 데려올지 기대하기로 할게."

실피, 다소 관록이 생기지 않았나?

얼마 전까지만 해도 운이 좋을 뿐이었다는 겸손한 말을 한 것 같은데….

조금 자신감이 붙은 걸까.

그렇다면 좋은 일이군. 그녀는 나와 결혼한 뒤로 자신 없는 모습이었으니까.

좋아. 나도 이 약속만큼은 깨지 않기로 여기서 다시 한번 맹세하자.

—— 학교의 소문 10 '대장은 여자를 울린다' ——

제11화 졸업식

사라와 헤어지고 또 시간이 지나서 계절은 겨울이 되었다. 나도 열여덟 살이 되었다.

연구도 순조롭게 진행되고, 학교에서도 무사히 진급해서 이제 곧 4학년이다. 아무 문제도 없다.

나는 무사히 진급했지만, 엘리나리제는 낙제하였다.

그녀는 일반학생이기 때문에 반년이나 여행을 다녀온 것은 타격이 컸던 모양이다.

본인은 전혀 개의치 않았지만, 우리 가족 문제에 시간을 빼앗겼던 거니까 조금 미안한 심정이었다.

참고로 실피도 출석일이 부족했지만, 애초부터 학년 최고로 꼽힐 만큼 우수한 성적이었던 데다가 아리엘 왕녀의 호위라는 입장도 있어서 진급할 수 있었다. 인맥 사회의 현실을 느끼게 되는군.

가정에도 아무런 문제가 없다.

루시는 무럭무럭 자랐다. 젖을 일찍 떼는 아이로, 최근에는 이유식만 먹게 되었다.

그리고 얼마 전에 나를 처음으로 '루~데~'라고 불러주었다.

아빠도 대디도 미스터 버블스도 아니라 루데.

이건 나를 아빠라고 부르는 이가 없으니까 어쩔 수 없다. 실피는 '엄마'라고 부르는데, 그건 실피가 루시에게 가르친 결과다.

나도 내 1인칭을 아빠라고 할 걸 그랬나.

아니, 결국은 아기가 하는 말이니 초조해할 것 없다. 조금 더 자라면 아버님이라고 부르게 해야지.

아, 그렇긴 해도 한 살 된 아이가 말을 하다니.

우리 집 애는 꽤나 똑똑한 거 아닐까.

아니, 보통이라는 건 안다. 말을 배우는 건 원래 이르든가 늦든가 할 수 있다. 실피나 리랴도 말을 가르치려고 했으니 노력의 결과라고 할 수 있겠지.

하지만 내 자식이 말을 하면 역시나 대단하다고 생각하게 되는구나.

하지만 더 성장하면 '아빠 속옷이랑 같이 빨지 마!' 같은 소리를 하는 걸까!

그것도 오히려 기대되는군!

루시가 성장함에 따라 실피의 모유도 나오지 않게 되었다. 그 달콤하고 애달프면서 흥분되는 맛은 더 이상 맛볼 수 없다. 아쉽기 짝이 없다.

그와 동시에 부풀었던 가슴도 완전히 원래대로 돌아갔다.

작은 게 나쁘다고는 하지 않겠지만, 보너스 타임이 끝나 버렸을 때처럼 쓸쓸한 기분이다.

또 모유가 필요 없어지는 동시에 스잔느와의 계약도 끝났다.

그렇긴 해도 이것도 하나의 인연이고, 그녀에게는 과거에 신세지기도 했다.

무슨 일이 있으면 그녀의 힘이 되어주자. 예를 들어서 그녀의 아들이 학교에 입학하거든 뒤를 봐준다든가. 나는 그 무렵에 졸업했을지도 모르니까, 노른에게 부탁할지도 모르지만.

노른과 아이샤도 건강하다. 루시를 보며 입을 모아서 귀엽다고 말했다.

그녀들에게는 여동생이라는 감각이겠지.

계단 뒤에서 '루시 앞에서는 싸우지 않도록 하자'며 둘이서 이야기하는 것을 들었다.

그 외에도 둘이서 이것저것 계획을 세우는 모양이다.

아마 동경을 살 만한 언니가 되자는 계획 같은 거겠지.

최근에는 두 사람의 사이가 험악해지는 일도 적었다. 인간은 아랫사람이 생기면 훌륭해지려고 하는 법이다. 루시가 태어난 덕분에 두 사람의 사이가 좋아졌으니 아주 기쁜 일이다.

록시의 교사 생활도 순조롭다.

왜인지 그녀는 일반학생들에게 두려움의 시선을 받았다. 일반학생이라도 그녀의 대단함을 아는 걸까. 혹시 그녀를 얕보는 놈이 나타나면 나도 가만히 있지 않겠지만… 아무튼 수업 중에 장난치는 녀석도 없는 모양이라서 한동안은 쾌적한 교사 생활을 보낼 수 있겠지.

제니스도 여전했다.

노른과 함께 밥을 먹거나 아이샤와 함께 풀을 뽑거나. 루시의 손가락을 잡고 웃어주거나. 그래, 노른과 아이샤의 생일 파티 이후로 제니스는 종종 웃게 되었다. 그것은 아주 작은 웃음이라서 얼굴 근육을 살짝 푼 정도지만, 누가 봐도 웃는다고 알 수 있는 것이었다.

아직 말도 없고 표정도 거의 없지만, 순조롭게 회복되고 있다.

그렇게 생각하고 싶다.

오늘은 졸업식이었다.

입학식은 야외에서 했는데, 졸업식은 실내에서 했다. 지금까지 들어간 적도 없었던 대강당에 커다란 연단이 만들어지고,

졸업생이 한 명씩 졸업의 증거인 문장을 받았다.

그 숫자는 기껏해야 500명. 이 학교는 전교생이 1만 명을 넘는다고 하지만, 졸업생은 500명. 아마 지금 7학년도 처음에는 2천 명에 가까웠겠지. 진급하면서 조금씩 학교를 그만두어서 이 정도로 줄어들었다.

입학하는 건 쉽지만 졸업하기는 어렵다.

특히나 상급 마술과 혼합 마술은 익히기 어려워서, 마력 총량에 따라서는 전혀 습득할 수 없는 이도 있다.

또한 재능이 있더라도 초급 마술만 익히면 된다는 사람도 많겠지.

그 이외에도 여러 이유로 그만두는 사람이 끊이지 않는다. 그런 가운데 나는 특별생이라서 꽤나 우대받는 쪽이다.

학생들 옆에는 각 교사가 주르륵 서 있었다. 교사만 해도 200~300명은 될까.

그렇긴 해도 교사가 이렇게 많았나. 교무실이 건물 하나를 통째로 쓰는 것도 납득이 가는군.

그런 가운데 눈에 띄게 작은 것이 록시다. 그녀는 멀리서도 빛나 보이니까 금방 안다.

참고로 일반학생은 휴일이다.

재학생은 졸업식에도 입학식에도 참가할 의무가 없다. 뿐만 아니라 견학에는 허가가 필요했다. 식전이란 것은 선정된 이만이 참가할 수 있는 명예라나 뭐라나.

나는 학생회 멤버 끝자락에 자리를 잡았다.

학생회 멤버는 전원 출석이다. 아리엘, 루크, 종자 두 사람, 나도 얼굴만 아는 멤버가 네 명 정도, 그리고 실피다.

여전히 일할 때의 실피는 멋지다. 얼마 전까지는 소년인지 구분이 안 갔던 실피도 최근에는 어깨까지 머리를 기르고 자식을 낳은 것도 있어서 여성스러워졌다.

커리어우먼 같다. 멋지다.

저 사람이 내 아내라고 자랑하고 다니고 싶다.

그리고 한 가지 신기한 일인데, 학생회 멤버 말석에 노른의 모습이 있었다.

난 그런 이야기 못 들었는데? 혹시 학생회에 들어간 걸까?

올해는 그런 기색이 없었으니까, 다음 학기부터 멤버로 들어가나?

입학식 때까지 설명해 준다면 오빠는 기쁘겠어.

"졸업생 대표! 리니아 데돌디어! 프루세나 아돌디어! 제군들에게 졸업증서와 마술 길드 D급 증표를 수여한다!"

리니아와 프루세나가 졸업생 대표로 뽑혔다. 그녀들은 삐뚤어졌던 적도 있지만, 최종적으로 우수한 성적을 남겼기 때문이다.

게다가 수족의 왕이라고 할 돌디어족의 공주다. 신분상으로도 문제없었다. 역시 그렇게 되는 걸까, 졸업생 대표로 뽑히는 건 고귀한 사람이어야만 하는 모양이다.

평민과 귀족이 같은 성적이면 귀족을 대표로 고른다. 그편이 문제도 생기지 않고, 귀족도 기분 상하지 않는다.

평민 학생의 성적이 압도적으로 위라면 다르겠지만….

록시도 꽤나 우수했지만, 대표로는 뽑히지 못했던 모양이다. 록시도 안 될 정도다. 당시의 록시가 얼마나 우수했는지는 나도 모르지만, 적어도 성급 물 마술을 쓸 수 있던 록시가 말이다.

오는 이는 막지 않고 어떤 학생이라도 맞아들인다고 자랑하는 마법대학이지만, 역시 인간이 경영하는 이상 얽매이는 게 있겠지.

“리니아 데돌디어, 감사히 받겠습니다!”

“프루세나 아돌디어. 감사히 받겠습니다!”

“그대들에게 마법의 길이 있기를!”

리니아와 프루세나의 자세는 당당했다.

단상에 올라가서 나란히 졸업증표를 받는 모습은 실로 훌륭했다.

발정기에 남자를 찾겠다고 선언하고, 밀려드는 구혼자를 박살내서 던지고, 또 박살내서 던지고.

수많은 시체 위에 서서 ‘우리는 너무 세다냐.’ ‘허탈해.’ 같은 소리를 하던 두 사람의 모습이 떠올랐다. 왕의 모습이었다. 나는 두 사람의 등 뒤로 백수의 왕을 보았다.

그 뒤에 술집에서 마시면서 ‘평생 남자 따윈 필요없다냐!’ ‘그래, 남자 따윈 엿이나 먹어!'라며 한탄하던 모습은 잊어주자.

★ ★ ★

졸업식 후, 나는 나나호시의 연구실을 찾아갔다.

"콜록, 콜록."

나나호시는 두툼한 솜옷 같은 것을 껴입고 기침을 하고 있었다.

"또 감기 걸렸어?"

"콜록… 그런 거 같아."

근래 1년 동안, 나나호시의 몸 상태는 정말 안 좋았다.

기침을 하거나 열이 나거나. 일단 그때마다 해독 마술로 고쳐 주었지만, 나나호시는 조금만 지나면 또 몸이 안 좋아졌다.

"조금 더 건강한 생활을 하는 게 좋지 않아?"

나나호시는 기본적으로 연구실에 틀어박혀 산다.

무슨 일이 생기면 나오지만, 1년 내내 이 연구실에서 생활했다.

점심때면 식당에 나오지만, 그때뿐이다.

아침과 저녁에는 보존식 같은 것을 먹으면서 해도 안 드는 방에서 연구를 계속한다. 당연하지만 면역력도 떨어지겠고, 병에 걸리기 쉽겠지.

자업자득이라고도 할 수 있지만, 몸은 소중히 하는 편이 좋다고 생각하는데.

“하다못해 감기가 완전히 나을 때까지는 쉬는 편이 좋지 않겠어?”

“연구가 순조로우니까 쉬고 있을 수가 없어.”

나나호시는 그렇게 말하고 다시 마법진 쪽을 향했다.

확실히 나나호시의 연구는 진전이 있었다. 몇 달 전에 연구의 제2단계가 끝났다. 제1단계에서 소환된 페트병에 뚜껑이 추가되었다.

현재는 제3단계. ‘식물’ 혹은 ‘작은 동물’ 같은 ‘생물’을 소환한다.

그런 식으로 진행되었다. 조금만 더 있으면 전생의 야채가 이 세계에 소환되겠지. 실로 순조롭다.

“오늘은 제3단계의 실험을 할 거야.”

“자노바와 크리프가 있을 때 하는 게 좋지 않아?”

“그래. 그럼 불러다 주겠어?”

나는 고개를 내저었다.

“애석하게도 오늘은 두 사람 다 쉬는 날이야.”

“둘 다? 어쩐 일이래?”

“졸업식이었으니까.”

“졸업…. 아, 벌써 그런 시기구나.”

나나호시는 얼굴을 찌푸렸다. 졸업식이라는 단어는 듣고 싶지 않겠지.

또 1년 동안 이 세계에서 빠져나갈 수 없었으니까.

"리니아와 프루세나도 졸업이야. 그 두 사람, 고향으로 돌아가는 모양이니까 이번에 송별회 같은 걸 할까 해. 참가할 거지?"

"…뭐, 일단은."

리니아와 프루세나는 나나호시에게 몇 안 되는 동성 친구…라는 느낌은 아니었지만, 그래도 송별회라면 틀림없이 참석할 모양이다.

예전과 비교하면 사교성이 좋아졌다고 느껴졌다.

"그 녀석들도 돌아가면 부족의 공주님이니까."

"그렇게는 안 보여."

"그렇긴 하지."

그런 녀석들이 족장이 되어도 돌디어족은 괜찮은 걸까? 뭐, 우두머리가 틀렸어도 밑의 사람들이 할 일을 하면 조직은 돌아간다. 괜찮겠지.

그런 생각을 하는데 똑똑 문을 두드리는 소리가 들렸다.

"…응? 들어오세요."

"실례하겠다냐."

"들어갈게."

들어온 것은 낯익은 두 사람이었다.

건방진 고양이에 졸린 눈치인 개. 리니아와 프루세나. 두 사람은 교복 차림으로 당당하게 들어왔다.

"보스, 찾았다냐."

"잠깐, 시간 좀 내 줘."

하지만 오늘은 분위기가 조금 다르군. 뭐가 다른 걸까.

리니아가 다소 날카로운 것일까. 아니면 프루세나가 고기를 입에 물고 있지 않아서 일까…. 처음 만났을 때 같은 적의를 느꼈다.

평소라면 '피츠도 록시 님도 없는 상태로 여자 방에 들어오다니, 야단맞을지도 모른다냐.' 같은 농담을 할 텐데, 그런 기색도 없다.

또 결투일까. 졸업식의 인사 같은 느낌으로.

"보스, 부탁이다냐."

"부탁할게."

짧은 말이었지만, 강한 의지가 느껴졌다.

두 사람의 눈에는 결의 같은 게 보였다. 진 채로는 돌아갈 수 없다. 그런 생각을 하는 걸까. 그녀들에게도 고집이 있겠지.

뭐, 좋아. 싸움은 별로지만, 마지막이니까 어울려주자. 나도 남자니까.

"알았어. 나나호시, 잠깐 다녀올게."

"실험은 어쩌려고?"

나나호시는 딱 보기에도 화난 표정이었다.

하지만 리니아는 그런 나나호시의 팔을 붙잡았다.

"너도 와라냐. 특별이다냐."

"허가할게."

"아니, 잠깐. 대체 뭐야?"

나나호시를 결투의 증인으로 세울 생각일까. 이 두 사람이라면 나나호시가 정말로 누구에게 증언해 줄 사람인지는 생각도 하지 않겠지.

하지만 사일런트 세븐스타의 이름은 항간에서 유명하다. 증언의 신빙성은 있겠지.

그리고 특별동에서 기숙사로 향하는 길에 있는 장소로 이동했다.

숲에 인접했고 눈도 쌓였기 때문에 시야는 그리 좋지 않았다.

"여기면 된다냐."

"…그리운 장소네."

이전에 나와 자노바가 리니아와 프루세나를 납치했던 장소다. 그녀들과 처음으로 싸웠던 장소고, 어떤 의미로 추억의 장소라고 할 수 있겠지.

그런 장소에서 리니아와 프루세나는 내 앞에 섰다.

두 사람은 열 걸음 정도의 거리를 두고 서로 마주보았다.

내 쪽을 보는 게 아니었다.

…어라?

"보스와 나나호시는 지켜봐 달라냐."

"뭘?"

“지금부터 나랑 리니아 중 누가 센지 정할 거야.”

즉, 리니아와 프루세나가 결투하는 건가.

“뭣 때문에?”

“이긴 쪽이 돌디어족의 족장이 된다냐.”

“애초에 데돌디어와 아돌디어라는 두 개의 부족이 있으니까 필요 없는 거 아냐?”

내 기억이 정확하다면의 말이지만. 내가 있었던 곳은 데돌디어 마을이었지만, 아돌디어 마을도 있다는 이야기를 들었던 것 같다. 족장이 되는 건 둘 중 한 명인가?

‘돌디어족의 족장’이라는 것은 그 모든 씨족들을 아우르는 위치에 있다든가.

“우리도 처음에는 그렇게 생각했다냐.”

“하지만 최근에 생각을 바꿨어. 세계는 넓어. 족장이 되는 것만이 인생은 아냐.”

“우리에게는 여동생이 있다냐. 어느 한쪽이 돌아가서, 여기서 배운 것을 가르치면 된다냐.”

“더 센 쪽이 족장이 되고, 다른 쪽은 마음대로 사는 거야.”

그거 참, 뭐라고 해야 할까, 무계획 및 무책임한 이야기다.

그렇긴 해도 그렇게 최고가 되는 것에 얽매였는데 어떤 심경의 변화일까.

“어차피 둘이서 돌아가면 싸우게 된다냐.”

“대삼림에서 지면 한심한 인생을 보내게 돼. 마을에서 제일

가는 전사랑 결혼하게 될걸."

"그렇게 될 거면 차라리 여기서 붙고 다른 길을 걷는 거다냐."

"뒤끝 없게."

아하, 족장이 되는 건 역시 최고의 목표인가. 그리고 최고가 될 수 없다면 대삼림 이외의 장소에서 살면서 거기서 최고가 되는 편이 재미있다는 소린가.

뭐, 문제가 많은 이야기라고 할까, 걸고넘어질 곳이 많은 이야기라고 할까.

그걸 너희가 멋대로 정해도 되는 거냐고 묻고 싶은데….

내가 투덜거릴 일은 아니다. 이 녀석들 둘이서 열심히 생각해서 결정한 거고, 집안에 속박되는 게 싫으니까 자유롭게 살고 싶다는 마음도 대충 이해된다.

"알았어. 그런 거라면 안 말릴게. 마음껏 붙어봐."

"싸움을 거들어도 되는 거야?"

나나호시는 불쾌한 눈치였다.

그녀는 평범한 여고생이다. 지인이 싸우는 걸 보고 싶지 않은 걸지도 모른다.

"어차피 내가 안 봐줘도 싸울 테고."

아마도 이 두 사람은 호각이다. 누군가가 심판을 보지 않으면 결판이 나지 않는 식으로 끝날 가능성도 있다. 도를 넘어버릴 가능성도 있다.

만에 하나를 피하기 위해서라도 제삼자가 필요하겠지. 지켜봐야만 한다.
또 이건 정정하지 않은 거지만, 싸움이 아니라 결투다.
'결정하기' 위한 '싸움'이다.
"고맙다냐."
"고마워."
리니아와 프루세나는 제각각 그렇게 말했다.
그리고 다시 심호흡을 하고 서로를 노려보았다.
"후우우웁!"
"크르르르!"
그 나이 때 소녀라고 생각할 수 없는 위협음을 내며 서로를 견제하였다.
언제 시작해도 이상하지 않은 긴박한 분위기가 자리를 감쌌다.
나는 마안을 개안하고, 나나호시는 호신용 마력부여품 반지를 꼈다.
이제부터 시작되는 것은 야수들이 진짜로 서로 죽고 죽이는 싸움이다.
"프루세나. 전부터 말할까 했는데, 사실은 네가 마음에 안 들었다냐."
"그건 이쪽이 할 말이야. 리니아는 어렸을 적부터 내 뒤를 쫄랑쫄랑 쫓아오는 동생이었던 주제에 최근 거만해."
"하앙?! 동생은 너다냐. 네 살 때, 프루세나가 오줌 싼 거 숨겨준 은혜를 잊었냐? 아돌디어는 은혜를 백 년 잊지 않는다고 하는데, 헛소리였다냐."

"그건 강에 빠져서 허우적거리는 것을 도와주었으니까 없던 일로 하기로 했잖아. 헤엄 잘 치는 데돌디어 주제에 물에 빠지다니 한심하긴."

"그건 애초에 프루세나가 할아버지에게 받은 장난감을 떨어뜨린 게 원인이다냐!"

"장난감을 떨어뜨린 원인을 만든 건 리니아야!"

왜일까. 두 사람의 말싸움에서는 증오가 일절 느껴지지 않았다. 분노라든가, 적의라든가, 그런 감정은 높아지는데, 결코 거기에는 상대를 증오한다는 감정이 없었다.

옛날 일을 떠올리면서 억지로 상대를 싫어하려고 하는 것처럼 느껴졌다.

마치 그러지 않으면 싸움도 할 수 없다는 듯이.

두 사람은 말과 말의 응수를 거듭했다.

"프루세나 볼록배꼽!"

"리니아 바보!"

그리고 말은 점점 간단해졌다.

"프루세나 문어!"

"리니아 다리 짧아!"

"다리 얘길…! 프루세나 뚱보!"

"아, 안 뚱뚱해!"

VS

먼저 인내심이 바닥난 것은 프루세나였다. 그녀는 뚱보란 소리를 들은 순간 화를 냈다!

"카르르르!"

리니아를 향해 크게 도약했다. 움켜쥔 주먹을 휘두르듯이.

"샤아아아!"

리니아는 고양이처럼 민첩하게 반응했다. 마찬가지로 움켜쥔 주먹을 프루세나를 향해 내뻗었다.

"큭…."

"으으…."

서로 크로스 카운터가 들어갔다.

두 사람은 비틀비틀 떨어지고… 그것이 싸움의 신호가 되었다.

"아앗! 프루세나 돌진!

하지만 리니아는 깨끗하게 피한다! 중전차처럼 돌진하는 프루세나를 리니아가 쳐낸다!

히트 앤드 어웨이를 거듭하는 리니아를 프루세나가 쫓아간다!

파워로는 프루세나가, 스피드로는 리니아가 살짝 앞선다!

정면에서 맞붙으면 리니아에게 승산은 없다!

하지만 승부는 파워만으로 정하는 게 아니다!

맞히지 못하면 그 파워를 발휘할 수 없다!

다리를 사용하여 재빠르게 잽! 잽! 스트레이트!

하지만 리니아도 깊게 파고들 수 없다. 유효타를 먹일 수 없다! 한 방이 부족하다!

아아아앗! 여기서 프루세나의 라이트 스트레이트가 작렬했다!

비틀대는 리니아! 계속 공격하는 프루세나!

어쩔 거냐, 리니아! 도망치나! 버티나! 버텼다!

레프트 잽! 잽! 거리를 벌리려는 잽!

프루세나, 여기에는 못 당한다! 리니아는 보통 복서가 아니다!

파워로 못 당한다고 난타전을 피하는 여자가 아니다!

움츠러드는 프루세나, 하지만 그 눈은 이미 사냥감을 노리는 사냥개처럼 빛나고 있다!

리니아의 라이트에 맞춰서 프루세나가 앞으로 나간다…!

아아아앗! 프루세나 유혈! 리니아가, 리니아가 여기서 흉기를 사용했나?!

아니다! 손톱이다! 자기 손톱을 뻗어서 펀치와 동시에 할퀴었다!

날카롭게 연마한 고양이 펀치다! 하지만 이건 더러운 수가 아냐! 쓸 수 있는 건 다 쓴다!

손톱을 뻗어서 펀치! 펀치! 좌우의 연타!

갑자기 다른 고통을 느낀 프루세나가 얼굴을 찌푸리고…!

프루세나가 느낀 건 주먹의 둔한 통증이 아니다!

아앗! 여기서 리니아의 손톱이 프루세나의 옷을 찢는다!

보여선 안 되는 부분이 보일 것 같다! 이건 지상파로는 아슬

아슬!
오옷, 하지만 계속한다! 프루세나 계속 싸운다! 여자로서의 부끄러움도 버렸는지 아랑곳 않는다!
프루세나의 라이트 훅이 리니아의 몸을 꿰뚫는다!
고통스런 표정이다, 이건 먹혔다! 프루세나, 끝내는가, 단숨에 끝내는가!"
"쓸 수 있는 걸 다 쓴다면서 왜 마술은 안 써?"
"글쎄요. 처음에 프루세나가 접근전을 택한 시점에서 마술전의 가능성은 사라졌습니다.
일단 주먹질로 시작하면 주문을 외울 시간은 없으니까요.
나나 실피라면 무영창을 섞겠습니다만, 이 두 사람은 파이터입니다.
무호흡 운동으로 움직이는 두 사람은 말을 하기도 힘들 겁니다.
달리는 마라톤 선수가 시 낭독을 할 수 있을까요, 아뇨, 그건—"
"그래. 말허리를 잘라서 미안해. 계속해."
"…리니아, 다리를 멈췄다! 인파이트다! 인파이트다!
이거 패색이 농후한가! 프루세나의 펀치는 확실히 리니아의 다리를 둔하게 만들었다!
더 이상 히트 앤드 어웨이는 불가능하다!
날개가 부러진 나비처럼 지상을 기는 왕에게 유린당하는 것인가!

하지만, 하지만! 아니다! 피한다, 피한다!

고양이과 특유의 순간적인 반사신경에 슬리핑을 섞어서 직격을 허용하지 않는다!

그리고 카운터! 고양이 펀치 스매시!

프루세나의 뺨에 상처가 난다! 피가 튄다! 튕겨나가듯이 뒤로 날아간다!

이어서 리니아가 앞으로 나간다! 의식을 날려버리는 브라질리언 하이킥이다!

아아아앗! 프루세나가! 프루세나가 돌진했다! 몸으로 들이받을 기세!

이빨이다! 목덜미를 노리는 리니아의 다리를 물어뜯었다!

그래, 그녀는 개다! 야수다! 늑대다! 이게 있다! 주먹만이 아니다!

그대로 쓰러뜨리고, 짓누르듯이 지면에 처박는다!

리니아, 너무 가까웠나! 하지만 이빨이 있는 건 프루세나만이 아니다!

리니아도 물었다! 날카로운 이빨을 꽂았다!

여기서부터는 야수와 야수의 레슬링이다!"

"나한테는 그냥 마구잡이로 드잡이를 벌이는 걸로밖에 안 보이는데…."

"응, 뭐, 그렇다고도 할 수 있지만."

"저기, 하찮은 질문인데."
"뭡니까?"
"저 두 사람은 저렇게 필사적인데, 왜 당신은 그렇게 장난이나 치고 있어?"
"죄송합니다."

긴 싸움이었다.
욕설로 시작하고, 주먹질로 시작한 결투. 고도의 기술을 동원한 타격전으로 시작한 싸움은 마지막에는 애들처럼 뒹굴거리고 물어뜯는 싸움으로 변했다.
붙었다 떨어졌다. 눈이 쌓인 대지 위에서 뒹굴 듯이 싸우는 두 사람이었지만, 그녀들은 어느 타이밍에 움직임을 멈추었다.
일어선 것은 한 명이었다.
"이겼다…."
프루세나다.
그녀는 상처투성이였다. 옷은 엉망. 눈에 젖고 피로 물들었다. 몸 곳곳에 긁힌 상처나 물린 자국이 있고, 피를 줄줄 흘리고 있었다.
처절한 모습이었다. 훌륭한 모습이었다. 사투를 뛰어넘은 모습이었다.
"……."
프루세나는 쓰러진 리니아를 내려다보고, 한순간 복잡한 표정을 하더니 획 고개를 돌렸다.
그리고 비틀비틀 이쪽으로 걸어왔다.
“내 승리야.”
“어, 그래. 축하해…. 치유 마술을 써 줄 테니까 거기 좀 앉아.”
그렇게 말하고 어깨의 상처를 만지려고 하자, 내 손을 찰싹 때렸다.
“고맙지만 필요 없어. 이 상처는 명예야. 전부 남길 거야.”
“그래?”
명예라. 그녀들은 진심이었다.
처음에는 이 싸움으로 죽지는 않을 거라고 대수롭지 않게 보았던 내가 부끄러워질 정도였다.
“리니아랑 또 만날 수 있을지 모르니까, 남길 거야.”
“아니, 하지만 도시를 떠날 때까지는 같이 있을 거잖아?”
“아니, 여기서 이별이야. 짐은 정리해뒀으니까, 오늘 중으로 떠날 거야.”
그런 식으로 정해 놨나. 여기서 길이 갈라지니까, 여기서 헤어지자고 결정한 걸까. 왠지 멋지군. 그럼 송별회도 하지 말까.
왠지 다 날아가 버릴 것 같다.
“…치유 마술이 아니어도 되니까, 치료는 해둬.”
“알았어.”
프루세나는 비틀비틀 기숙사를 향해 걸어갔다.
내가 그걸 지켜보는데, 나나호시가 달려갔다. 프루세나에게 자신의 겉옷을 걸쳐주고 어깨를 빌려주었다. 나나호시도 좋은 면이 있군.

…어디.

"살아 있냐?"

나는 쓰러진 리니아를 내려다보았다.

리니아는 의식을 잃은 게 아니었다.

멍한 얼굴로 하늘을 올려다볼 뿐이었다.

"살아 있다냐."

그녀도 엉망이었다. 프루세나에게 지지 않을 정도로. 옷은 찢겨지고 물어뜯겨서 엉망진창. 어깨부분에는 피가 배어서 지면에 쌓인 눈을 붉게 물들였다. 얻어맞은 횟수가 많은 탓인지 얼굴도 부었다.

입가에서 피가 흐르는 건 내장이 아니라 입 안이 찢어졌기 때문이겠지.

"예쁜 얼굴이 다 상했네."

"정말이다냐."

슥 보니 옷이 찢어져서 리니아의 육체의 미로가 보였다.

나는 내 겉옷을 리니아에게 걸쳐주었다. 보고 있기 그러니까.

하지만 역시 좀 춥군. 나나호시도 겉옷을 빌려줬는데, 감기가 악화되지 않으면 좋으련만.

"고맙다냐."

리니아는 비틀비틀 손을 움직여서 머리 뒤쪽으로 가져갔다.

편히 쉬듯이 다리도 모았다. 눈밭 위에서 말이다.
"하아… 졌다냐."
그 말은 하얀 입김과 함께 하늘로 사라졌다.
"좋은 승부였어."
"뭐가 좋은 승부냐. 보스의 목소리, 다 들렸다냐. 완전히 구경거리로 삼았다냐."
응. 뭐, 분위기를 못 읽은 걸지도 모르겠군.
하지만 흥분되는 시합이었다. 뭐라고 할까, 캣파이트라고 할까. 두 용사의 뜨거운 한 판 승부라고 할까. 아니, 시합이라고 하면 또 뭐라고 하겠지만.
"뭐, 마지막으로 즐겁게 했다니 다행이다냐."
"왠지 미안해."
"됐다냐. 옆에서 보면 그냥 싸움이니까. 재미있으면 됐다냐."
리니아는 그렇게 말하면서 얼굴을 찌푸렸다. 팔에 난 상처를 날름날름 핥았다.
"너도 치유 마술은 필요 없어?"
"진 상처니까 솔직하게 없애고 싶지만, 뭐, 이번에는 얌전히 받아들이겠다냐. 이런 것도 시간이 지나면 자랑거리가 되니까냐."
이전에 내가 결투한 수족의 전사들도 그 상처를 자랑하는 걸까.
"……."

리니아는 말없이 하늘을 올려다보았다.

"……."

나도 하늘을 올려다보았다. 북방대지 특유의 잿빛 하늘이 펼쳐져 있었다.

오늘밤에도 분명히 또 눈이 내리겠지.

"넌 앞으로 어쩔 거야?"

"앞으로라."

"자유롭게 산다고 했는데, 뭐 하고 싶은 거라도 있어?"

"그렇다냐. 적당히 여행이라도 하고서 장사를 시작할 거다냐."

장사라. 안 좋은 예감밖에 안 드네. 차라리 모험가라도 하는 게 성공할 것 같다.

"구체적인 비전은 있어?"

"물론이다냐."

리니아는 자신만만하게 말했다. 비전이 있다면 괜찮을까. 아니, 괜찮지 않을 것 같다. 왠지 얄팍한 생각으로 만사를 진행시키다가 실수할 것만 같았다.

"예정으로는 5년만 지나면 갑부다냐."

"…으음, 뭐라고 할까. 문제 생기면 나한테 말해도 되니까."

"냐하하. 내가 성공하면 돈이라도 빌려주겠다냐."

리니아는 졌는데도 왠지 쾌활했다.

멋대로 정한 일이라고 해도, 집안의 족쇄에서 해방되어 자유로워졌기 때문이겠지. 아니면 그냥 분한 모습을 보이기 싫어하는 걸까. 어찌 되었든 한 가지 일을 끝냈다는 얼굴이었다.

리니아와 프루세나는 다른 이들에게 이별을 고하지 않았다.

제각기 다른 시간에 기숙사에 돌아와서, 다친 몸에 약을 바르고 붕대를 감고, 짐을 들고 한 명씩 교문을 나갔다.

나는 리니아를, 나나호시는 프루세나를 각각 배웅했다.

두 사람은 말이 많지 않았다. 다만 자노바나 크리프에게 인사를 전해달라는 말을 남겼을 뿐이다. 자노바나 크리프, 실피, 아리엘 등은 작별인사도 못 해서 아쉬워하겠지.

앞으로 프루세나는 대삼림으로 돌아가서 족장이 되기 위해 절차탁마하겠지.

리니아는 어떻게 될지 모르지만, 그녀도 나름대로 해나갈 것이다.

두 사람은 앞으로 안 만날 생각일까. 그렇게나 친했는데.

하지만 그런 삶도 내 눈에는 조금 멋지게 비쳤다.

여담이지만, 그 날 저녁 무렵에 내 귀에 어떤 소문이 들어왔다.

"승합마차에서 언쟁을 벌이는, 붕대투성이 수족 여자 둘을 봤다."

라는 이야기였다. 승합마차 타이밍이 안 좋아서 딱 맞닥뜨린 거겠지.

웃기지도 않는 이야기다.

── 학교의 소문 11 '대장은 성묘를 잊지 않는다' ──

제12화 제4단계

졸업식으로부터 며칠 뒤.

내 눈 앞에 커다란 마법진이 있다. 언뜻 봐선 석판으로 보인다.

양면에 빈틈없이 마법진이 그려진 A2사이즈 종이를 몇 겹으로 겹친 마법진이다.

종이는 백 장 이상 겹쳤겠지. 테두리에는 나무 액자를 끼웠고, 액자에도 마법진을 새겨놓았다.

이미 일종의 마도구다.

이걸 만드는 데에는 상당한 시간이 들어갔다. 나도 거들었지만, 거의 대부분 나나호시가 혼자 만들었다.

"그럼 시작해 줘."

마법진 너머에서 나나호시가 말했다. 그녀의 양옆에는 크리프와 자노바도 있었다.

그들도 이 연구에 도움을 주었기에, 단계가 진행되는 시점에는 동석시키자고 했다.

나나호시는 싫어했지만, 그게 권리라고 하자 일단 납득했다.
물론 권리라는 것은 핑계다. 또 실패해서 나나호시가 날뛰면 붙들고 위로하는 역할이다.
이성에게 위로받는다는 건 이러니저러니 해도 효과적이다.
남자와 여자의 경우는 다를지도 모르지만, 적어도 나는 그랬다.
그러니까 잘 좀 달래주자. 어디 술집에서 '돔페리뇽 들어갑니다' 같은 거라도 하자. 나와 크리프와 자노바가. 미남은 아닐지도 모르지만, 그건 좀 참아줘.
물론 이번에는 자신이 있다.
설계도 시점에서 크리프도 장담했고, '자리프의 의수'를 사용한 덕분에 자노바의 기술력도 늘었다. 실패는 없다… 그럴 거다.
좋아.
"마력주입을 시작합니다."
나는 마법진 구석에 손을 댔다.
"……."
마력을 넣자, 끌려나가듯이 마력이 줄줄 흡수되었다.
역시 소비량이 상당하다. 내가 아니면 아무도 못 쓰는 거 아닐까.
생각해 보니 당연한가. 과거에 실피는 이 마법진 하나를 쓰는 데에 상급 마술 레벨의 마력을 쓴다고 말했다. 그게 백 장이나 된다.

크리프의 협력으로 소비 마력을 다소 줄였으니까 백 배인 건 아니겠지만, 열 배, 스무 배는 가볍게 넘겠지.

"시간이 걸리는군. 그 점도 개량하는 편이…."

"쉿."

크리프의 투덜거림을 나나호시가 가로막았다.

심장에서 혈액이 흘러나가듯이 내 마력이 흘러갔다. 마력에 반응하여 마법진이 희미하게 빛을 냈다.

위화감은 없다. 마력의 흐름은 문제없다.

복잡하게 그려진 마법진… 그 빛의 색깔이 변했다.

황색, 적색, 청색, 백색…. 본 적 있는 색깔로 빛나는 마법진. 이렇게 빛나는 모습은 본 적이 있다.

전이사건 직전. 그때도 이런 빛이 나왔다. 어쩐다, 그만 둘까. 또 전이가 일어나면 자노바와 크리프가 휘말린다. 아니, 더 큰 범위에서 일어나면. 오늘은 학교에 실피와 노른도 있다. 아니, 학교만으로 끝나지 않을지도 모른다. 도시를, 루시를, 통째로….

하지만 무슨 일이 일어날 듯한 기척은 없었다.

애초에 우리가 만든 마법진에 그런 기능은 없다. 그렇게 되지 않도록 지금까지 연구를 거듭해 왔다.

할 수 있다. 괜찮아, 할 수 있어.

"……!"

그 빛이 점점 강해졌다. 그리고 흩어지던 빛이 한 곳으로 모이듯이 움직이고.

톡…하고 작은 소리가 났다.

갑자기 마력이 통하지 않게 되고, 마법진의 빛이 멈추었다.

"……."

마법진의 중심. 거기에는 녹색 덩어리가 하나 있었다. 아름다운 구체 모양, 녹색과 흑색이다. 매끈매끈하고, 지구처럼 풍부한 수분을 함유한, 녹색과 흑색의 줄무늬. 수박이다.

"성공이다."

"해냈다!"

나나호시가 기세 좋게 일어서서 주먹을 불끈 쥐었다.

"축하합니다, 스승님!"

"해냈군!"

자노바와 크리프가 박수를 쳤다. 그 표정은 정말 기뻐 보였다.

"그렇긴 해도…."

크리프가 흥미진진하게 수박에 다가가서 툭툭 건드렸다.

"녹색에 흑색이라, 기분 나쁜 무늬로군…. 들고 봐도 될까? 깨무는 건 아니겠지?"

"그래, 하지만 떨어뜨리진 마. 의외로 잘 깨지니까."

"그래…. 오, 의외로 무겁군."

크리프는 흥미진진하게 수박을 들더니 여러 각도로 돌려보았다.

하지만 수박이 흉흉하다니. 역시 이 세계의 인간들에게는 녹색과 흑색의 줄무늬는 기분 나쁘게 보이는 걸까. 안은 새빨간데, 역시 기분 나쁘다고 말할까.

하지만 이 세계에도 이상한 색깔이나 형태의 과일이나 야채가 많이 있다.

찾아보면 수박 정도는 있지 않을까. 참외는 시장에서 평범하게 팔고 있고.

"저기, 나나호시."

"왜?"

"지금 생각하면 유바리 멜론 같은 걸 소환하는 쪽이 좋지 않았을까? 그건 품종 개량으로 만든 거니까 이쪽 세계에 없잖아."

"…당신, 품종 개량으로 만든 멜론의 차이를 알아볼 수 있어?"

그 말에 나도 대답할 수 없었다. 프린스 멜론과 머스크 멜론의 차이 정도밖에 모른다.

"애초에 아직 그 정도까지 할 순 없어. 이번에도 원래는 양배추를 소환할 예정이었어."

그렇게 말하며 나나호시도 미묘한 표정을 하였다.

이 세계에도 양배추와 비슷한 야채는 있다.

하지만 이 세계의 양배추와 저쪽 세계의 양배추는 구분할 수 있을까.

나는 농부가 아니다. 나나호시도 아니다.

야채를 소환한다는 계획은 처음부터 결함이 있었던 것 아닐

까.

"……."

아니, 괜찮아. 이론에 따라서 실험을 하고 결과가 나왔다.

그럼 이건 수박이다. 이 세계의 수박이 어떤지 확인할 방법은 없지만.

하지만 결과는 결과, 수박은 수박이다. 성공이라고 해도 과언은 아닐 터.

"흠, 성공이라면 오늘 밤에는 축하를 할까요."

자노바는 수박이 인간 모양이 아니기 때문인지 흥미 없는 눈치였다.

"음, 그래."

바디가디, 리니아와 프루세나.

사양 않고 떠드는 사람도 줄어들었다. 연회도 다소 적적해질 것 같다.

하지만 신경 쓸 것 없다.

그날 밤에 연회가 열렸다.

리니아와 프루세나는 없지만, 대신 록시와 노른이 참가하였다.

수적으로 보면 바디가디가 없을 뿐이다. 분위기를 띄울 사람이 줄어들고, 내 가족이 늘어났다. 그렇기 때문에 분위기도 조금 변했지만 문제는 없었다.

나나호시는 쏟아 붓듯이 마시고, 줄리를 인형처럼 껴안으면서 엘리나리제와 뭔가 이야기했다.
나나호시의 표정은 보기 드물게 밝고, 목소리도 높았다.
항상 낮은 목소리로 화난 것처럼 말하는 그녀치고 드문 일이다.
그만큼 오늘의 성공이 기뻤겠지.
엘리나리제는 자애로운 미소를 지으면서 그녀의 이야기를 들었다.
자노바와 크리프는 록시와 뭔가 이야기했다.
진지한 표정인 것을 보면 연구에 관한 걸까. 저 세 사람은 성실하니까.
“자. 여기, 루디.”
“응, 고마워, 실피.”
실피는 내 옆에서 계속 술을 따라주었다.
“실피는 안 마셔?”
“난 술을 마시면 이상해지니까 조금 삼갈까 하고.”
“…그래.”
“오늘은 외박이 아니고, 루시를 돌봐야 하니까.”
“알았어.”
취한 실피, 귀여운데.
사양 않고 어리광부리는 느낌으로. 하지만 술을 삼가는 모습도 현모양처란 느낌이라 좋군.

그렇게 생각하면서 실피와 러브러브하는데 록시가 다가왔다.
"루디. 저도 괜찮을까요?"
"뭐가?"
"의자를 조금 뒤로 빼주세요."
시키는 대로 의자를 빼자, 무릎 위에 다소곳하게 올라탔다.
눈앞에 록시의 정수리가 있다. 무릎에 록시의 엉덩이 감촉이 있다. 뭐지, 이 광경. 너무 멋진데.
아아, 하지만 안 된다.
"록시, 취했어?"
실피가 쓴웃음을 지으면서 물었다.
"조금."
그러고 보니 록시의 얼굴이 약간 붉다. 그녀는 술을 별로 마시지 않는데, 어쩐 일일까.
좀처럼 볼 수 없는, 흐트러진 록시를 볼 수 있지만.
"후우."
록시가 내 가슴에 등을 기댔다.
가벼운 체중이 가슴에 실렸다. 두근두근거리는 고동이 들렸다. 아, 대단하다. 이 위치라면 록시의 로브 가슴께를 당기면 안이 들여다보이겠어.
어쩐다. 보고 싶은데. 볼까. 아니면 더 마시게 한 뒤가 좋을까.
"왠지 좋아 보이네…. 나도 나중에 무릎에 태워줘."
"물론이야, 실피."

뭣하면 왼쪽에 록시, 오른쪽에 실피라는 형태도 좋다.

저번에 셋이서 잤을 때도 왼쪽에 록시, 오른쪽에 실피라는 느낌이었는데, 아주 좋다.

양손에 다 들어가지 않는 행복이란 느낌이다.

"…오빠."

그렇게 풀어져 있는데 노른이 노려보았다.

이런, 이런. 노른을 놔두고 있었네. 그녀는 이 그룹 안에 지인이 적다. 일단 전원과 면식은 있지만, 대화를 할 레벨은 아니겠지.

아까 전부터 내 맞은편에서 조용히 있었다.

"미안해, 노른. 좀 불편하지?"

"아뇨, 괜찮습니다. 저기, 할 말이 좀 있는데 괜찮을까요?"

"그래, 뭔데?"

나는 록시를 옆의 의자에 앉히고 노른과 마주보았다.

"예. 저기, 학생회 말인데요."

"음, 그건가."

졸업식 날에 노른은 학생회 멤버 말석에 있었다.

나를 보고 거북한 얼굴을 하던 것이 실로 인상적이었다.

"아리엘 선배에게 권유를 받았습니다. 당신은 성적이 결코 우수하지 않지만, 구심력이 있으니까 학생회에 와달라고."

"그래…. 실피는 그걸 알고 있었어?"

"응, 일단."

실피에게 묻자, 그녀는 고개를 끄덕였다.

알고 있었던 모양이다. 어쩌면 록시도? 그런 마음에 고개를 돌리자, 역시나 알고 있었던 것처럼 이리저리 시선을 돌렸다.

나만 모르고 있었나. 이럴 수가.

"미안. 노른이 직접 말할 테니까 말하지 말아달라고 해서."

"그래."

실피가 난처한 얼굴로 사과했다. 어쩌면 술을 마시지 않았던 것은 이 이야기를 거들기 위해서일지도 모르겠다.

노른은 복잡한 표정으로 말을 이었다.

"저기, 오빠. 학생회에 정식으로 들어가도 될까요?"

물론이지. 그렇게 말하려다가 멈추었다.

노른은 현재 두 가지 일을 하고 있다. 검술과 책 집필이다.

책 집필은 급한 일이 아니다. 1주일에 한 번 정도면 되고, 아예 보류라는 형태로 놔두고 몇 년 뒤에 써달라고 해도 되지만, 검술은 매일 해야만 한다.

검술에 매일 공부. 거기에 학생회 일이 더해지면 노른은 해낼 수 있을까.

노른은 결코 낙제생이 아니지만, 최우수라고 할 만큼 우수하지도 않다.

서너 개의 일을 동시에 할 수 있을까?

"노른."

"예."

"그렇게 많은 일을 할 수 있겠어?"

"……."

노른은 입술을 깨물었다. 스스로도 오버워크라고 생각했던 걸지도 모른다.

"학생회에 들어가는 걸 반대하는 건 아닌데, 어중간해지지 않을까?"

"괜찮습니다."

"책 집필도 검술도 네가 하겠다고 자원해서 시작한 일이잖아? 집필이야 애초에 내 일이었으니까 괜찮긴 해도. 검술 쪽은 어때? 공부도 3학년부터는 어려워질 거야."

"공부도 검술도 열심히 할게요."

말은 잘한다. 하지만 만사는 그리 많이 할 수 없는 법이다.

두 마리 토끼를 잡으려다가 하나도 못 잡게 된다.

"루디."

실피가 난처한 시선을 보내왔다.

"노른은 요즘 잘 하고 있어."

그런가. 지금으로선. 응, 하지만 그런 상태가 오래 지속되면 어떻게 될까.

무너지는 거 아닐까?

"그건 그렇고 언제부터 도왔던 거야?"

"학생회 일 자체는 1년 이상 전부터일까. 분명히 루디가 여행을 떠난 동안에."

"어? 제법 오래 됐네?"

여행 간 동안이라면 내가 검술을 가르치는 것보다 더 전인가.

"괜찮아, 루디. 내가 보증할게. 노른은 학생회 멤버로도 잘 해내고 있고, 다른 일도 어중간해지지 않아."

실피는 힘주어 그렇게 말했다.

하지만 그런가. 가능하냐 아니냐가 아니라, 이미 해낸 뒤에 말했나.

그럼 반대할 수 없지.

"그래…. 노른도 애썼구나."

내가 안 보는 곳에서도 노른은 열심이었다.

왠지 기뻐지네. 말로는 할 수 없는 기쁨이다.

"알았어. 애초에 내가 허락을 하고 자시고 할 게 아니지만, 허락할게. 노른, 앞으로도 힘내라."

"예, 오빠! 감사합니다!"

노른은 씩씩하게 끄덕였다. 결국은 본인의 노력에 달렸다.

하지만 그 노력을 응원하는 것은 주위의 의무다. 나는 얼마든지 응원해 주마.

그렇게 생각하는데 나나호시의 목소리가 들렸다.

"수박을 자르죠."

오늘 소환된 수박은 연회 도중에 전원이 나누어 먹었다.

기억하는 것보다도 당도나 과즙은 다소 적었다. 분명 캘리포니아산이나 그런 거겠지.

맛은 둘째 치고, 이 수박을 자르고 보니 어떤 사실이 판명되었다.

씨 없는 수박이었다. 일단 이쪽에서는 그런 식으로 재배하지 않을 터.

즉, 실험은 성공이었단 뜻이다.

연회도 절정…이라기보다는 피크를 조금 지났다.

나나호시가 노래하고, 노른이 춤을 추고, 자노바는 줄리와 함께 인형에 대해 말하고, 록시는 취해서 실피의 부축을 받고, 크리프는 엘리나리제와 러브러브하고 있다.

연회가 끝날 즈음 특유의 풀어진 느낌. 나도 취기에 몸을 맡기고 의자에 몸을 기댔다.

기분 좋다.

"…수고했어."

그때 나나호시가 내게로 다가왔다.

"…콜록, 콜록…."

나나호시는 몸이 조금 안 좋은 표정이었다. 술 때문이겠지. 감기 걸린 상태로 술을 마시니까.

"해독 걸어 줄까?"

"…부탁해."

해독과 치유 마술을 걸어 주자, 나나호시는 다소 나아졌는지 후련한 얼굴로 숨을 내뱉었다.

"아무튼 고마워. 이걸로 간신히 다음 단계로 나아갈 수 있어."
"그래."
나나호시의 연구를 거들게 된 지 벌써 3년이 됐나. 빠르군.
제1단계와 비교하면 제2단계, 제3단계는 간단히 통과했다.
자노바와 크리프 덕도 있지만, 당초에 생각했던 것보다 훨씬 순조롭다.
"제4단계는 소환물의 자세한 지정이란 이야기였나."
"그래. 거기에 대해 잘 아는 사람이 있으니까 물어보러 갈 예정이야."
전에 말했던 소환술의 권위자인가.
"설마 올스테드는 아니겠지?"
"아냐. 올스테드도 소환을 쓸 수 있지만 다른 사람."
다른 사람인가.
그렇긴 해도 올스테드 녀석, 역시 소환도 쓸 수 있나. 인신의 말로는 올스테드는 세계의 모든 기술과 마술을 쓸 수 있다는 모양이니까. 하지만 쓸 수 있는 것과 해박한 것은 다르겠지.
개발자와 사용자는 항상 다른 인종이다.
"그래서 제안이 좀 있는데."
"뭡니까."
"전에 뚜껑 실험 때의 답례가 아직이었지?"
"그랬었지."
그러고 보니 뭔가 받는 걸 잊어버렸다.

그때는 루시를 키우느라 바빴으니까.

인간은 만족하고 있으면 헝그리 정신이 사라지는군.

“이번 일이랑 합친 사례로 그 사람을 당신에게 소개하는 건 어떨까.”

“소개라….”

“솔직히 당신이 알고 싶어 하는 소환 마술은 그런 사람에게 직접 배우는 편이 좋을 거야.”

뭐, 나는 이세계 소환 같은 걸 몰라도 되고. 분명히 이세계에서 뭔가 불러내는 것은 편리할 것 같다. 아이를 위한 분유병이나 유모차 같은 건 소환해 보고 싶다.

하지만 꼭 해야만 하는 건 아니다. 지금 상태로도 충분하니까.

소환술 자체는 일단 배워보고 싶다. 쓸 기회는 적을 것 같으니까, 단순히 호기심 때문이지만.

전이사건이 왜 일어났는지는 조금 알고 싶지만, 꼭 해야만 하는 것도 아니다.

“하지만 실험 두 번의 답례가 될 만큼 대단한 사람이야?”

“그래. 어쩌면 당신 이미니의 기억상실도 어떻게 될지도 몰라.”

“뭐….”

그 말에 나는 무심코 반응하였다.

이야기를 듣고 있었는지 노른이 이쪽으로 다가왔다.

“그게 정말이야?”

"그건 모르겠지만, 아무래도 오래 산 사람이니까 알고 있을 가능성도 높아."

제니스의 기억상실을 고친다.

지금도 순조롭게 회복되는 것 같지만, 기억에 대한 건 낫고 있는 건지 알기 어렵다.

안 낫는다고 해도 병명이나 비슷한 증상에 대해 들을 수 있다면, 전생의 기억을 동원해서 무슨 수를 찾을 수 있을지도 모른다.

내 전생의 기억이라고 해 봤자 빤하지만, 그래도 뭔가 할 수 있을지도 모른다.

"나나호시 님의 스승님 이야기인가."

"소개해 준다면 나도 꼭 만나보고 싶군."

어느 틈에 크리프와 자노바도 옆에 있었다. 크리프의 뒤에는 엘리나리제도 있었다.

엘리나리제는 아까부터 계속 크리프의 귀를 만지작거리고 있었다. 뭐가 재미있는 건지는 모르지만 즐거운 모양이다.

"뭐…. 당신들도 도왔지. 상관은 없지만."

나나호시는 약간 복잡한 얼굴이었다. 이름을 꺼내선 안 되는 인물인 걸까.

"아, 나도 흥미가 조금 있어."

그렇게 생각하는데 실피도 다가왔다. 록시는 붙여놓은 의자 위에 누워 있었다.

노른은 흥미가 있는 건지 없는 건지, 약간 떨어져 있는 록시의 곁에서 이쪽을 보고 있었다.

간다면 이들도 참가하고 싶어 할까. 나나호시를 포함하여 일곱 명인가.

“너무 여럿이서 가면 폐가 되지 않나?”

“…그건 괜찮아. 열두 명까지는 문제없다고 그랬고. 여기 있는 전원이 가도 문제는 없을 거야.”

나나호시는 체념한 것처럼 끄덕였다.

아무튼 자노바와 크리프는 참가인가. 나나호시에게 문제없다고 해도 나는 다르다.

“하지만 만나려면 시간도 걸릴 거 아냐?”

걸어서 몇 달 걸릴까. 전이유적을 쓰면 단축할 수 있을지도 모르지만, 애초에 그 전이유적까지 가는 데에도 닷새는 걸린다.

왕복으로 열흘이다. 거기서 또 이동해야 할 테니까 한 달은 잡는 편이 좋겠지.

루시의 곁을 그렇게 오래 떠나 있고 싶진 않다.

“만나려고 하면 하루면 돼.”

“헤에, 근처구나. 사실은 가끔씩 만난다든가?”

하루라. 왕복으로 이틀. 저쪽에서 며칠 묵더라도 1주일이면 돌아올 수 있다.

아예 루시도 데려가도 괜찮을 정도다.

“근처는 아니고 만나지도 않았지만, 만날 방법은 있어.”

마력부여품으로 연락을 취하는 걸까. 전화 같은 마도구는 본 적 없지만 텔레포트는 있었다. 그럼 존재할 수도 있겠지.

문장을 보내려면 시간이 좀 걸리는 모양이지만, 신호탄처럼 간단한 신호 같은 것을 미리 정해두면 연락 자체는 가능한 모양이고.

"알았어, 그래서 그 사람의 이름은?"

나나호시는 눈썹을 찌푸리고 주위를 둘러보아 손님이 많은 것을 확인하더니, 우리에게 더 다가오라고 손짓했다. 우리가 비밀 이야기를 하듯이 얼굴을 모으자, 나나호시는 작은 목소리로 말했다.

"이야기가 퍼지지 않도록 해 줘. 알겠지?"

일단 그런 전제를 깐 나나호시는 전원이 끄덕이는 것을 확인하고 말했다.

"갑룡왕 페르기우스야."

400년 전, 라플라스 전쟁에서 인간을 승리로 이끌었던 '마신을 죽인 세 영웅'의 이름을.

막간

광견의 검은
무거운가 예리한가

북방대지의 서쪽 끝. 검의 성지.

이 땅에는 싸움의 역사가 있다.

현재 검신류의 총본산이 된 이 땅에는 수신류가 권위를 보이던 시기도 있었다.

고작 백 년 정도 전이다. 어느 시기의 수신이 검신과 결투하여 이 땅을 빼앗았다.

그 수신은 또 다른 검신에게 패하여 성지는 다시 검신류의 손에 넘어갔지만, 그 이후로 당대 최강의 검사가 자리 잡고 자기 유파를 가르치는 곳이 되었다.

최강의 검사에게 검을 배우고, 어쩌면 최강의 검사를 쓰러뜨리고 자기가 최강이 되기도 한다.

그런 야망을 가진 검사들이 동경하며 한 번은 가보고 싶다고 생각하는 땅이다.

그런 땅에 현재 보기 드문 인물이 방문하였다.

그것도 두 명이나.

한쪽은 환갑을 넘었을 정도의 노파다. 신경질적인 표정을 하고 있지만, 전체적으로 다소곳한 인상은 사람들의 마음을 편하게 한다. 현재는 여행자의 모습이지만, 복장에 따라서는 안락의자에 앉아서 자수나 뜨개질을 하는 모습이 어울리겠지.

그 외견과 어울리지 않는 게 하나 있었다. 노파의 허리에 매달린 한 자루의 짧은 검이다.

또한 상당한 검술을 익힌 자라면 언뜻 봐선 빈틈투성이인 모습 중 어디를 공격해도 자기 검이 닿지 않을 것을 알았겠지.

감출 것도 없겠지. 그녀가 바로 수신 '레이다 리아'다.

수신류의 비기 '박탈검'을 익힌, 당대 최강의 검사 중 하나다.

그리고 그 레이다를 따르는 것은 젊은 여자였다. 스무 살 안팎일 그녀는 레이다와 많이 닮은 얼굴이었다. 레이다와 마찬가지로 여행자의 모습에, 역시나 허리에 검을 찼다.

"스승님. 여기가 검의 성지입니까?"

"그래. 네가 가고 싶다고 노래를 불러댔던, 야수들의 소굴이다."

"긴장됩니다."

"너는 자기 기술을 믿으면 된다. 검신과 싸우는 게 아니라면 충분히 통할 거야."

"예, 스승님."

두 사람은 그런 이야기를 나누면서 검의 성지로 들어갔다.

검의 성지라고 불리는 장소지만, 언뜻 봐선 평범한 소도시다. 숙박소가 있고, 무기상이 있고, 모험가 길드가 있고, 모험가가 있고, 상인이 있고, 다들 바쁘게 길을 오갔다.

다만 특이한 점이 하나 있다면, 사람들 대부분이 검신류의 검사라는 점이겠지.

가느다란 팔의 소녀가 건장한 모험가보다도 실력이 있을 수 있다.

"일단은 숙소를?"

"필요 없다. 갈 녀석에게 가서 재워달라고 하면 돼."

레이다는 그렇게 말하면서 시내를 지나서 안쪽으로 들어갔다.

어느 정도 들어가자, 모험가나 상인의 모습이 줄어들고 목도를 한손에 든 채 도복을 입은 사람이나 도장 같은 장소가 늘어났다.

레이다를 따라가는 여자는 신기하다는 듯이 그것을 구경하였다. 눈 속에서 추울 듯한 도복 차림의 사람들이 신선했던 것이다.

"스승님. 여기 사람들은 추운 날씨에도 꽤나 얇게 입네요."

"검신류는 빨리 움직이지 않으면 그냥 바보니까. 추워도 무거운 건 안 입는다."

"더워도 두껍게 입는 우리랑은 정반대. 재미있네요."

"재미 따윈 없어."

레이다는 도장에 눈길도 주지 않고 똑바로 더 안으로 들어갔다.

어느 구역을 통과하자, 도장도, 집도, 도복 차림의 젊은이도 갑자기 모습을 감추었다.

온통 눈만 쌓인 곳에 계곡 같은 길이 하나 이어졌을 뿐이다.

그 앞에는 담장으로 둘러싸인 커다란 도장 하나가 있었다.

여기가 검의 성지의 중심이자 검신류의 총본산인 대도장이다.

두 사람이 대도장의 입구까지 도달하니, 마침 입구에서 한 여자가 나오고 있었다.

긴 머리를 목 뒤에서 묶은, 늠름한 표정을 한 여자였다.

통을 손에 든 모습을 보면 물을 길으러 가는 것일지도 모르겠다.

소녀는 두 사람을 보더니 곧바로 통을 던지고 허리춤의 검에 손을 대며 경계하는 모습을 보였다.

"여기에 무슨 일이십니까?"

레이다는 여자의 얼굴을 빤히 보더니 신경질적인 표정을 다소 풀었다.

"오오, 니나인가? 많이 자랐구나."

"……?"

레이다의 말에 여자는 의아한 표정을 하였다.

"아, 기억을 못 하는 게로구나. 그렇겠지, 전에 만났을 때는 이렇게나 작았으니까…."

레이다는 그리움이 가득한 표정을 지었지만, 여자—니나 파리온는 기억하지 못했다.

그저 이해한 것은 눈앞의 노파가 심상찮은 인물이라는 것뿐이다.

그리고 옆에 있는 여자 또한 니나와 동등하든가, 그 이상의 힘을 숨기고 있으리라고 간파했다.

"오늘은 너희 대장이 불러서 왔다. 안내해 다오."
"대장?"
"갈 파리온 말이다."
니나는 그 말에 주저했다.
검신 갈 파리온을 찾아오는 자는 많다.
하지만 태반은 검신의 이름을 넘겨받으려 하는, 자기 주제도 모르는 놈이다.
그리고 상대를 문전박대하는 것도 니나 같은 문하생의 역할이었다.
"실례합니다만, 성함을 여쭈어도 괜찮겠습니까?"
"레이다다. 레이다 리아. 어디의 누구인지까지는 말하지 않아도 알겠지?"
"알겠습니다, 이쪽으로 오시죠."
하지만 이름을 들은 순간 니나는 레이다에게 정중하게 인사하고 안으로 안내했다.
레이다 리아라는 이름을 당당히 댈 수 있는 자는 이 세계에 한 명밖에 없다. 수신류의 우두머리. 수신만이 레이다 리아라는 이름을 댈 수 있다.
혹여 이름을 사칭하고 있을 가능성도 생각했지만, 이 노파의 행동거지에서 끝 모를 뭔가를 느끼고 그 생각을 지웠다. 가짜라고 해도 상당한 실력을 가진 어르신으로 보였다.
두 사람은 니나의 안내를 받아 검신류 도장 안으로 들어갔다.
입구를 지나 똑바로 들어가서 설국 특유의 계단이 있는 현관을 통해 건물 안으로 들어갔다.
현관에서 눈을 털고, 끼익끼익 소리가 나는 나무 복도를 걸었다.
레이다는 앞서 가는 니나를 바라보면서 말을 흘렸다.
"젊은데도 꽤나 솔직하고 예리하구나. 검왕 정도는 되었느냐?"
"아뇨, 저는 아직 멀었습니다."
"그러냐, 젊은 애들 중 제일 강할 텐데 겸손하기도 하구나."
"제일 빠를지도 모릅니다만, 제일 강한 건 제가 아니니까요."
"호오. 좋은 마음가짐이야. 검신류의 젊은이라고는 생각되지 않을 만큼."
그런 대화를 나누면서 세 사람은 '당좌의 방'에 도착했다.
거기에는 한 남자가 앉아 있었다. 명상이라도 하는 것처럼 가볍게 눈을 감고 있었다.
레이다는 칼이 목젖에 와 닿은 듯한 감각에 빠졌다. 그녀는 삼대검술의 정점 중 하나인 '수신'이며, 노령이면서도 아직 전성기와 다름없는 실력을 가졌다고 자부했다.
하지만 유일하게 이 남자의 검만큼은 간단히 받아낼 수 없었다.
이 남자가 바로 검신 갈 파리온이다.

"레이다 리아 님을 모셔왔습니다."

"왔나."

갈 파리온은 희미하게 눈을 뜨고 레이다를 보았다.

옆에 있는 소녀에게도 힐끗 시선을 주었지만, 곧 흥미를 잃고 시선을 돌렸다.

"여기까지 먼 길 와주느라 고생했군. 그 나이에 긴 여행은 힘들었을 텐데."

"맞는 말이야. 하지만 네가 내게 머리를 숙이다니 어쩐 일인가 싶어서 와 봤지. 어이쿠야."

레이다는 검신의 앞으로 걸어가서 앉았다.

어이쿠, 라고 말했지만, 그 동작은 물 흐르듯이 유려했다.

약간 뒤에 조심스럽게 니나, 그리고 레이다의 동행인 여자가 앉았다.

"그래서 나는 누구한테 뭘 가르치면 되지? 저기 애한테 수신류의 비기라도 가르쳐 달라는 건가?"

레이다는 니나를 턱을 가리키면서 검신에게 물었다.

"뭐, 솔직해 보이는 아이니까 검신류에게는 잘 맞겠지만, 수신의 기술도 못 쓸 거야 없겠지."

그녀는 검신이 보낸 편지를 읽고 이곳에 찾아왔다.

'제자 하나를 단련시켜 줘.'

그런 의미가 담긴 편지를 레이다는 즉시 찢어버리려고 했다.

하지만 남에게 뭔가 부탁하기를 싫어하는 검신 갈 파리온이 일부러 편지까지 보낸 것에 흥미를 품었다. 하지만 그것만이면 아슬라 왕국의 수도에서 멀리 여기까지 걸어오지 않았다.

"하지만 나한테도 조건이 있어."

"뭐지?"

"네가 네 제자를 가르쳐 달라고 말한 것처럼, 내 제자한테도 검신류의 검술을 좀 보여줘. 가르칠 필요는 없으니까."

레이다는 자기 제자가 너무 우쭐해 있는 것을 근심하였다.

아슬라 왕국의 기본 검술이기도 한 수신류는 문하생도 많지만, 그 재능을 제대로 키우는 자는 별로 없다.

레이다가 오늘 데려온 제자는 그 얼마 안 되는 이 중 하나지만, 동문들 중에 자신과 비슷한 수준의 검사가 없기 때문에 다소 콧대가 높아졌다. 수련은 진지하게 하지만, 목표도 라이벌도 없기 때문에 근래 1년 정도 제자의 성장이 없는 것을 레이다는 여실하게 느끼고 있었다.

이 자리에 데려온 것은 제자의 콧대를 꺾고, 보다 크게 성장시키기 위해서였다.

설령 검신류의 젊은이가 별로라서 자기 제자의 콧대가 꺾이지 않는다고 해도, 검신 갈 파리온의 검을 받을 기회가 있다면 그녀에게 큰 경험이 되겠지.

수신류라는 유파는 상대가 강하면 강할수록 수행의 효과가 크니까.

그리고 갈 파리온이 그녀를 여기로 부른 것도 똑같은 생각을 했기 때문이라고 생각했다. 수신에게 검을 날리고 그 카운터를 직접 느끼게 해서 한층 성장시키려는 것이라고.

"대단한 일도 아니지. 좋아."

"흐흥. 뭣 하면 내 제자랑 네 제자를 대련이라도 시켜볼까?"

레이다는 선수를 쳐서 그렇게 말했다.

니나를 통해 자기 제자의 콧대를 꺾으려는 계산이었다.

이대로 검신과 붙여보는 것도 좋지만, 동년배 상대에게 당하는 편이 한층 분할 거라고 생각했다.

"좋아. 니나, 에리스를 불러와라."

"…알겠습니다."

그 대화를 듣고 레이다는 어라 싶어서 고개를 갸웃거렸다.

방금 전에 입구에서 만난 이후로 자기가 가르칠 상대는 니나라고만 생각했다.

"저기, 스승님."

"뭐냐? 얼른 데려와."

"저기, 저도 대련에 참가해도 되겠습니까? 수신류의 검사가 어느 정도인지 흥미가 있습니다."

"으음? 처음부터 그럴 생각이었다."

니나의 간청에 검신 갈 파리온은 귀찮다는 듯이 끄덕였다.

"감사합니다! 바로 에리스를 데려오겠습니다."

그 대답을 듣고 니나는 한순간 기쁜 표정으로 하며 인사하더니 도장을 나갔다.

★ ★ ★

그 소녀를 본 순간 레이다는 소름이 돋는 것을 느꼈다.

마치 길가에서 마물을 만났을 때와 같은 감각이라서 반사적으로 허리춤의 검으로 손이 갈 뻔했다.

그런 꼴사나운 짓을 하지 않았던 것은 바로 제자가 먼저 움직였기 때문이었다.

제자는 경계를 드러내며 허리춤의 검에 손을 댔다. 항상 냉정해야만 한다는 수신류에게 어울리지 않는 동작이었다.

“에리스. 이 할머니가 앞으로 네게 수신류에 대해 이것저것 알려줄 거다.”

“…잘 부탁합니다.”

에리스는 퉁명스러운 표정을 숨기지 않으면서도 고개를 숙였다.

‘완전히 야수로구나….’

레이다는 에리스의 눈동자 속에 잠든, 굶주린 야수 같은 격정을 감지했다.

그런 격정을 가진 자에게 카운터인 수신류를 가르쳐도 습득할 수 없다.

이런 인물은 처음부터 수신류의 문을 두드리지 않는다.

“갈, 이 철부지 같은 놈아, 미안하지만 이 아이에게 수신류는 맞지 않아. 시간 낭비야."

"그딴 건 나도 알아."

검신 갈 파리온은 느긋하게 끄덕였다.

"그럼 뭘 가르치란 소리냐?"

"아무것도 안 가르쳐도 돼. 그냥 수신류로서 상대해 줘."

"흐음."

레이다는 그 대화에 검신 갈 파리온이 무슨 목적인지 알아차렸다.

즉, 이 에리스라는 소녀에게 '수신류의 대처법'을 실전으로 배우게 하려는 것이다.

하지만 그 이유가 짚이지 않았다.

분명히 수신류와의 대전은 경험해두어서 손해 볼 것 없지만, 그래도 일부러 레이다를 부를 이유가 없다. 재능 있는 검신류의 제자라면 웬만한 수신류의 반응속도를 웃도는 참격을 날리는 것도 그리 어렵지 않다.

수신류의 기술을 알기보다는 검신류의 기술을 보다 갈고 닦는 편이 대책으로서 낫겠지.

공격을 날리는 상대가 없으면 제대로 수행도 할 수 없는 수신류와 달리 검신류는 상대가 누구든지 선수를 쳐서 쓰러뜨리는 유파니까.

수신류와의 대전경험을 쌓게 한다는 것은 즉, 장래에 수신류 중 누군가와 싸울 가능성이 있다고 암시한다. 레이다는 그렇게 생각했다.

그리고 검신이 그 정도가 아니면 이길 수 없다고 생각할 만한 수신류 검사로는 한 명밖에 없다.

"뭐냐, 이 야수를 시켜서 날 암살이라도 하려는 게냐?"

"설마, 가만 놔둬도 죽을 할망구를 암살해서 뭐하게?"

"그럼 가르쳐 다오. 왜 나는 이 아이에게 수신류를 가르쳐야만 하지? 대체 누굴 상대하게 하려는 거냐?"

그러자 검신은 씨익, 하고 사나운 웃음을 지었다.

"거기 있는 에리스는 용신 올스테드를 쓰러뜨리고 싶다는군."

"뭐… 올스테드를?"

레이다의 얼굴에 커다란 동요가 떠올랐다.

그녀도 그 열강이라면 잘 안다. 그 강함도, 그리고 수신류의 기술을 쓴다는 것도.

"용신이라니 그거 참 크게 나왔군. 그게 가능할 것 같나?"

"나는 가능하다고 보고 있어. 에리스도."

"그래, 그런가. 그거 좋군. 자신 있다니 좋은 일이야."

진담인지 거짓말인지는 모른다.

칠대열강 제2위 '용신'을 쓰러뜨린다니 농담으로밖에 들리지 않는 이야기다.

하지만 검신의 자신 있는 표정과 에리스의 당연하다는 듯한 얼굴이 묘하게 설득력 있게 느껴졌다.

그리고 레이다는 그게 진짜라면 재미있겠다고도 생각했다.

"하지만 말이다, 검신. 나는 재능 없는 녀석과 놀아주는 건 사양이야. 일단 내 제자랑 붙여서 압도할 수 있을 정도가 되면 그 다음이 나다. 그게 되거든 가르치는 것도 생각해 보지."

일석이조, 아니, 삼조의 생각이다.

자기 제자의 오만함을 꺾고, 자기 제자에게 검신류와의 대전 경험을 주고, 이 재미있을 듯한 놀이에 참가한다.

레이다는 오랜만에 가슴이 설렜다. 그녀는 수신류이지만, 그 이전에 한 명의 검사다.

"그렇게 됐다, 이졸테. 상대를 해 줘라."

수신의 제자. 이졸테라고 불린 여자가 일어섰다.

"이야기는 들었습니다. '수왕' 이졸테 크루엘이라고 합니다. 앞으로 잘 부탁드립니다."

거기에 대응하여 니나와 에리스 또한 이졸테를 마주보았다.

"'검성' 니나 파리온입니다. 잘 부탁드립니다."

"…에리스 그레이랫."

여자 셋이 모이면 접시가 깨진다. 그런 말과 어울리지 않는 세 사람이 도장 구석에 있는 목도를 손에 들었다.

"스승님의 말씀이니 어쩔 수 없이 상대해 주겠지만… 성급 따위가 나를 압도할 수 있을 거라곤 생각하지 마시지요."

이졸테는 입가에 손을 대고 두 사람에게만 들리도록 말했다.

"…그렇군요. 살살 부탁드립니다."

"흥…."

이졸테의 싸구려 도발은 검신류의 천재 검사의 불타기 쉬운 마음에 가볍게 불을 붙였다.

한 시간 뒤, 에리스는 도장 한가운데에 쓰러져 있었다.

"헉… 헉…."

그 눈은 크게 떠졌고, 숨은 거칠었다.

그녀는 이졸테에게 완벽하게 깨졌다. 에리스의 검은 이졸테에게 한 번도 닿지 않았다.

현재 에리스의 검은 이 도장에서 열 손가락에 꼽히는 속도를 자랑한다. 고독한 연습으로 단련된 그 일격은 길레느에 육박할 정도의 예리함과 무게를 자랑하고, 독자적인 리듬에서 나오는 일격은 회피하기 어렵다. 거기에 북신류의 기술이 더해져서 에리스의 전투력은 웬만한 검성을 훨씬 능가할 정도였다.

하지만 이졸테는 에리스의 공격을 전부 흘려내고 카운터를 날렸다.

30분도 안 되는 대련 동안 에리스는 백 번 가깝게 죽었다.

"……."

그런 에리스의 옆에는 이졸테가 쓰러져 있었다.

에리스를 이기고 의기양양해하던 이졸테를 압도한 것은 니나였다.

결국 검신류 따윈 속도와 기세만 믿는 야만적인 검, 세련된 수신류의 기술을 깨뜨릴 리가 없다.

니나는 그런 이졸테의 얕은 생각을 쉽게 깨뜨렸다. 니나가 날린 참격은 이졸테가 반응하기도 전에 그 옆머리에 파고들었다. 그 결과 이졸테는 간단히 기절했다.

단 일격에.

"이거 재미있는 결과가 되었군."

그렇게 말한 것은 도장 상석에 앉은 검신 갈 파리온이었다.

"……."

니나는 검신을 향해 깊이 허리를 숙였다.

재미있는 결과라고 했다.

검신은 니나가 마지막에 이길 거라곤 생각하지 않았겠지. 니나는 그걸 알아차리고 낙담과 비슷한 마음을 품었지만, 자신의 성장을 스승 앞에서 보여줄 기회를 얻어서 기쁜 마음이기도 했다.

니나 또한 승리의 쾌감이란 것을 좋아하니까.

"재미고 뭐고 없는 결과야."

그렇게 말한 것은 레이다였다.

그녀는 이 결과를 당연하게 보았다. 새어나오는 살기를 감추려고도 하지 않는 야수는 수신류에게 단순한 봉이다. 분명히 에리스는 강하겠지. 그만한 자질을 가졌다.

하지만 그것만으로는 안 된다. 투지 덩어리이며 전쟁의 아이 같은 존재라도, 수신류를 쓰러뜨릴 수 없다.

반대로 니나와 이졸테의 대련 결과도 레이다에게는 당연했다.

니나는 그 나이에 그만한 기술을 가졌으면서도 우쭐대지 않는다.

아마도 저 에리스라는 소녀의 존재가 방심을 허락하지 않았겠지.

그리고 방심하지 않고 수행한 결과로 오만함에 수행을 게을리 한 이졸테를 쓰러뜨리기에 이르렀다. 니나의 참격은 에리스와 비교해서 특별히 빠른 게 아니었다. 오히려 새끼손가락 한 마디 정도 느리다. 무게로 보자면 에리스 쪽이 압도적으로 위겠지.

하지만 그건 감정이 실리지 않은 참격이었다. 일절 살기가 없고, 감정의 예비동작조차 없는 상태에서 나오는 일격. 이졸테는 살기 정도가 아니라 공격하려는 의사조차 느끼지 못했을 게 틀림없다.

"하지만 결과를 보면 양호해. 어쩔 거지. 너는 나한테 수신류의 기술을 배울 건가?"

그 질문에 니나는 잠시 생각하는 모습을 보였지만, 이윽고 고개를 내저었다.

"아뇨, 저는 검신류의 극에 도달하려고 하기에."

"그래, 그래. 그게 좋아."

레이다는 재미있다는 듯이 웃었다.

"갈, 이 꼬맹아. 그럼 이렇게 하는 건 어떻겠나. 한동안 이 셋을 대련시키면서 서로 절차탁마하게 하는 건."

"그래. 수왕 정도에게 지면 의미가 없지."

"내 제자도 눈앞의 목표가 생기면 또 근면해질 테니까."

검신과 수신이 이야기한 결과.

에리스는 이졸테를 쓰러뜨릴 때까지, 이졸테는 니나를 쓰러뜨릴 때까지.

같은 시선에서 서로 단점을 지적해 주는 것으로 성장을 도모할 수 있을 거란 결론이 나왔다.

"…니나, 너는 그래도 되겠나?"

"괜찮습니다."

니나는 끄덕였다.

분명히 장난삼아서 이번 일에 끼어들었다. 수신류의 제자와 절차탁마하는 것은 자신에게도 득이 되겠지.

니나는 이겼다. 하지만 이졸테와 에리스가 자기보다 아래라고는 생각하지 않았다.

그리고 동격의 상대와 겨루는 것의 상승효과라면 자기 자신이 잘 알았다.

에리스가 없었으면 이졸테에게 이길 수 없었을 거라는 마음이 있었다.

"좋아. 그럼 그렇게 할까. 오전은 평소처럼 사범에게 배우고, 해가 지기 시작하면 셋이서 모여서 서로 수행해라."

"예."

"…알았어."

니나는 조용히 끄덕였고, 에리스 또한 쓰러진 채로 대답했다.

이졸테는 기절한 채였지만, 레이다가 억지로라도 시킬 생각이었다.

이렇게 에리스는 수신류를 상대로 하는 수행을 시작했다.

한 달 뒤. 기묘한 삼파전이 생겼다.

에리스는 니나에게 이긴다. 니나는 이졸테에게 이긴다. 이졸테는 에리스에게 이긴다.

그녀들은 각자의 수행을 하면서 하루에 몇 차례 대련을 하고 의견을 교환했다.

이졸테는 에리스의 약점을 금방 간파했다.

“에리스는 살기를 너무 드러냅니다. 우리 수신류는 살기에 민감하니까 공격이 오는 걸 알면 바로 대처할 수 있습니다.”

“그런 소리를 해도 어떻게 하면 좋을지 몰라.”

에리스는 이졸테의 말을 얌전히 들었다.

자기 멋대로고 난폭하다고 여겨지긴 하지만, 에리스는 자기가 더 강해지는 것에 대해 탐욕스러웠다.

“그렇군요…. 니나는 공격하기 전에 거의 살기를 드러내지 않는데, 어떻게 하는 겁니까?”

“어떻게라고 물어도… 가장 빠르게 검을 휘두르면 이길 수 있으니까, 살기를 안 내는 편이 좋지 않아?”

니나는 오히려 에리스가 왜 평소부터 살기를 뿌리고 다니는지 신기했다.

적이 없는데도 왜 그렇게 팽팽한 분위기일까. 평소에는 편히 있는 게 좋지 않나. 그렇게 생각했다.

"나도 몰라."

"그래. 그럼 매일 목욕을 하고 몸을 씻고 밥을 먹고, 따뜻한 이불 속에서 좋아하는 사람 생각이라도 하면서 푹 자 봐."

"그게 뭐야. 루데우스는 관계없잖아."

"아…. 마지막 건 농담이야. 아무튼 그 이외의 건 해 봐. 냄새나고 몸에도 안 좋을 것 같아서 보고 있을 수 없어."

"……알았어."

에리스로서는 자신의 팽팽한 분위기를 끊고 싶지 않았다. 수행하면 할수록 기억에 있는 용신 올스테드가 얼마나 강한지 느껴졌기 때문이다.

눈앞의 이졸테가 쓰는 것과 같은 기술을 올스테드는 썼다. 하지만 이졸테의 그것보다 훨씬 수준 높고 정확성 높은 기술이었다. 수신류도 아닌 올스테드가 수왕보다 더 위다.

"하아, 왜 난 이런 녀석한테 못 이기는 걸까. 자신이 없어져."

니나는 성대하게 한숨을 내쉬었다.

그녀는 검신 갈 파리온이 제창하는 합리적인 훈련을 매일 계속했다.

합리적으로 몸을 단련하고, 합리적인 식사를 하고, 합리적인 매일을 보낸다.

그런데 명백히 합리적이지 않은 에리스에게 이길 수 없었다.

"……내가 너를 더 늦게 움직이도록 하니까."

"어?"

니나는 설마 에리스가 그 말에 대답할 줄 몰랐다.

에리스는 자기 멋대로고, 상대방 생각을 전혀 하지 않는 존재일 터였다.

"루이젤드에게 배웠어. 시선 같은 걸 써서 상대를 자기보다 먼저 움직이게 하거나 늦게 움직이게 할 수 있다고."

"루이젤드… 누구?"

"내 선생님."

니나는 에리스의 말에 고개를 갸웃거렸다. 무슨 소린지 알 수 없었다.

에리스가 평소에 쓰는 것은 루이젤드에게 배운 고도의 기술이다.

실전경험이 풍부한 검사가 무의식중에 하는 것을 기술로 승화시킨, 마족 전사의 기술이다.

고로 에리스도 말로는 잘 설명할 수 없었다.

"그러니까 에리스는 의도적으로 상대의 움직임을 유도한다는 소린가요?"

"그래."

"……."

이졸테의 분석에 나나도 에리스가 하는 말의 의미를 이해했다.

이해는 했지만, 그래도 역시 수상쩍은 느낌이라서 나나는 에리스를 노려보았다.

이 산속에서 태어나서 산속에서 생활한 게 아닐까 싶은 여자가 그렇게 고도의 기술을 쓴다고는 생각도 하지 않았다.

반대로 이졸테는 그런 쪽으로 아는 바가 있었다.

수신류란 카운터를 주로 삼는 유파다.

상대가 먼저 움직이게 하는 것을 주안에 둔 기술도 존재한다.

"그렇군요. 나를 상대할 때도 그걸?"

"하긴 했는데, 당신은 움직이지 않아."

"나는 그런 훈련을 받았으니까… 다음에는 그걸 하지 않고, 살기도 내지 않고 해 보면 조금 다를지도 모릅니다."

"…해 볼게."

에리스는 눈썹을 찌푸리고 끄덕였다.

해 본다고 말하면서도, 살기를 억누르는 방법을 몰랐다.

일부러 의식해서 억누른 적도 없었으니까.

물론 지금까지 몇몇 사람들이 그런 소릴 하기는 했다.

하지만 루이젤드는 그 넘쳐나는 살기를 이용하는 방향으로 에리스를 가르쳤기 때문에, 에리스는 그 말들을 귓등으로도 듣지 않았다.

평소라면 손해밖에 나지 않을 짓이라도, 남들보다 뛰어나다면 억지로 억누를 필요 따윈 없다는 생각이다.

"나는 어쩌지. 저기, 이졸테, 당신은 어떻게 해?"

"…니나는, 글쎄요, 수신류라면 시각을 차단하고 진짜를 벤다는 수행법을 합니다만…. 마족이 흔히 하는 전투술이라는 말을 들으니, 검신류에도 대처법이 있다고 생각합니다. 당신의 스승님에게 물어보면 어떨까요?"

이졸테는 우수하고 현명했다.

수신류의 검사는 인내심이 강한 자나 연구하는 자가 많다.

"후우, 좀처럼 잘 안 되네…. 어, 슬슬 해가 진다."

니나의 말에 그 날의 모임은 끝났다.

"그럼 내일 또 보죠…. 왠지 요즘은 재미있어졌습니다. 같은 또래끼리 비슷한 레벨로 이야기하는 게 처음이라서요."

이졸테는 즐겁게 말했다.

"그래, 이졸테, 나도 그래."

니나도 동감이었다. 평소에는 에리스와 거의 대화를 하지 않지만, 이야기를 듣고 보니 싸움에 관한 지식은 다채롭고 다양했기 때문이다. 게다가 최근 습득했다는 북신의 기술만이 아니라 마족의 기술도 알고 있으니까.

정체 모를 산원숭이 같은 여자라는 인상은 사라지지 않았지만, 그래도 실력에 관해서는 다시 보고 있었다.

야만스러운 기술을 쓰는 게 아니라 그냥 다른 유파의 기술을 쓸 뿐이라고.

"…흥."

에리스는 여전했다.

평소의 그녀라면 검신이 시키는 대로 이런 대화에 참가했다고 해도 의견을 내놓지 않겠지.

그런 에리스도 예전 일을 떠올린 것이다. 루데우스와 함께 검술을 배우던 시절을.

그 무렵엔 루데우스와 이렇게 이런저런 이야기를 하거나 서로 연구하였다.

루데우스가 그랬으니까…. 그렇게 단순하고 명쾌하지만, 에리스에게는 절대적인 이유로 그녀는 다른 이와의 커뮤니케이션을 취하였다.

"그럼 난 이만. 스승님과의 단련이 있어서요."

"오늘은 고마웠어요, 이졸테."

"아뇨, 니나, 피차 마찬가지죠. 나는 점점 강해진다는 실감이 들어서요."

손님의 방과 제자들의 방의 갈림길에서 니나와 이졸테는 그렇게 말하며 서로 웃었다.

에리스는 그대로 성큼성큼 자기 방으로 걸어갔다.

"에리스도 고마워요."

"…내일은 한 방 먹일 거야."

"기대하고 있을게요."
"…흥."
에리스는 돌아보지도 않고 그대로 걸어갔다.
니나는 이졸테에게 인사하고 에리스의 뒤를 따라갔다.
"에리스. 이다음에 또 단련하는 것도 좋은데, 끝난 뒤에는 좀 씻어."
평소의 에리스라면 들은 척도 하지 않을 말이다.
니나도 헛수고라는 걸 알지만 냄새가 나니까 매일처럼 하는 말이다.
하지만 오늘의 에리스는 달랐다.
약간 퉁명스러운 얼굴을 하며 고개를 돌려 니나를 노려보았다.
"…아까 했던 말, 진짜야?"
"아까? 무슨 말?"
"매일 목욕하고 몸을 씻고 밥을 먹고, 따뜻한 이불에서 루데우스 생각을 하며 푹 자면 살기를 없앨 수 있다는 거."
"우…."
니나는 말문이 막혔다.
말을 듣게 하기 위한 거짓말이었다. 하지만 편안함 속에서 무심이 생겨나는 건 틀림없다. 그러니까 그냥 밀어붙이기로 했다.
"그, 그래. 애초에 지금 너처럼 냄새나면 그는 분명 쳐다보지도 않을걸.”

“그건 아냐. 루데우스는 항상 내 땀에 젖은 셔츠를 껴안고 있고.”

“그건….”

니나는 과거에 딱 한 번 본 루데우스의 모습을 떠올리면서 눈앞의 여자의 땀내 나는 셔츠에 얼굴을 묻은 모습을 상상해 보았다. 단순한 변태다.

하지만 눈앞의 에리스가 순식간에 또 퉁명스러워지는 것을 보고 구태여 말하진 않았다.

“아무튼 너무 더럽게 지내면 남자들이 싫어한다고 들은 적 있어.”

“뭐, 분명히 루데우스는 청소를 꼼꼼히 했고.”

“그, 그렇잖아! 그러니까 항상 깨끗이 하고 지내야 해.”

에리스는 생각했다.

루데우스가 떠올랐다. 그를 떠올리지 않으려고 하지만, 마음을 놓으면 떠오른다. 떠올리면 입가에는 히죽대는 웃음이 나왔다.

그때 에리스는 깨달았다.

이 상태라면 살기가 나오지 않을 거라고.

“알았어. 그럼 씻고 올게.”

“그래, 당신은 그렇지. 나도 슬슬 포기… 지금 뭐라고 했어?”

에리스는 그 질문에 대답하지 않고 자기 방으로 돌아갔다.

니나는 여우에게 홀린 듯한 표정으로 멍하니 서 있었다.

에리스가 수왕 이졸테와 호각 이상으로 싸울 수 있게 된 것은 또 1년 뒤의 일이었다.

13권 끝

무직전생 ~ 이세계에 갔으면 최선을 다한다 ~ **13**

2018년 3월 7일 초판 발행
2023년 12월 10일 6쇄 발행

저자 리후진 나 마고노테
일러스트 시로타카
옮긴이 한신남

발행인 정동훈
편집인 여영아
편집 팀장 황정아
편집 노혜림

발행처 (주)학산문화사
등록 1995년 7월 1일
등록번호 제3-632호
주소 서울특별시 동작구 상도로 282 학산빌딩
편집부 02-828-8838
영업부 02-828-8986

ISBN 979-11-256-9987-3 04830
ISBN 979-11-256-0603-1 (세트)

값 9,000원